CRÉPUSCULE

DU MÊME AUTEUR

La Maison du bout du monde, Presses de la Renaissance, 1992 ; rééd. Belfond, 1999 ; 10/18, 2003
De chair et de sang, Belfond, 1995 ; rééd. 2000 ; Le Livre de poche (n° 14156), 2004
Les Heures, Belfond, 1999 ; Pocket, 2001 ; 10/18, 2004
Le Livre des jours, Belfond, 2006 ; Pocket, 2008

Vous pouvez consulter le site de l'auteur à l'adresse suivante :
www.michaelcunninghamwriter.com

MICHAEL CUNNINGHAM

CRÉPUSCULE

*Traduit de l'américain
par Anne Damour*

belfond
12, avenue d'Italie
75013 Paris

Titre original : *BY NIGHTFALL*
publié par Farrar, Straus and Giroux, New York

Si vous souhaitez recevoir notre catalogue
et être tenu au courant de nos publications,
vous pouvez consulter notre site internet :
www.belfond.fr
ou envoyer vos nom et adresse,
en citant ce livre,
aux Éditions Belfond,
12, avenue d'Italie, 75013 Paris.
Et, pour le Canada,
à Interforum Canada Inc.,
1055, bd René-Lévesque-Est,
Bureau 1100,
Montréal, Québec, H2L 4S5.

ISBN : 978-2-7144-4835-4
© Mare Vaporum Corp. 2010. Tous droits réservés.
Et pour la traduction française
© Belfond, un département de place des éditeurs, 2012.

Ce roman est dédié à Gail Hochman et Jonathan Galassi

Car le beau n'est que le commencement du terrible.

Rainer Maria RILKE, *Les Élégies de Duino*

Une réception

THE MISTAKE[1] VIENT PASSER QUELQUES JOURS à la maison. « Tu es fâché à cause de Mizzy ? demande Rebecca.
— Non, bien sûr que non », répond Peter.

Une de ces impassibles vieilles rosses qui tirent les calèches pour touristes a été renversée par une voiture quelque part en haut de Broadway, un accident qui bloque la circulation jusqu'à la hauteur de Port Authority, et qui met Peter et Rebecca en retard.

« Il est peut-être temps de l'appeler Ethan, dit Rebecca. Je parie que plus personne ne l'appelle Mizzy à part nous. »

Mizzy est le diminutif de The Mistake.

À l'extérieur du taxi, des pigeons s'envolent bruyamment dans le bleu clignotant d'une enseigne Sony. Un vieux barbu enveloppé d'une méchante doudoune qui lui bat les talons, majestueux à sa manière (un imposant et rebondi Buck Mulligan), poussant un chariot rempli d'objets divers dans divers sacs-poubelle, dépasse les voitures les unes après les autres.

---

1. *The Mistake* : L'Erreur, en français. *(Toutes les notes sont de la traductrice.)*

Dans le taxi flotte une odeur entêtante de désodorisant, un effluve vaguement floral mais qui n'évoque rien d'autre qu'un mélange chimique sans doute qualifié de « suave ».

« T'a-t-il dit combien de temps il compte rester ? demande Peter.

— Je ne sais pas exactement. »

Le regard de Rebecca s'adoucit. S'inquiéter pour Mizzy *(Ethan)* est une habitude dont elle ne peut se défaire.

Peter n'insiste pas. Pas envie d'aller à une soirée en se disputant.

Il a mal au cœur, et une chanson tourne dans sa tête. *I'm sailing away, set an open course for the virgin sea...* D'où vient-elle ? Il n'a pas écouté Styx depuis qu'il a quitté l'université.

« Nous devrions fixer une limite », dit-il.

Elle soupire, pose doucement une main sur son genou, regarde à travers la vitre la Huitième Avenue, dans laquelle ils n'avancent plus du tout. Rebecca est une femme aux traits accusés – souvent qualifiée de belle mais jamais de jolie. Peut-être fait-elle machinalement ces petits gestes par lesquels elle console Peter de sa mesquinerie.

A gathering of angels appeared above my head.

Peter se tourne pour regarder par la fenêtre de son côté.

Les voitures de la file voisine progressent de quelques mètres. Une Toyota bleue toute déglinguée remonte à leur hauteur, bourrée de jeunes gens, des garçons bruyants d'une vingtaine d'années qui font beugler la musique assez fort pour que son boum-boum résonne à l'intérieur du taxi. Ils sont six, non, sept, entassés dans la voiture, criant ou chantant à tue-tête ; des petits durs attifés pour le samedi soir, cheveux gominés taillés en crêtes, éclats de clous argentés et de chaînes tandis qu'ils se bourrent de coups de poing. Leur file avance et, au moment où ils dépassent le taxi, Peter voit ou croit voir que l'un d'eux, l'un des quatre qui vocifèrent sur la banquette arrière, est en réalité un homme âgé, aux lèvres minces et aux joues creuses, portant semble-t-il une moumoute noire hérissée d'épis, mais beuglant et se démenant comme les autres. Il ébouriffe la tête du garçon coincé à son côté, hurle dans son oreille (éclat d'un blanc aveuglant des fausses dents) et puis ils ne sont plus là, emportés par le flot de la circulation. L'instant d'après, le sillage de leur tintamarre est aspiré à leur suite. À présent, la masse brune d'un camion de livraison exhibe, en or bruni, le dieu aux pieds ailés d'Interflora. Des fleurs. Quelqu'un va recevoir des fleurs.

Peter se retourne vers Rebecca. Un vieillard déguisé en jeune homme, c'est une chose qu'ils auraient dû voir *ensemble* ; pas la peine de le lui décrire. En outre, ils se trouvent en plein milieu d'une discussion délicate, non ? Au cours d'un long mariage, vous apprenez à reconnaître une multitude d'atmosphères et de circonstances différentes.

Rebecca a senti l'attention de Peter regagner l'intérieur du taxi. Elle fixe sur lui un regard sans expression, comme surprise de le voir.

S'il meurt avant elle, sera-t-elle capable de percevoir sa présence désincarnée dans la pièce ?

« Ne t'inquiète pas, dit-il. Nous ne le mettrons pas à la rue. »

Les lèvres de Rebecca prennent un pli sévère. « Oui, nous devons vraiment lui fixer *certaines* limites, répond-elle. Ce n'est pas une bonne idée de toujours céder à ses caprices. »

Qu'est-ce que ça signifie ? Est-ce *elle* qui, subitement, fait mine de le morigéner, *lui*, à propos de son petit frère perdu ?

« C'est quoi, une durée raisonnable ? » demande-t-il, et il s'étonne qu'elle paraisse insensible à l'exaspération de son ton. Comment peuvent-ils se connaître si peu, après tant d'années ?

Elle se tait, réfléchit, puis, comme si elle avait oublié une course, se penche vivement vers le chauffeur et lui dit : « Comment savez-vous qu'il s'agit d'un accident causé par un cheval ?

— Un appel du dispatcheur », précise le chauffeur, désignant du doigt son oreillette. Sa tête chauve repose solennellement sur le socle brun de son cou. Lui, bien sûr, a sa propre version, qui n'implique en rien le couple bien habillé à l'arrière de son taxi. Son nom, d'après la plaque fixée au dos du siège avant, est Rama Saleem. Inde ? Iran ? Il était peut-être médecin dans son pays d'origine. Ou ouvrier. Ou voleur. Aucun moyen de le savoir.

Rebecca hoche la tête et se renfonce dans son siège. « Je pense plutôt à d'autres sortes de limites, reprend-elle.

— Lesquelles ?

— Il ne peut pas indéfiniment compter sur les autres. Et tu le sais. Nous nous faisons tous du souci pour l'autre aspect des choses.

— Tu penses que c'est un domaine dans lequel sa grande sœur peut l'aider ? »

Elle ferme les yeux, vexée maintenant, juste *maintenant*, alors qu'il cherchait à se montrer compatissant.

« Ce que je veux dire, reprend Peter, c'est... Bon. Tu n'arriveras probablement pas à le faire changer d'existence s'il n'en a pas la volonté. Pour moi, un toxico est une sorte de puits sans fond. »

Elle garde les yeux fermés. « Il ne se drogue plus depuis une année entière. Quand cesserons-nous de le traiter de toxicomane ?

— Je ne suis pas sûr que nous y parvenions un jour. »

Est-il en train de devenir moralisateur ? D'énoncer des banalités en douze points tirées de Dieu sait où ?

Le problème avec la vérité est qu'elle relève souvent du cliché et de la banalité.

Elle dit : « Peut-être est-il prêt à retrouver un véritable équilibre. »

Ouais, peut-être. Mizzy leur a annoncé, par e-mail, qu'il a décidé de faire quelque chose dans le domaine artistique. C'est-à-dire, Quelque Chose dans le Domaine Artistique, une activité pour laquelle il ne semble pas avoir d'attirance irrésistible. Peu importe. Les gens (certaines personnes) se réjouissent quand Mizzy manifeste n'importe quelle attirance positive.

Peter dit : « Nous ferons donc notre possible pour lui apporter un véritable équilibre. »

Rebecca lui presse le genou d'un geste affectueux. Il a dit ce qu'il fallait.

Derrière eux, quelqu'un klaxonne. Croit-il vraiment que ça va servir à quelque chose ?

« On devrait peut-être descendre ici et prendre le métro ? propose-t-elle.

— Nous avons une excuse parfaite pour expliquer notre retard.

— Tu crois qu'on devra rester longtemps ?

— Certainement pas. Je te promets de te tirer de là avant que Mike ne soit suffisamment ivre pour commencer à te harceler.

— Trop gentil de ta part. »

Ils atteignent l'angle de la Huitième Avenue et de Central Park South, où les traces de l'accident n'ont pas encore été entièrement effacées. Là, derrière les balises et les barrières mobiles, derrière les deux policiers qui détournent la circulation en direction de Columbus Circle, il y a la voiture accidentée, une Mercedes blanche, renversée sur le côté à l'angle de la 59e, d'un rose criard dans la lumière des balises. Il y a ce qui doit être le cadavre du cheval, recouvert d'une bâche noire. La toile, lourde de goudron, révèle le renflement de la croupe de l'animal. Le reste du corps pourrait être n'importe quoi.

« Mon Dieu », murmure Rebecca.

Peter le sait : tout accident, tout ce qui rappelle la capacité du monde à faire du mal l'emplit, les emplit tous deux d'une frayeur passagère concernant Bea. Est-elle venue à New York sans les prévenir ? Aurait-elle fait une promenade en calèche, elle qui n'en fait jamais ?

Être parent, il faut le reconnaître, représente une source d'inquiétude pour le restant de votre vie. Même quand votre fille de vingt ans est emplie d'une rage exaltée et insondable et ne se débrouille pas très bien à Boston, à trois cents kilomètres de là. Surtout dans ce cas.

Il dit : « On ne pense jamais que ces chevaux puissent être heurtés par des voitures. On les imagine à peine comme des animaux.

— Voilà une juste... cause. La façon dont les chevaux sont traités. »

Bien sûr. Rama Saleem est chauffeur de taxi de nuit. Des miséreux se traînent dans les rues, les pieds enveloppés de chiffons. Les chevaux des calèches ont une vie de misère, leurs sabots sont crevassés et fendus par le macadam. Jusqu'où est-il monstrueux de continuer à vaquer à ses propres affaires comme si de rien n'était ?

« Ça va renforcer la cause des amis des chevaux », dit-il.

Pourquoi ce ton cynique ? Il veut seulement se montrer rigoureux, pas cruel ; il se sent lui-même atterré par son attitude. Il a parfois l'impression de ne pas maîtriser le dialecte de sa propre langue — de ne pas parler couramment le peterien, à quarante-quatre ans.

Non, il n'a que quarante-trois ans. Pourquoi toujours se vieillir d'une année ?

Non, il a eu quarante-quatre ans le mois dernier.

« Dans ces conditions, la pauvre bête n'est peut-être pas morte en vain », dit Rebecca. Elle passe un doigt apaisant sur la joue de Peter.

Quel mariage n'implique pas cette accumulation de liens invisibles, un langage fait de gestes, une reconnaissance aussi aiguë qu'une rage de dents ? Un mariage malheureux, sans doute. Quel couple n'est pas malheureux, du moins une partie du temps ? Mais comment le pourcentage de divorces peut-il, comme on le rapporte, monter en flèche ? Jusqu'à quel point faut-il souffrir pour supporter une réelle séparation, pour tout quitter et vivre une existence où personne ne vous reconnaît ?

« Quelle pagaille, dit le chauffeur.

— Ouais. »

Pourtant, Peter reste fasciné par la voiture accidentée et le cadavre du cheval. N'est-ce pas l'attrait cruel de New York ? C'est un foutoir comme l'était le Paris de Courbet. C'est dégueulasse et malodorant ; c'est dangereux. Ça pue la mort.

Et il regrette que le cheval soit dissimulé sous une bâche. Il voudrait voir ses dents jaunies découvertes, sa langue pendante, le sang noirci sur la chaussée. Pour les raisons morbides habituelles, mais aussi pour... l'évidence. Le sentiment que Rebecca et lui n'ont pas seulement été affectés par la mort d'un animal mais qu'ils en font un peu partie ; qu'elle les englobe, englobe leur besoin pressant de constater. N'avons-nous pas toujours le désir de voir le corps ? Quand Dan et lui ont fait la toilette mortuaire de Matthew (mon Dieu, il y a déjà presque vingt-cinq ans), n'a-t-il pas éprouvé une certaine excitation dont il n'a jamais parlé à Dan par la suite, ni, bien évidemment, à personne d'autre ?

Le taxi s'engage lentement dans Columbus Circle puis accélère. Au sommet de la colonne de granit, la statue de Christophe Colomb (qui, comme l'a montré la suite, était une sorte de massacreur, non ?) est très légèrement colorée de rose par les balises qui veillent le corps du cheval.

I thought that they were angels, but to my surprise, we quelque chose, quelque chose, quelque chose, *we headed for the skies...*

L'essentiel de la réception est d'avoir assisté à la réception. La récompense consiste ensuite à aller dîner tous les deux, puis à se retrouver à la maison.

Les détails varient. Ce soir leur hôtesse est Elena Petrova (son mari est toujours parti quelque part, il vaut sans doute mieux ne pas demander ce qu'il fait), brillante, tapageuse et d'une vulgarité provocante (sujet de discussion récurrent entre Rebecca et Peter – est-elle *consciente* de ses bijoux, de son rouge à lèvres et de ses lunettes, cela représente-t-il un *défi* de sa part, comment peut-elle être aussi riche et intelligente et ne pas se rendre compte ?) ; il y a un petit et très beau Artschwager, un grand et assez beau Marden et le lavabo de Gober, dans lequel un invité, jamais identifié, vida un jour un cendrier ; il y a Jack Johnson, assis telle une statue de cire dans une causeuse à côté de Linda Neilson, qui s'adresse avec animation à la topographie arctique de son visage ; il y a le premier verre (vodka *on the rocks* ; Elena sert une marque fameuse et inconnue qu'elle se fait expédier de Moscou – vraiment, qui peut voir la différence ?), suivi du deuxième, mais pas d'un troisième ; il y a l'étincelant et constant brouhaha de la soirée, du luxe, toujours un peu grisant même si on finit par s'y accoutumer ; il y a le coup d'œil rapide à Rebecca (tout va bien, elle discute avec Mona et Amy, quel soulagement d'avoir une femme qui peut se débrouiller seule dans de telles circonstances) ; il y a l'inévitable conversation avec Betty Rice (il est désolé d'avoir raté ce vernissage, il a entendu dire qu'Inksys était fantastique, il ira cette semaine) et avec Doug Petrie (déjeuner, lundi en huit, sans faute) et avec *l'autre* Linda Neilson *(Oui, d'accord, je viendrai parler à vos étudiants, appelez-moi à la galerie et nous fixerons une date)* ; il y a le fait de pisser sous un dessin de Kelly récemment accroché dans la salle de bains (Elena ne peut pas le savoir – si c'est elle qui l'a mis dans les toilettes elle ferait mieux de changer de lunettes) ; il y a la décision de boire cette troisième vodka, finalement ; et le flirt avec Elena – *Chérie, j'adore cette vodka ; mon ange, tu sais que tu peux en avoir quand tu veux* (il sait qu'il est connu, et probablement méprisé, pour en faire trop : son côté, je-te-sauterais-volontiers-si-j'en-avais-l'occasion) ; il y a cet hystérique efflanqué de Mike Forth, qui se tient avec Emmett près du Terence Koh, suffisamment ivre à présent pour se diriger vers Rebecca (Peter comprend Mike, il n'y peut rien, il a connu ça : trente ans après il s'étonne toujours que Joanna Hurst *n'ait pas été amoureuse de lui, même un tout petit peu*) ; il y a la vision furtive du serveur d'une incroyable beauté qui parle à la dérobée dans son téléphone portable à la cuisine (un petit ami, une petite amie, un amour tarifé – au moins les jeunes qui font le service dans ces réceptions sont-ils un peu enveloppés de mystère) ; puis le retour au salon où – merde – Mike est enfin parvenu à coincer Rebecca, il lui parle avec véhémence, et elle hoche la tête, espérant la délivrance que Peter lui a promise ; il y a le coup d'œil rapide de Peter pour vérifier qu'ils n'ont ignoré personne ; il y a le moment de quitter Elena, qui regrette de n'avoir pas vu les Vincent (*Appelle-moi, il y a d'autres choses que j'aimerais te montrer*) ; il y a l'adieu bizarrement enflammé de Betty Rice (il se passe quelque chose), l'intervention de Rebecca (*Désolée, je dois l'emmener maintenant, à bientôt, j'espère*) ; le sourire affolé de Mike quand ils partent, et au revoir, au revoir, merci, à la semaine prochaine, oui, absolument, on s'appelle, d'accord, au revoir.

Un autre taxi, pour regagner le bas de la ville. Peter pense parfois qu'à la fin, quand elle surviendra, il se rappellera ces trajets en taxi aussi distinctement qu'il se souvient de n'importe quel autre événement de son existence sur terre. Si répugnante que soit l'odeur (pas de désodorisant cette fois, seulement un vague effluve d'huile de moteur et de vomi) ou aussi stupidement agressive que soit la conduite (un de ces adeptes du freinage-accélération), demeure cette impression de flotter dans un monde clos ; de se mouvoir à l'abri à travers les rues de cette ville extravagante.

Ils traversent Central Park le long de la 79e, un des plus beaux trajets de nuit, le parc perdu dans son rêve vert sombre, ses petites lumières d'or vert qui jalonnent les cercles de pelouse et les trottoirs. On y voit des gens désespérés, certains, réfugiés, d'autres, malfaiteurs ; nous assumons autant que possible ces contradictions impossibles, cet infini enchevêtrement de beauté et de crime.

Rebecca dit : « Tu ne m'as pas sauvé de Mike l'Ouragan.

— Faux, je suis venu à ta rescousse à la minute où je t'ai vue avec lui. »

Elle est repliée sur elle-même, serrant ses épaules entre ses bras, bien qu'il ne fasse pas si froid.

Elle répond : « Je sais. »

L'a-t-il déçue ?

Il dit : « Il se passe quelque chose avec Bette.

— Rice ? »

Y avait-il d'*autres* Bette à la soirée ? Combien de temps dans sa vie consacre-t-il à répondre à ces petites questions évidentes ? Il va finir par avoir une attaque cérébrale à force d'enrager parce que Rebecca n'a pas fait attention, n'a pas suivi tout le fichu programme.

« Hum.

— Bon, tu penses à quoi ?

— Je ne sais pas. Quelque chose dans sa façon de dire au revoir. Une impression. Je l'appellerai demain.

— Bette atteint un certain âge.

— L'âge de quoi, la ménopause ?

— Par exemple. »

Elles le fascinent toujours, ces petites démonstrations d'assurance féminine. Elles sortent directement de James et d'Eliot, non ? Nous sommes en fait fabriqués du même matériau qu'Isabel Archer, que Dorothea Brooke.

Le taxi atteint la Cinquième Avenue, tourne à droite. À partir de la Cinquième Avenue, le parc retrouve son apparence de menace nocturne, les arbres noirs, l'attente *de quelque chose* d'imminent. Les milliardaires qui vivent dans ces immeubles ont-ils cette sensation ? Quand leurs chauffeurs les reconduisent chez eux le soir, leur arrive-t-il de regarder de l'autre côté de l'avenue et se croient-ils à l'abri, un peu, pour l'instant, d'une férocité qui les épie avec une longue et avide patience sous le couvert des arbres ?

« Quand Mizzy arrive-t-il ? demande-t-il.

— Il a parlé du courant de la semaine prochaine. Tu le connais.

— Hum. »

Peter le connaît, en effet. C'est un de ces jeunes garçons intelligents, instables, qui après mûre réflexion décide qu'il veut faire Quelque Chose dans le Domaine Artistique mais n'y pense pas, incapable d'y réfléchir en termes de travail concret, qui semble imaginer que la jeunesse, l'intelligence et la bonne volonté feront naître du néant un emploi, dont la nature précise et exemplaire se révélera le moment venu.

Cette famille de femmes a véritablement détruit le pauvre gosse, c'est sûr. Comment survivre à un amour aussi démesuré ?

Rebecca se tourne vers lui, les bras toujours croisés sur sa poitrine. « Ça ne te paraît pas ridicule parfois ?
— Quoi ?
— Ces réceptions, ces dîners, tous ces gens épouvantables.
— Ils ne sont pas tous épouvantables.
— Je sais. Je suis seulement lasse de toutes ces questions. La moitié de ces gens ne savent même pas ce que je fais.
— Ce n'est pas vrai. »

Bon, c'est peut-être un peu vrai. *Blue Light*, la revue artistique et culturelle de Rebecca, ne tient pas une place importante dans ce milieu, je veux dire, rien à voir avec *Artforum* ou *Art in America*. La peinture y a sa place, bien sûr, mais aussi la poésie et la fiction, et – horreur suprême – une rubrique de mode à l'occasion.

Elle dit : « Si tu préfères que Mizzy n'habite pas à la maison, je lui trouverai un autre endroit. »

Oh, et revoilà Mizzy, hein ? Le petit frère, l'amour de sa vie.

« Non, c'est d'accord. Je ne l'ai pas vu depuis quand ? Cinq ans ? Six ans ?
— Oui. Tu n'avais pas assisté à ce truc en Californie. »

Soudain, un silence peiné et imprévu. Lui en a-t-elle voulu de ne pas être allé en Californie ? Lui en a-t-il voulu de le lui avoir reproché ? Il ne s'en souvient pas.

Quelque chose cloche à propos de la Californie, pourtant. Quoi ?
Elle se penche en avant et l'embrasse, doucement, sur les lèvres.
« Eh », murmure-t-il.
Elle enfouit son visage dans son cou. Il passe un bras autour d'elle.
« Le monde est fatigant parfois, tu ne trouves pas ? » dit-elle.
La paix est conclue. Et pourtant, Rebecca est capable de se rappeler le plus petit affront et de dévider tous les crimes commis par Peter depuis des mois quand une dispute se dessine. A-t-il commis une infraction ce soir, quelque chose dont il entendra parler en juin ou en juillet ?
« Hum, répond-il. Tu sais, je pense qu'on peut affirmer une fois pour toutes qu'Elena sait ce qu'elle fait avec sa coiffure, ses lunettes et le reste.
— C'est ce que je t'ai dit.
— Tu ne me l'as jamais dit.
— Tu ne t'en souviens pas. »
Le taxi s'arrête au feu rouge de la 65e Rue.
Voilà ce qu'ils sont : un couple d'âge moyen assis à l'arrière d'un taxi (ce chauffeur-là s'appelle Abel Hibbert, il est jeune, énervé, silencieux, fulminant). Peter et sa femme, mariés depuis vingt et un ans (presque vingt-deux), complices à présent, qui aiment plaisanter, ne font plus beaucoup l'amour, mais quand même un peu, contrairement à d'autres couples mariés depuis longtemps qu'il pourrait citer, eh oui, à un certain âge on pourrait rêver d'une plus grande réussite, d'une satisfaction plus intense et plus durable, mais ce que vous avez accompli par vous-même n'est pas nul, pas nul du

tout. Peter Harris, enfant rebelle, adolescent détestable, titulaire de divers seconds prix, est parvenu à ce moment ordinaire où, reconnu, impliqué, aimé, l'haleine tiède de sa femme dans son cou, il rentre chez lui.

Come sail away, come sail away, come sail away with me, dagada, dagada, dagada.

Encore cette chanson.

Le feu passe au vert. Le conducteur accélère.

La raison d'être du sexe est...

Le sexe n'a pas de raison d'être.

Il peut simplement se révéler compliqué après toutes ces années. Il y a des soirs où vous vous sentez un peu... bon. Vous n'avez pas vraiment envie de faire l'amour mais vous ne voulez pas vous retrouver comme une moitié de couple avec une fille adulte, un stock de soucis personnels, une amitié bon enfant qui dure malgré les moments d'irritation, mais n'implique plus qu'on fasse l'amour un samedi soir, en rentrant d'une soirée, un peu éméché à cause de la réserve personnelle de vodka tant vantée d'Elena, suivie d'une bouteille de vin au dîner.

Il a quarante-quatre ans. Seulement quarante-quatre ans. Elle, pas encore quarante et un.

Votre estomac barbouillé ne vous aide pas à en avoir envie. Qu'est-ce que ça veut dire ? Les premiers symptômes d'un ulcère ?

Au lit, elle porte une culotte, un tee-shirt Hanes décolleté en V et des chaussettes de coton (elle a froid aux pieds jusqu'au milieu de l'été). Il porte un caleçon blanc. Ils passent dix minutes à regarder CNN (voiture piégée au Pakistan, trente-sept morts ; église incendiée au Kenya avec un nombre indéterminé de victimes à l'intérieur ; un homme qui vient de jeter ses quatre jeunes enfants du haut d'un pont de vingt-quatre mètres en Alabama – rien concernant le cheval, on en parlera plutôt dans les nouvelles locales), ils zappent un peu, s'attardent à regarder *Sueurs froides*, la scène où James Stewart entraîne Kim Novak (en Madeleine) en haut du clocher de la mission pour la persuader qu'elle n'est pas la réincarnation d'une prostituée morte.

« On ne va pas rester rivés devant la télé, dit Rebecca.

— Quelle heure est-il ?

— Minuit passé.

— Je ne l'ai pas vu depuis des lustres.

— Le cheval est toujours là.

— Quoi ?

— Le cheval. »

Un instant plus tard, James Stewart et Kim Novak sont assis dans une calèche ancienne derrière un cheval grandeur nature en plastique ou quelque chose de ce genre.

« Je croyais que tu parlais du cheval de tout à l'heure, dit Peter.

— Oh, non. C'est curieux ces pensées qui surgissent en même temps, tu ne trouves pas ? Comment ça s'appelle ?

— Le synchronisme.

— J'y suis allée. Dans cette mission. Quand j'étais à l'université. C'est exactement ce qu'on voit dans le film.

— Mais je suppose que le cheval n'y est plus.

— On ne peut pas rester scotchés comme ça.

— Pourquoi ?

— Je me sens trop fatiguée.

— Demain c'est dimanche.
— Tu sais comment ça finit ?
— Comment quoi finit ?
— Le film.
— Bien sûr que oui. Je sais aussi qu'Anna Karenine passe sous un train.
— Regarde-le, si tu veux.
— Pas si tu n'en as pas envie.
—Je suis trop fatiguée. Je serai de mauvais poil demain. Regarde-le, toi.
— Tu n'arrives pas à dormir avec la télévision allumée.
—Je peux essayer.
— Non. Ce n'est pas grave. »
Ils continuent à regarder le film jusqu'au moment où James Stewart voit – croit voir – Kim Novak tomber du clocher. Puis ils éteignent la télévision, éteignent la lumière.
« Nous devrions le louer un jour, dit Rebecca.
— Oui. C'est un film formidable. J'avais oublié à quel point c'est formidable.
— Même mieux que *Fenêtre sur cour*.
— Tu crois ?
—Je ne sais pas. Je n'ai revu aucun des deux depuis si longtemps. »
Ils hésitent. Serait-elle tout aussi contente de dormir tout de suite ? Peut-être. Il y a toujours celui qui embrasse, l'autre qui est embrassé. Merci, Marcel Proust. Il devine qu'elle aimerait autant se dispenser de faire l'amour. Pourquoi devient-elle plus froide envers lui ? D'accord, il a pris quelques kilos autour de la taille et, d'accord, il n'est pas toujours terrible comme baiseur. Et si elle était en train de se détacher de lui ?

Serait-ce une tragédie ou une libération ? Que se passerait-il si elle lui rendait sa liberté ?

Impossible à envisager. À qui parlerait-il, comment ferait-il les courses de la semaine, avec qui regarderait-il la télévision ?

Ce soir, Peter sera celui qui embrasse. Une fois qu'ils auront commencé, elle sera contente.

Il l'embrasse. Elle lui rend son baiser de bonne grâce. Elle semble bien disposée, en tout cas.

À ce moment, il ne pourrait pas décrire la sensation qu'il éprouve en l'embrassant, le goût de sa bouche – trop proche de celui qu'il a dans la sienne. Il caresse ses cheveux, en saisit une poignée, les tire doucement. Il était un peu plus brutal avec elle les premières années, jusqu'à ce qu'il comprenne que cela ne lui plaisait plus, et ne lui avait peut-être jamais plu. Demeure l'apparence des gestes, tièdes regains de ceux d'autrefois, lorsqu'ils étaient nouveaux l'un pour l'autre, quand ils baisaient sans arrêt, bien que Peter ait su même alors que le désir qu'il avait d'elle faisait partie d'un besoin plus vaste ; qu'il avait éprouvé un plaisir plus intense (mais peut-être moins merveilleux) avec trois autres femmes : une qui était dingue de son camarade de chambre, une aussi amoureuse des Fauves, et enfin une simplement ridicule. Faire l'amour avec Rebecca avait été parfait dès le début parce que *c'était* Rebecca, avec sa ferveur et sa tendresse réfléchie, et les manifestations, quand ils apprirent à se connaître, de ce qui était pour lui son *essence profonde*.

Elle passe doucement sa main le long de sa colonne vertébrale, la pose sur ses fesses. Il lâche ses cheveux, enserre ses épaules dans le creux de son bras, il sait qu'elle aime cette impression d'être fermement maintenue (il se représente un des fantasmes de Rebecca : il la tient en l'air, le lit a disparu). De sa main libre, avec son aide, il relève son tee-shirt. Ses seins sont petits et ronds (quand a-t-il pressé une coupe à champagne sur l'un d'eux pour vérifier qu'elle s'y ajustait – dans la maison d'été de Truro ou dans la maison d'hôtes de Marin ?). Les pointes de ses seins se sont peut-être un peu épaissies et assombries – elles ont maintenant la dimension exacte du bout de son petit doigt et la couleur d'une gomme. Étaient-elles jadis légèrement plus petites, un peu plus roses ? Sans doute. En fait, il est un de ces hommes qui n'ont pas l'obsession des femmes plus jeunes, ce qu'elle refuse de croire.

Nous inquiétons-nous toujours pour des choses qui n'existent pas ?

Il presse ses lèvres sur le mamelon gauche, le caresse de sa langue. Elle fait entendre un murmure. C'est devenu rare, sa bouche sur son sein et la réaction de Rebecca, le murmure qu'elle laisse échapper, le semblant de spasme qu'il sent courir le long de son corps, comme si elle ne pouvait croire que cela, *cela* lui arrive à nouveau. Il bande à présent. Il ne sait jamais, et à vrai dire il s'en fiche, quand il s'excite de lui-même ou quand il est excité parce qu'elle l'est. Elle agrippe son dos, elle n'arrive plus à saisir ses fesses, cela lui plaît qu'elle aime ses fesses. Il encercle de sa langue la pointe de son sein qui se raidit, tapote l'autre d'un doigt. Ce soir il s'agira avant tout de la faire jouir. Ça se produit souvent ces dernières années – la forme choisie, à un moment donné de la nuit (quand ont-ils baisé ailleurs que dans un lit, la nuit ?) est généralement décidée à l'avance, par qui embrasse qui. Au tour de Rebecca donc. C'est ce qui le fait bander.

Elle a un pli sur le ventre, les hanches un peu lourdes. Bon, Peter, tu n'es pas exactement une vedette de film porno, toi non plus.

Il fait courir sa bouche le long de son ventre, caresse toujours, avec un peu plus d'insistance, la pointe de son sein. Elle pousse un petit cri étonné. Elle le sent venir, ils le sentent tous les deux ; ils savent ; voilà le miracle. Il cesse de caresser son mamelon de son doigt, l'encercle. Il prend l'élastique de son slip entre ses dents, glisse sa langue sous l'élastique, lèche les poils du pubis sans rudesse, mais sans douceur. Ses hanches se soulèvent, elle passe ses doigts dans ses cheveux.

Il est temps d'abandonner les préliminaires et de se déshabiller. C'est un des plaisirs du mariage : plus besoin de se dénuder en douceur, lentement. On peut s'interrompre, ôter ce qui doit l'être et continuer. Il fait passer son caleçon par-dessus son sexe dressé, le jette. Comme c'est la nuit de Rebecca, il se remet à l'ouvrage sans lui laisser le temps d'enlever ses chaussettes, ce qui la fait rire. Il reprend là où il en était, s'active à lécher les poils du pubis, encercler la pointe de son sein droit. On dirait un instantané, soudain les voilà nus (à part les chaussettes, de vieilles chaussettes de coton blanches légèrement jaunies en dessous – elle devrait en acheter des neuves). Elle presse sa tête entre ses cuisses tandis qu'il descend vers le V du pubis, et il y est, il le sait précisément, en expert du clitoris, et c'est excitant, cette précision de faucon et le recul éperdu de Rebecca, c'est trop pour elle pendant un instant, puis elle se détend, ce n'est jamais trop. Ses cuisses se relâchent, s'appuient plus fermement sur ses épaules, et elle geint : Oh-oh-oh-oh. Il y a son odeur, un vague effluve de crevettes fraîches ; c'est alors qu'il aime le plus le corps de sa femme, qu'il ressent le plus de fascination, peut-être aussi un peu de frayeur, elle a probablement le même sentiment concernant son sexe, bien qu'ils n'en aient jamais parlé, peut-être le devraient-ils, mais c'est trop tard à présent. Il l'excite, pince la pointe de son sein entre le pouce et l'index, lèche son clitoris avec insistance, il sait (il le sait, c'est tout) que c'est le rythme soutenu qui compte, la langue et les doigts qui ne s'arrêtent jamais, quoi qu'il arrive, qui la trouveront où qu'elle aille ; c'est cela (et qui sait quoi d'autre ?) qui aura raison d'elle – la forcera à admettre qu'il n'y a pas d'autre issue, qu'il est trop tard, aucune discussion possible, *ça ne s'arrêtera pas*. Elle crie oh-oh-oh-oh, plus fort, elle ne geint pas, elle va jouir, cela marche toujours (est-ce qu'elle simule parfois ? Mieux vaut ne pas le savoir), c'est ainsi qu'il va la faire jouir ce soir, ils sont trop fatigués pour baiser vraiment, et ensuite elle s'occupera de lui, elle sait y faire elle aussi ; ils sont près de jouir ensemble, près de jouir, et ils pourront dormir ensuite, ce sera dimanche.

Ils ont deux chats, Lucy et Berlin.
Quoi ?
Il rêve. Où est-il ? Une chambre. La sienne. Près de lui Rebecca respire régulièrement.
Il est trois heures dix. Il connaît la suite.
Il se glisse hors du lit, attentif à ne pas la réveiller. C'est l'heure fatale. Il va rester éveillé jusqu'à cinq heures au moins.
Il referme la porte coulissante de la chambre, se sert une vodka dans la cuisine (non, il est incapable de sentir la différence entre celle qu'il garde dans son congélateur et celle qu'Elena importe à grands frais d'une

clairière des montagnes de l'Oural). Un homme nu en train de boire de la vodka dans un verre à orangeade, chez lui. Il va chercher une des pilules bleues dans la salle de bains, puis se dirige lentement vers la salle de séjour, la partie du loft qu'ils appellent le séjour, bien qu'il s'agisse d'une grande pièce dans laquelle ont été aménagées deux chambres et deux salles de bains.

C'est un espace superbe, comme on dit. Ils ont eu de la chance de l'acheter avant que le marché n'explose. Comme on dit.

Il a une érection nocturne, et elle ne passe pas. Dites-moi, monsieur Harris, depuis combien de temps vos biens immobiliers vous font-ils cet effet ?

La banquette de Chris Lehrecke, la table basse d'Eames, le rocking-chair XIXe d'une austérité parfaite, le lustre des années 1950 en forme de Spoutnik qui empêche le reste (espèrent-ils) de paraître trop solennel et prétentieux. Les livres, les chandeliers et les tapis. Les œuvres d'art.

Actuellement, deux toiles et une photographie. Un magnifique Bock Vincent (ils n'ont vendu que la moitié des tableaux exposés, à quoi pensent les gens ?) enveloppé de papier et de ficelle. Un Lahkti, une scène de misère à Calcutta délicatement peinte (ceux-là sont tous partis, qui peut prévoir ?). Une photo de fumée de Howard, réservée pour l'automne prochain, dans la galerie du fond, il faut avoir des choses un peu moins chères, surtout par les temps qui courent. *All the money's gone, lord, where'd it go ?* Quelle est cette chanson des Beatles ?

Il va à la fenêtre, relève le store. Personne dans Mercer à trois heures et quelques du matin, seulement cette lueur orangée sur les pavés, on dirait qu'il a plu légèrement. La fenêtre, comme beaucoup d'autres à New York, n'offre pas une vue très intéressante : un bout de Mercer Street entre Spring et Broome, la morne façade de briques brunes du bâtiment d'en face (il y a parfois une lumière allumée au quatrième étage, il imagine un compagnon d'insomnie, espère – et redoute – que cette personne s'approche de la fenêtre et le voie) ; un tas de sacs-poubelle noirs empilés sur le trottoir, et deux robes scintillantes, l'une verte et l'autre rouge sang, dans la vitrine de la petite boutique démentiellement chère qui va sans doute faire faillite bientôt ; Mercer est encore trop à l'écart pour ce genre de magasin. Comme la plupart des fenêtres de New York, celle de Peter offre un spectacle permanent. Le jour, vous pouvez observer les piétons sur une dizaine de mètres de leur trajet quotidien. La nuit, la rue ressemble à une photo haute définition. Si vous regardez assez longtemps, elle finit par procurer l'effet d'un Nauman, une sorte de *Mapping the Studio* – l'étrange fascination qui s'exerce, peu à peu, à examiner un chat, un papillon de nuit, une souris en train de traverser rapidement ces pièces censées être désertes durant la nuit ; la sensation grandissante qu'elles sont habitées, non seulement d'une vie animale furtive mais aussi de leur propre substance inanimée, piles de papier, tasses à café à moitié vides, dont tout demeurerait, sans le savoir vraiment – comme hanté –, si les humains disparaissaient soudain et que les pièces restaient comme au moment où tout le monde s'était levé pour partir. Si lui-même, Peter, mourait, ou s'habillait et partait à l'instant pour ne jamais revenir, cette pièce garderait quelque chose de lui, un mélange d'image et de substance.

Vraiment ? Pendant un certain temps, en tout cas.

Pas étonnant que les Victoriens aient conservé des mèches de cheveux de leurs bien-aimés.

Que penserait un étranger en entrant dans cette pièce après le départ de Peter ? Un marchand penserait qu'il a fait un investissement judicieux. Un artiste, la plupart des artistes, penserait qu'il ne possède que des œuvres sans intérêt. La plupart des gens se diraient, c'est quoi, ce truc, un tableau dans un emballage et entouré de ficelle, pourquoi ne l'ouvrez-vous pas ?

Les insomniaques savent mieux que personne ce que signifie hanter une maison.

Enveloppe-moi, obscurité. Qu'est-ce ? Une vieille chanson rock, une impression ?

Le problème c'est...

Il n'y a pas de problème. Comment pourrait-il, comment un membre du 0,00001 % de la population favorisée pourrait-il oser avoir un problème ? Qui a dit à Joseph McCarthy : « N'avez-vous donc aucune décence, monsieur ? » Inutile d'être un fanatique haineux et d'extrême droite pour se poser cette question.

Pourtant.

C'est votre vie, très probablement la seule. Et cependant vous voilà en train de boire une vodka à trois heures du matin, à attendre que la pilule fasse de l'effet, avec le temps qui s'écoule en vous et votre fantôme qui erre déjà à travers votre appartement.

Le problème c'est...

Il perçoit quelque chose qui bouillonne à la lisière du monde. Une sorte de vigilance intermittente, un nuage d'or sombre parsemé de lueurs vivantes comme un poisson dans les noires profondeurs de l'océan ; un hybride de galaxie, de trésor oriental et de déité chaotique, impénétrable. Bien qu'il ne soit pas croyant, il adore ces icônes pré-Renaissance, ces saints dorés et ces reliquaires constellés de pierreries, sans parler des madones opalines de Bellini et des angelots sensuels de Michel-Ange. À une autre époque, il aurait pu être un serviteur de l'art ; un moine qui aurait consacré sa vie entière à réaliser une seule enluminure, *La Fuite en Égypte* par exemple, dans laquelle deux petits personnages et un nouveau-né sont pour l'éternité figés dans un pas immobile, sous une voûte de lapis-lazuli piquetée d'étoiles d'or étincelantes. Il le perçoit parfois – c'est le cas, ce soir –, ce monde médiéval de pécheurs, et le saint qui guide leur voyage sous l'infini de la peinture céleste. Il est spécialiste de l'histoire de l'art, peut-être aurait-il dû devenir... Quoi ? Conservateur de musée, ou un de ces habitués des sous-sols des galeries qui passent leur existence à éliminer le vernis et les couches de peinture superflues, se rappelant (et rappelant au monde) que les couleurs d'autrefois étaient brillantes et criardes, que le Parthénon était doré, que Seurat utilisait des teintes violentes, mais que sa peinture bon marché avait viré au crépusculaire classique.

Mais Peter n'avait pas envie de vivre dans des sous-sols. Il voulait être un brasseur d'affaires (comme certains l'appelaient), un champion du présent, malgré son incapacité à vivre tout à fait dans le présent ; il ne peut s'empêcher de regretter une sorte de monde perdu, il ne pourrait dire exactement quel monde, mais un endroit autre que celui-ci, qui ne soit pas fait de tas de sacs-poubelle noirs entassés le long des rues, de petites boutiques clinquantes qui changent d'un jour à l'autre. C'est ringard, sentimental, il n'en parle à personne, mais à certains moments – en ce moment, par exemple – rien ne lui importe davantage : sa conviction, en dépit de toutes les évidences contraires, que quelque terrible et aveuglante beauté s'apprête à se manifester et, comme la fureur de Dieu, à tout aspirer sur son passage, nous laissant orphelins, délivrés, nous demandant comment tout recommencer à zéro.

L'âge d'airain

LA CHAMBRE BAIGNE DANS LE DEMI-JOUR GRISÂTRE propre à New York, une clarté diffuse qui semble venir de nulle part ; une lumière uniforme, sans ombre, qui pourrait aussi bien émaner des rues que tomber du ciel. Peter et Rebecca sont au lit avec leur café et le *Times*.
 Ils sont allongés à une certaine distance l'un de l'autre. Rebecca est absorbée par la rubrique littéraire. Elle, la sage et tenace jeune fille devenue une femme perspicace et plutôt détachée, lasse de rassurer Peter sur presque tout, s'est transformée en une critique sévère mais dénuée de méchanceté. Exemple d'une jeunesse raisonnable d'où est sortie une capacité de femme adulte à formuler des jugements impartiaux.
 Le BlackBerry de Peter émet une sonnerie grêle. Rebecca et lui échangent un regard : qui peut appeler un dimanche matin ?
 « Allô.
 — Peter ? C'est Bette. J'espère que je n'appelle pas trop tôt.
 — Non, nous sommes réveillés. »
 Il lance un coup d'œil à Rebecca, articule silencieusement le mot « Bette ».
 « Comment vas-tu ? demande-t-il.

— Bien. Es-tu libre pour déjeuner aujourd'hui ? »

Second coup d'œil à Rebecca. Le dimanche est en général leur jour à tous les deux.

« Euh, ouais, dit-il. Je crois que oui.

— Je peux venir downtown.

— D'accord. Parfait. Vers une heure ?

— Une heure, c'est très bien.

— Où veux-tu aller ?

— Je ne suis jamais fichue de trouver un endroit.

— Moi non plus.

— On ne se dit pas toujours qu'il existe un restaurant parfait, incontournable, auquel justement on ne pense jamais ? demande-t-elle.

— Et un dimanche, par-dessus le marché, il y a plein d'endroits où nous n'aurons pas de place. Comme Prune. Ou The Little Owl. Bon, on peut toujours essayer.

— C'est ma faute. Quelle idée de téléphoner à la dernière minute un dimanche pour déjeuner !

— Tu ne veux pas me dire de quoi il retourne ?

— Je préfère t'en parler de vive voix.

— Et si je venais uptown ?

— Je n'aurais pas osé te le demander.

— Ça fait longtemps que j'ai envie de voir les Hirst au Met.

— Moi aussi. Mais, crois-moi, je m'en voudrais à mort non seulement de t'appeler un jour de congé, mais en plus de te forcer à te trimballer en haut de la ville.

— J'ai fait davantage pour des gens dont je me soucie moins.

— Payard's sera bondé. Je pourrais sans doute retenir une table chez Jojo. Ce n'est pas tout à fait pareil, tu sais. Plutôt pour le brunch.

— Pas de problème.

— Alors, tu es d'accord pour Jojo ? La cuisine est correcte, et il n'y a rien de vraiment près du Met...

— Jojo me convient très bien.

— Peter Harris, tu es un type épatant.

— C'est vrai.

— Je vais leur téléphoner. S'ils ont une table pour une heure, je te rappelle.

— OK. Génial. »

Il raccroche, essuie une trace sur l'écran de son BlackBerry avec le bord du drap.

« C'était Bette », dit-il.

Est-ce une trahison d'accepter une invitation à déjeuner un dimanche ? Ce serait plus facile s'il savait à quel point la... situation de Bette est critique.

« Elle a dit de quoi il s'agissait ? demande Rebecca.

— Elle veut déjeuner avec moi.

— Mais elle n'a rien dit.

— Non. »

Ils hésitent tous deux. Naturellement, il ne peut pas s'agir de bonnes nouvelles. Bette a environ soixante-cinq ans. Sa mère est morte d'un cancer du sein il y a une dizaine d'années.

Rebecca déclare : « Tu sais, dire "j'espère que ce n'est pas un cancer" ne changera pas la situation d'une façon ou d'une autre.

— Tu as raison. »

En cet instant, il l'adore. Le voile d'ambiguïté se dissipe. Regardez-la : les traits sensibles, un peu archaïques de son visage, la mâchoire volontaire (elle a un profil de médaille) - à l'origine, combien de générations de pâles beautés irlandaises mariées à de riches bourgeois flegmatiques ? -, la masse grisonnante de ses cheveux sombres.

Il dit : « Je me demande pourquoi c'est *moi* qu'elle a appelé.

— Tu es son ami.

— Mais nous ne sommes pas amis *intimes.*

— Peut-être veut-elle faire un test. Essayer de l'annoncer à quelqu'un dont elle n'est pas si proche.

— Nous ignorons si c'est ça. Peut-être... veut-elle m'avouer son amour.

— Tu crois qu'elle t'appellerait à la maison pour ça ?

— J'imagine que les téléphones portables ont rendu la question sans objet.

— Tu le penses vraiment ?

— Bien sûr que non.

— Elena est amoureuse de toi.

— Dans ce cas, j'aimerais qu'elle se démerde pour acheter quelque chose.

— As-tu rendez-vous avec Bette uptown ?

— Oui, chez Jojo.

— Mmm.

— Nous irons au Met ensuite, voir les Hirst. Je me demande à quoi ils ressemblent là-bas.

— Bette, quel âge a-t-elle ? Soixante-cinq ?

— Environ. De quand date ton dernier check-up ?

— Je n'ai pas de cancer du sein.

— Ne *dis* pas ça.

— Cela ne fait absolument aucune différence de le dire ou non.

— Je sais. Mais quand même.

— Si je meurs, je te donne la permission de te remarier. Après une période convenable de deuil.

— Idem.

— *Idem ?* »

Ils rient.

Il dit : « Matthew avait laissé des instructions tellement détaillées. Nous savions ce qu'il fallait faire pour la musique, pour les fleurs. Nous savions quel costume lui mettre.

— Il ne faisait confiance ni à tes parents ni à son frère hétéro de dix-neuf ans. Tu ne peux pas lui en vouloir, non ?

— Il ne faisait même pas confiance à Dan.

— Oh, je suis sûre que si. Il voulait simplement décider seul. Pourquoi pas ? »

Peter acquiesce. Dan Weissman. Vingt et un ans, originaire de Yonkers, serveur dans un restaurant, économisant pour voyager en Europe pendant quelques mois, avec l'intention de terminer ses études à NYU à son retour. Il croyait, il a sans doute cru, du moins brièvement, que le monde l'inondait de ses largesses. Il gagnait bien sa vie dans le dernier café à la mode. Avec Matthew Harris, son nouvel ami, d'une beauté à couper le souffle, il parcourait les rues de Berlin et d'Amsterdam. Madonna lui avait laissé cinquante-sept dollars de pourboire pour une addition de quarante-trois dollars.

Rebecca dit : « Je crois que j'aimerais avoir du Schubert.

— Quoi ?

— Durant le service. La crémation, Schubert. Et, s'il te plaît, que tout le monde se saoule ensuite. Un peu de Schubert, un peu de chagrin, ensuite boire et raconter des histoires drôles à mon sujet.

— Quel morceau de Schubert ?

— Je ne sais pas.

— Plutôt Coltrane, pour moi. Penses-tu que ce soit trop prétentieux ?

— Pas plus que Schubert. Penses-tu que Schubert soit trop prétentieux ?

— C'est un enterrement. Nous pouvons nous le permettre.

— Bette n'a peut-être rien, ajoute-t-elle.

— Peut-être. Qui sait ?

— Et si tu prenais ta douche ? »

Est-elle pressée de le voir s'en aller ?

Il dit : « Tu es sûre que ça t'est égal ?

— Oui, pas de problème. Bette ne téléphonerait pas ainsi à la dernière minute sans raison importante. »

Naturellement. Bien sûr. Et pourtant. Dimanche est leur jour, leur seul jour, ne devrait-elle pas se montrer un peu plus réticente à le libérer, quelle que soit la noblesse de la cause ?

Il jette un coup d'œil au réveil, à ses beaux chiffres couleur d'aigue-marine. « La douche dans vingt minutes », dit-il.

Et voilà. Vingt minutes au lit avec votre femme, à lire le journal du dimanche : une petite bouffée de temps. Les trous noirs s'élargissent ; un fragment de la banquise arctique plus vaste que le Connecticut vient de fondre ; quelqu'un au Darfour qui voulait désespérément vivre, qui s'était persuadé qu'il serait l'un des survivants, vient d'être ouvert en deux par une machette et pendant un instant voit ses propres viscères, d'un rouge humide plus sombre qu'il ne l'imaginait. Pendant ce temps, Peter peut probablement jouir de vingt minutes d'un simple confort domestique.

Bette Rice a cependant introduit quelque chose dans la pièce. Une sorte d'urgence mortelle.

Qui se serait attendu à de l'héroïsme de la part du petit Dan Weissman, avec sa beauté particulière, ses yeux avides, son visage étroit, quelque chose d'une antilope ; pas de passions extravagantes ; Dan qui était si visiblement destiné à être l'un des garçons avec lesquels Matthew *avait l'habitude de sortir* ? Qui aurait imaginé qu'il en saurait plus que certains médecins, qu'il affronterait les infirmières les plus terrifiantes, qu'il logerait avec Matthew quand il était chez lui, qu'il le ferait entrer dans un protocole qu'on disait fermé et serait resté à l'hôpital durant les derniers jours et... ? Oui, la liste s'allonge... Eh oui, Dan avait attendu la mort de Matthew pour mentionner ses propres symptômes. Qui se serait attendu à voir Matthew et ce garçon plutôt banal devenir Tristan et sa foutue Iseut ?

On pouvait se sentir pris de panique face à tout ça – votre frère mort à vingt-deux ans (il en aurait quarante-sept aujourd'hui), ainsi que son jeune amant d'autrefois et chacun de ses autres petits amis ; des massacres à l'étranger qui auraient stupéfié Attila ; des enfants tuant leurs professeurs avec des armes que leurs pères laissaient traîner, et, au passage, vous croyez que ce sera un autre building la prochaine fois, ou le métro, ou un pont ?

« C'est toi qui as la rubrique d'infos locales ? » demande-t-il à Rebecca.

Elle lui tend les pages en question, revient aux critiques littéraires.

« L'expo de Martin Puryear se termine dans trois semaines, dit-elle. Frappe-moi si je la rate.

— Mmm. »

Il lui reste vingt minutes. Dix-neuf, maintenant. Il a une veine incroyable, effrayante. Des problèmes, mon bonhomme ? Considère-les comme un préliminaire qui a mal tourné. Tu devrais chanter et te réjouir, tu devrais vouer obéissance au premier dieu qui te vient à l'esprit, parce que personne ne t'a passé un pneu autour des épaules avant d'y mettre le feu, du moins pas aujourd'hui.

Rebecca dit : « Nous devrions appeler Bea avant que tu ne partes, non ? »

Comment un père pourrait-il remettre à plus tard d'appeler sa fille ?

Personne ne t'a ouvert en deux avec une machette. Mais pourtant.

« Nous lui téléphonerons à mon retour, répond-il.
— D'accord. »

Pas de doute, Rebecca est plutôt contente d'avoir quelques heures sans lui à la maison. C'est propre aux vieux couples. Vous avez envie de vous trouver seul de temps en temps.

C'est un chaud après-midi d'avril baigné d'une brillante lumière grise. Peter remonte à pied les quelques blocs qui le séparent de la station de métro de Spring Street. Il porte de vieilles boots de daim, un jean marine et une chemise froissée bleu clair sous une veste de cuir couleur d'étain. Vous essayez de ne pas avoir l'air trop apprêté, mais vous avez rendez-vous dans un restaurant branché uptown et vous ne voulez – pauvre crétin – paraître ni trop visiblement « downtown » (pathétique chez un homme de votre âge), ni endimanché. Avec le temps, Peter a fait des progrès pour s'habiller comme l'homme jouant le rôle de l'homme qu'il est en réalité. Cependant, il y a des jours où il ne peut s'empêcher de penser qu'il a tout faux. C'est absurde, naturellement, de se préoccuper de son apparence, et en même temps presque impossible à éviter.

Pourtant, toujours, le monde s'arrange pour vous le rappeler : personne, mon pauvre vieux, ne s'intéresse une seconde à vos chaussures. Vous êtes dans Spring Street un jour de printemps – un faux printemps ? New York a l'habitude de caser une dernière chute de neige après la floraison des crocus –, avec un ciel si blanc qu'on peut imaginer Dieu occupé à faire des boules de neige et les lancer, en disant : *temps, lumière, matière*. C'est New York, un des chaos les plus extravagants qu'ait jamais portés la surface changeante de la terre. Une ville médiévale, en réalité, tout en remparts, ziggourats, flèches et clochers, où vous pouvez voir un bossu vêtu d'un sac-poubelle clopinant à côté d'une femme qui arbore un sac à main à vingt mille dollars. Et en même temps, superposée, une vaste ville champignon du XIXe siècle, bruyante, vivante, tendue vers l'avenir mais sans rien de caoutchouté ni de pneumatique, sans murmure hydraulique. Des trains font trembler la chaussée, des hommes et des femmes sculptés dans la pierre – des dieux – vous jaugent du haut des corniches comme d'un paradis du travail et de la prospérité durement gagnés, des klaxons résonnent tandis que passe un citoyen en chaussures bateau qui dit dans son téléphone portable : « C'est ainsi qu'ils *doivent* être. »

Peter descend l'escalier vers le vacarme d'une rame qui entre en gare.

Bette est déjà installée quand il arrive. Peter suit l'hôtesse à travers le décor pseudo-victorien rouge sombre de Jojo. En le voyant s'avancer, Bette lui adresse un hochement de tête et un sourire ironique (Bette, personne posée, ne ferait un signe de la main que si elle était en train de se noyer). Le sourire est ironique, soupçonne Peter, parce qu'ils se trouvent là à sa demande, et que, d'accord, la cuisine est bonne, mais il y a les franges et les petites tables aux pieds galbés. C'est un décor de théâtre, *saugrenu*, mais Bette et son mari, Jack, ont toujours vécu dans un appartement de six pièces d'avant-guerre entre York Avenue et la 85, il a un salaire d'enseignant et elle les revenus d'une galerie d'art de classe moyenne, et qu'ils aillent se faire foutre, ceux qui la regardent de haut parce qu'elle n'habite pas downtown, un loft dans Mercer Street, un quartier où les restaurants sont plus décontractés.

Quand Peter arrive à sa table, elle dit : « Je n'arrive pas à croire que je t'ai fait venir jusqu'ici. »

Oui, elle est irritée... parce qu'il a accepté de venir ? À cause de sa prospérité (toute relative) ?

« Pas de problème », répond-il, rien de plus intelligent ne lui venant à l'esprit.

« Tu es bon, dit-elle. Pas *gentil*, les gens ont tendance à confondre les deux. »

Il est assis en face d'elle. Bette Rice : une personnalité. Cheveux courts argentés, lunettes sévères cerclées de noir, profil de Néfertiti. Elle était faite pour ça. Juive, fille de gauchistes de Brooklyn, peut-être sortie avec Brian Eno, elle raconte que Rauschenberg lui a offert son premier Coca-Cola Light. En compagnie de Bette, Peter a l'impression d'être le grand benêt sportif qui fait des avances à la forte tête de la classe. Il n'y peut rien s'il est né à Milwaukee.

Elle repère une serveuse, dit « Café », se fiche que sa voix retentisse plus que nécessaire, qu'une blonde sexagénaire à la table voisine la dévisage.

Peter dit : « Je pense que tu as envie de parler des lunettes d'Elena Petrova. »

Elle lève une main frêle. Une de ses trois bagues d'argent porte une griffe tel un instrument de torture mystérieux.

« Cher ange, c'est adorable de ta part, mais je ne vais pas t'imposer les préliminaires d'usage. J'ai un cancer du sein. »

Croyait-il, en le prévoyant, l'en avoir protégée ?

« Bette...

— Non, non, ils l'ont stoppé.

— Dieu merci.

— Ce que je voulais te dire, c'est que je ferme la galerie. Immédiatement.

— Oh. »

Bette lui adresse un rapide sourire de consolation, presque maternel, et il se souvient qu'elle a deux grands fils, dont aucun n'a de problème particulier.

Bette dit : « Ils l'ont arrêté cette fois, et s'il récidive ils en viendront à bout aussi la prochaine fois. Je ne suis pas mourante, pas même près de mourir. Mais il y a eu un moment. Quand j'ai appris de quoi il s'agissait, et tu sais, ma mère...

— Je sais. »

Elle le regarde d'un air calme, grave. Ne montre pas trop vite que *tu sais y faire*, d'accord ?

Elle ajoute : « Je me suis sentie moins terrifiée que furieuse. La galerie est toute ma vie depuis quarante ans, mais franchement j'en ai ras le bol depuis dix ans. Et maintenant que tout s'écroule, et que tout le monde est fauché... Enfin. Une de mes premières pensées a été, si j'en réchappe, Jack et moi allons changer de vie.

— Et...

— Nous partons vivre en Espagne. Les garçons vont bien, nous allons dénicher une petite maison blanchie à la chaux et faire pousser des tomates.

— Tu plaisantes. »

Elle rit, un rire dense et rauque. C'est une des dernières fumeuses américaines encore en vie.

« Je *sais*, dit-elle. Je sais. On va peut-être périr d'ennui. Dans ce cas nous vendrons la maudite petite maison blanche et nous irons ailleurs. En tout cas, c'est simple, je ne veux plus de tout ça. Jack en a marre de Columbia lui aussi.

— Il ne me reste qu'à vous souhaiter bon voyage, alors. »

La serveuse apporte le café de Peter, demande s'ils ont eu le temps de regarder le menu, ce qu'ils n'ont pas fait. Elle dit qu'elle va revenir. C'est une belle fille au visage avenant, avec l'accent de Géorgie, la petite fille chérie de quelqu'un, sans doute arrivée depuis peu à New York, déterminée à faire carrière dans le chant ou quelque chose de similaire, très affable, faisant son possible pour ressembler à une serveuse, sans mentionner le fait que quiconque peut se permettre de fréquenter un endroit comme Jojo en ce moment est par définition une sorte de célébrité.

Bette reprend : « Je veux aimer l'art à nouveau.

— Je crois comprendre ce que tu ressens.

— C'est pareil pour tout le monde. L'argent...

— Je sais. Tout d'un coup, il n'y en a plus. Je veux dire, de l'argent.

— Il en reste un peu.

— Oui, bien sûr. J'espère que c'est vrai.

— On dirait que nous avons tous lutté pour vivre et, sans transition, nous nous retrouvons presque arrivés et à côté de la plaque. »

Un bref sursaut intérieur. Nous tous ? *Vade retro*, ange noir de la mort. Je ne suis pas contaminé par l'échec.

Elle dit : « Je ne parle pas de toi, Peter. »

Qu'a révélé son visage à ce moment ?

« Vraiment ?

— Je me montre maladroite, hein ? C'est moi qui suis à côté de la plaque. Tu es l'une des très rares personnes honnêtes et sérieuses de la profession. Tous les autres sont... tu sais. Soit il s'agit d'un garçon de dix-neuf ans qui vend les œuvres de son copain dans son appartement de Bedford-Stuyvesant, soit ils couchent avec Mobil Oil.

— Oui, je sais.

— Tu n'en as pas un peu marre ?

— Certains jours.

— Tu es encore jeune.

— Quarante ans n'est pas jeune. »

Hum, il a fait sauter quelques années, non ?

« Je n'en ai encore parlé à personne, poursuit-elle. Du projet d'arrêter. Je t'ai appelé parce que j'ai pensé que tu aimerais peut-être prendre Groff. Et un ou deux autres. Tu aimes bien Groff, n'est-ce pas ? »

Rupert Groff. Pas exactement le style de Peter, mais jeune et prêt à décoller. Bette est tombée sur lui par hasard il y a deux ans, quand elle a donné une conférence à Yale. Dès que sera annoncée son intention de fermer la galerie, ils se rueront tous sur lui.

« Oui », dit Peter.

Il lui plaît modérément, mais il pourrait rapporter pas mal d'argent.

« Je pense que c'est toi qui lui conviens le mieux, dit Bette. J'ai peur qu'un des gros bonnets ne lui mette le grappin dessus et ne le bousille.

— Ce serait dramatique.

— Ne fais pas l'idiot.

— Mille pardons.

— Ils mettront la pression pour qu'il transforme le bronze en or, ils feront sa promotion à mort, et à trente ans il sera sans doute fini.

— Ou il aura une rétrospective au Whitney.

— Certains de ces garçons sont prêts très tôt. Pas lui. Il est en train de mûrir. Il a besoin de quelqu'un qui le pousse, mais dans la bonne direction.

— Et tu crois que je suis ce quelqu'un.

— Je dis seulement que je ne te crois pas idiot. »

Je ne sais pas, Bette. Je ne suis pas aussi important que certains d'entre eux, ni aussi riche, et si c'est la preuve que je ne suis pas un idiot, très bien.

« J'espère ne pas l'être, répond-il. Qu'est-ce qui te fait supposer que Groff aimerait venir chez moi ?

— Je lui parlerai. Ensuite, tu pourras lui parler.

— À quoi ressemble-t-il ?

— Agréable. Un peu gauche. Pas le plus malin du lot. »

La serveuse revient leur demander s'ils ont fait leur choix. Confus, ils promettent de le faire, ils auront décidé dans deux minutes, et c'est exactement ce qu'ils font. Qui ne voudrait donner à cette exquise et sérieuse jeune fille, si loin de chez elle, l'impression qu'on la considère comme une parfaite serveuse new-yorkaise ?

Une heure plus tard, Peter et Bette déambulent dans le vaste hall du Met, le grand portail somnolent qui ouvre sur le monde civilisé. Pourquoi nier ses avantages – son formidable équilibre, sa capacité à faire jaillir de chaque molécule de l'atmosphère une impression de solennité, d'éclat royal, et de pillage ancestral des cinq continents ? Le hall vous accueille avec une patience infinie. C'est la mère qui ne mourra jamais, et dès l'entrée apparaissent ses adoratrices dévouées, les femmes du kiosque d'information central, âgées pour la plupart, aimables, attendant de fournir des informations sous un énorme arrangement floral (des branches de cerisier en fleur en ce moment) qui dresse au-dessus de leurs têtes des guirlandes de pétales et de feuillage.

Peter achète les tickets d'entrée (Bette a payé le déjeuner). Ils fixent les petits ronds métalliques (ces choses doivent avoir un nom ?), lui à sa veste et elle au décolleté de son pull de coton noir, ce qui pendant un instant attire l'attention sur sa clavicule proéminente couverte de taches de rousseur et sur les minuscules rides, comme un tissu plissé, qui se sont accumulées à la naissance de ses seins. Bette sait que Peter l'observe, lui retourne un regard qu'il pourrait qualifier de séduction lasse – d'une folle sensualité, pas vraiment sexuel, mais mêlant sexualité et défi, le genre de regard qu'Hélène a dû lancer jadis aux Troyens. Bette Rice, reine kidnappée par l'âge et la maladie.

Dans l'escalier, il règle son pas sur celui de Bette, qui monte à la vitesse d'un fumeur. Elle a allumé une Marlboro Light à l'entrée du musée et dit, en réponse à l'expression réprobatrice de Peter : « Crois-moi, une menace de cancer n'est pas l'occasion de renoncer à fumer. »

En haut de l'escalier, le Marius de Tiepolo triomphe toujours. L'éphèbe continue à jouer du tambourin.

En se dirigeant vers les galeries d'art contemporain, Peter s'arrête devant le Rodin à l'entrée de la salle consacrée au XIXe siècle européen. Bette avance de quelques pas, puis fait demi-tour et rebrousse chemin.

« Toujours là », fait-elle. Ils sont venus pour les Hirst, alors pourquoi Peter s'arrête-t-il ? N'a-t-il pas vu mille fois ce Rodin ?

Peter dit : « Tu sais comment...

— Oui ?

— Comment quelque chose te frappe particulièrement certains jours.

— Aujourd'hui, Rodin te frappe particulièrement ?

— Oui. J'ignore pourquoi. »

Bette s'immobilise près de Peter avec le calme de la mère alligator qu'elle évoque parfois. Voilà sans doute l'attitude qu'elle adoptait avec ses fils quand ils étaient petits, qu'ils étaient fascinés par quelque chose qui l'ennuyait – une bonne volonté avisée mais charitable. Sans doute une des raisons pour lesquelles ils ont grandi sans problème.

Elle dit : « On ne peut nier ses mérites.

— En effet. »

Là, immuable, se dresse Auguste Neyt, alias *Le Vaincu*, alias *L'Âge d'airain* : bronze parfait d'un homme-enfant, de taille réelle, mince et élancé, brandissant sa lance invisible. Rodin était encore un inconnu quand il sculpta ce nu, sans le muscle de la Grèce antique ni la dévotion française à l'allégorie ; Rodin, figure mineure à l'époque mais que le temps allait consacrer – l'héroïsme agonisait, le réalisme faisait son entrée pour très très longtemps. Aujourd'hui, Rodin a vécu et disparu, et bien sûr il fait partie de l'histoire, mais les nouveaux artistes ne l'admirent pas, personne ne vient vers lui en pèlerinage, on l'étudie à l'école, on passe devant ses sculptures et ses ébauches en allant voir Damien Hirst.

Pourtant, c'est un bronze magnifique, qui pourrait durer éternellement (la sphère de Koenig n'a-t-elle pas survécu au 11 Septembre ?). Des archéologues venus d'une autre planète pourraient l'exhumer un jour, et, franchement, serait-il une si mauvaise illustration de ce que et de qui nous avons été ? Auguste Neyt, alors mort depuis des siècles, dont le nom aura disparu mais dont la forme aura été préservée, Auguste Neyt, nu, tel qu'il était, simplement jeune et en bonne santé, avec la vie devant lui.

« On y va ? demande Bette.
— On y va. »

Ils passent d'un pas lent et déterminé devant les Carrière et les Puvis de Chavannes, devant le Pygmalion embrassant Galatée de Gérôme. À l'extrémité de la galerie ils tournent, dépassent le stand de livres et de cadeaux, tournent à nouveau.

Et le voici, le requin, en suspension dans son formol bleu pâle, étrangement beau ; voici la mortelle perfection de sa forme et de sa gueule, pleine de dents, aussi large que l'ouverture d'une barrique, sa raison d'être – existe-t-il une autre créature aussi clairement destinée à être une bouche propulsée par un corps ?

Cela reste toujours un choc ; il fait naître ce frisson d'effroi animal qui court sur la peau de Peter. Ce qui, bien sûr, est l'une des questions. Qui peut rester insensible devant un requin mort de dix mètres de long flottant dans un aquarium ?

L'estomac de Peter se soulève. La nausée empire quand il a mangé. Il devrait probablement consulter un médecin.

« Hmm, fait Bette.

— Hmm. »

C'est en partie dû au conditionnement immaculé, pense Peter – l'énorme réservoir d'acier d'un blanc pur de vingt-deux tonnes, la solution couleur azur dans laquelle flotte l'animal. Le requin est si entièrement enfermé, si parfaitement mort, ses yeux opaques, sa peau ridée d'un blanc gélatineux. Et pourtant...

« C'est quelque chose, de le voir là..., dit Bette.

— C'est quelque chose. »

The Physical Impossibility of Death in the Mind of Someone Living (L'impossibilité physique de la mort dans un esprit vivant). Oui, ce n'est pas rien.

Trois filles et un garçon, de quatorze ou quinze ans, tournent nerveusement autour de l'aquarium, effarés, se demandant comment s'en moquer. Un petit garçon agrippe la main de son père et dit : « Ça fait peur ? » – sous forme de question. Un couple d'âge moyen se tient près de la queue du squale, tous deux serrés l'un contre l'autre, discutant gravement dans une langue qui ressemble à de l'espagnol, se consultant mutuellement, comme s'ils avaient été envoyés pour accomplir un acte douloureux mais nécessaire, pour le bien commun.

Bette dit : « Celui-ci est une femelle.

— Tu crois qu'ils auraient dû garder le premier ?

— Il était hors de question que Steve Cohen accepte de payer huit millions de dollars pour se contenter de regarder la fichue bête se désintégrer.

— Hors de question.

— C'est un peu difficile à envisager dans ces circonstances, note Bette. Je veux dire, il y a l'objet, et il y a la carrière de Hirst, sans mentionner Hirst lui-même, puis il y a les huit millions de Cohen et le Met qui trouve audacieux d'exposer une œuvre connue depuis presque vingt ans... »

Les lycéens se bousculent devant la partie médiane du requin, tremblant de peur, d'excitation sexuelle et de mépris, ils parlent à voix basse dans leur langage particulier. Peter en surprend des fragments : « tu es une vraie glu... » (non, il a sans doute mal entendu), « ... n'ai jamais... », « ... Thomas, Esme et Prue... » Une des filles pose sa main sur la vitre, la retire d'un geste vif. Deux autres poussent des cris et s'enfuient en courant comme si leur amie avait déclenché une alarme.

Bette s'approche de l'aquarium, se penche légèrement pour regarder à l'intérieur de la gueule ouverte du requin. La fille qui a touché la vitre reste sur place, le garçon à côté d'elle. Elle tripote la couture de son jean. De jeunes amoureux, certainement. Elle a un air décidé, une petite bouche, quelque chose de pieux – elle pourrait être amish, si on oublie le tee-shirt Courtney Love et le blouson de cuir vert. C'est une belle fille, probablement intelligente, en train de contempler un requin à côté de son petit ami (qui est homo, ça se voit, le sait-il, le sait-elle ?), et Peter tombe pendant un instant amoureux d'elle, ou plutôt de ce qu'elle deviendra (dans dix ans, vêtue d'une petite robe étroite scintillante, riant à une soirée ici ou là), puis le garçon lui murmure quelque chose à l'oreille, et ils s'éloignent, et Peter ne la reverra jamais.

Bea semble fâchée contre lui en permanence, mais elle n'a que vingt ans. Quand même. Elle se dessèche, là-bas à Boston, elle est maigre, pâle et tendue, sans petit ami, sans passion notable sinon sa détermination à faire quelque chose de pratique de sa vie, sa conviction que l'art est ridicule, entendez par là que Peter est ridicule, et qu'il l'a amenée, pendant toutes ces années, à s'attacher excessivement à lui et trop peu à Rebecca, ce qui lui est depuis peu apparu comme la source de sa persistante solitude, de ses crises intermittentes de dépression, de ses déboires avec les hommes et de ses relations difficiles avec les femmes.

« Il est impressionnant, dit Bette à propos du requin. Tu penses : oh, c'est un geste, rien qu'un requin mort, tous les musées d'histoire naturelle en sont remplis, mais là, tu es dans une galerie devant lui, et alors... »

Bette a pris des hanches avec l'âge. Elle porte des Reebok noires. Tandis qu'elle se penche sans peur vers la gueule du requin, elle est touchante mais pas héroïque – ou plutôt, peut-être héroïque à sa manière mais pas forte, elle ne possède même pas la grandeur fanatique et fatale d'Achab, bien qu'elle ait, dans sa vie, partagé en partie sa folle conviction (pensez à tous les artistes qu'elle a exposés). Mais aujourd'hui, en ce dimanche après-midi au Met, il s'agit d'une vieille femme qui regarde à l'intérieur de la gueule d'un requin mort.

Peter se met à côté d'elle. « C'est un geste impressionnant », dit-il.

Derrière les reflets imprécis de Peter et de Bette dans la vitre, la mâchoire du requin est béante – il y a les rangées de dents irrégulières, meurtrières, et au-delà, tacheté de blanc, l'orifice lui-même, qui prend la teinte bleue de la solution et devient plus gris et plus profond à mesure qu'il s'enfonce dans les entrailles obscures du requin.

Bette n'a pas dit la vérité à Peter. Pas toute la vérité. Le chirurgien n'est pas venu à bout de la tumeur, elle ne guérira pas. Peter le comprend avec une soudaineté aiguë semblable à l'effroi animal qu'a déclenché la vue du requin. Une infime partie de ce qu'il a enregistré s'efface de son cerveau, et il ne saura jamais s'il a compris chez Jojo ou seulement plus tard que Bette en réalité est en train de mourir, et que sa mort approche. Voilà pourquoi elle ferme la galerie tout de suite. Voilà pourquoi Jack démissionne de Columbia.

Peter tend la main vers celle de Bette. C'est plus ou moins involontaire de sa part, et il marque un temps d'arrêt sitôt qu'il l'a touchée ; est-il ridicule, mélodramatique ? Va-t-elle le repousser ? Ses doigts sont étonnamment doux et fripés, comme ceux d'une vieille femme. Elle serre sa main dans la sienne, légèrement, un court instant. Ils restent ainsi pendant quelques secondes, puis s'écartent l'un de l'autre. Que le geste puisse paraître excessif ou affecté, que Peter soit porté à dramatiser, Bette ne semble guère s'en soucier, pas à cet instant, pas devant le requin.

Peter pénètre dans l'appartement. Il est quatre heures et quart. Il va jusqu'au comptoir de la cuisine, dépose le paquet du drugstore qui contient l'Excedrin et le fil dentaire qu'il a achetés (pourquoi ne peut-on pas sortir à New York sans acheter quelque chose ?), ôte sa veste et la suspend. Tandis que son ouïe s'ajuste au murmure feutré de la maison, il entend le bruit de la douche. Rebecca est là. Bon. Comme elle, il apprécie parfois un peu de solitude quand il rentre, mais pas à présent, pas aujourd'hui. Il est difficile de savoir ce qu'il ressent. Il voudrait simplement éprouver du chagrin pour Bette. C'est plus sourd que du chagrin. Une profonde solitude confusément mêlée à une frousse sous-jacente, il ne sait quel nom lui donner, mais il veut voir sa femme, il veut se blottir contre elle, peut-être regarder une émission stupide à la télévision, laisser le monde s'assombrir en attendant la nuit.

Peter traverse la chambre jusqu'à la salle de bains. Elle est là, forme rose indistincte derrière la porte en verre dépoli de la douche. Il y a l'ombre de la mort dans l'air, il y a des requins dans l'eau, mais il y a aussi ça, Rebecca qui prend une douche, le miroir embué par la vapeur, la salle de bains qui sent le savon, et cette autre odeur que Peter peut seulement qualifier de propre.

Il ouvre la porte de la douche.

Rebecca est jeune à nouveau. Elle tourne le dos à Peter, avec ses cheveux courts, son dos musclé et droit qu'elle doit à la natation ; elle est à moitié dissimulée par la buée et soudain l'impossible prend un sens : la main de Bette dans celle de Peter, le jeune homme de Rodin attendant que les siècles l'enterrent et Rebecca dans la douche, l'eau ruisselante qui efface les vingt années passées, une jeune fille.

Elle se retourne, surprise.

Ce n'est pas Rebecca. C'est Mizzy. C'est The Mistake.

Bien sûr. Les plaques musclées des pectoraux, le V des hanches ; la petite toison raide de ses poils pubiens, la saillie rose foncée de sa bite.

« Salut », lance-t-il d'un air enjoué. Être nu devant Peter ne semble pas lui poser le moindre problème.

« Salut, répond Peter. Excuse-moi. »

Il fait un pas en arrière, ferme la porte de la douche. Mizzy a toujours été impudique, ou plutôt sans pudeur, du genre exhibitionniste, si peu gêné par la nudité ou les fonctions biologiques que tout le monde en comparaison ressemble à une vieille victorienne. La porte de la douche une fois refermée, Peter ne voit plus que la silhouette rose chair, et tout en sachant qu'il s'agit de Mizzy (Ethan) il s'immobilise et se rappelle la jeune Rebecca (s'avançant dans les vagues, ôtant une robe blanche de coton, debout sur le balcon de cet hôtel bon marché à Zurich), jusqu'à ce qu'il se reprenne, conscient de s'attarder un peu plus longtemps qu'il ne le devrait – Mizzy, ne te fais pas d'idées –, et il tourne les talons. Ce faisant, il distingue son propre reflet fantomatique, comme un portrait estompé, qui traverse furtivement le miroir embué.

Son frère

LA FAMILLE DE REBECCA est en quelque sorte un pays en soi. Peter l'a épousée comme il aurait pu épouser les coutumes et les légendes, l'histoire particulière d'une jeune fille originaire d'une petite nation lointaine. La nation familiale Taylor serait aisée mais pas riche, amatrice de cuisine et d'artisanat régional, peu soucieuse des emplois du temps et des horaires de train, réfugiée dans les replis d'une chaîne de montagnes assez redoutable pour l'avoir protégée des envahisseurs, des immigrants, et de la plupart des idées et des inventions qu'elle n'a pas engendrées elle-même. Mizzy serait son saint patron blessé, dont la pâle effigie aux yeux de verre est transportée chaque année à travers les rues jusqu'à la grande place.

Avant Mizzy, cependant... Il y avait, il y a toujours, la grande maison ancienne à lucarnes qui commence à atteindre le stade ultime de la dégradation sous l'influence accumulée de la chaleur et de l'humidité des étés de Richmond. Il y a aujourd'hui Cyrus (professeur de linguistique, un petit homme à l'assurance tranquille qui ressemble à Cicéron) et Beverly (pédiatre, vive et ironique, totalement détachée des tâches ménagères). Et il y avait, il y a toujours, trois charmantes filles : Rosemary, Julianne et Rebecca, nées à cinq ans d'intervalle. Rose était « la » beauté, grave, amicale mais plutôt distante ; la fille qu'attendait toujours un garçon plus âgé au volant d'une voiture. Julie était moins spectaculaire mais plus rieuse, un garçon manqué, bruyante et drôle, championne de gymnastique et portée sans équivoque sur le sexe. Et pour finir Rebecca, née célèbre grâce à ses deux sœurs aînées ; Rebecca, petite, pâle et espiègle, la moins jolie mais la plus intelligente, avec le même copain guitariste depuis la classe de quatrième ; parfaitement illustrée (pour Peter) par la photo de l'annuaire de l'école sur laquelle, arborant la couronne et le bouquet de roses de la fête de fin d'année, elle rit (Dieu sait pourquoi, peut-être devant l'absurdité de l'endroit où elle se trouve) dans une petite robe scintillante, flanquée de deux suivantes, les princesses, qui affichent des sourires résolus pour l'appareil, d'une beauté presque impassible, banales, descendantes de ces filles robustes « bonnes à marier » auxquelles Jane Austen s'était peu intéressée.

Et ensuite. Alors que Rebecca s'apprêtait à passer son baccalauréat, que Julie était en deuxième année à Barnard et que Rose envisageait déjà de divorcer, The Mistake arriva.

Beverly avait subi une ligature des trompes des années auparavant. Elle avait quarante-cinq ans, Cyrus, plus de cinquante. Beverly avait dit : « Il devait avoir une envie folle de naître. » Cette déclaration fut prise au sérieux. Elle était spécialiste des enfants, *pédiatre*, et peu encline à faire du sentiment à leur sujet.

Peter avait fait la connaissance de Mizzy quand Rebecca l'avait amené pour la première fois à Richmond. Nerveux à l'idée de rencontrer la famille, il craignait une éventuelle note d'inconvenance – n'était-il pas un peu incongru pour un étudiant de troisième cycle de sortir avec une étudiante de première année, bien qu'il ait attendu la fin du semestre ? Le père de Rebecca était professeur, Peter pouvait-il vraiment croire Rebecca quand elle lui assurait que son père ne faisait pas d'objections ?

« Tais-toi, lui avait-elle dit quand l'avion avait commencé sa descente. Arrête de t'inquiéter. Tout de suite. »

Elle possédait cette assurance grisante des très jeunes filles ; elle avait l'accent chantant de la Virginie. Elle aurait pu être infirmière en temps de guerre.

Il avait promis d'essayer.

Puis ils avaient débarqué de l'avion, et Julie était apparue, débordante de vie et amicale comme une fille de la campagne, les attendant à l'extérieur de l'aéroport dans la vieille Volvo familiale.

Ensuite il y avait eu la maison.

La photo que Rebecca avait montrée à Peter l'avait préparé à sa noblesse décrépie – les enchevêtrements de glycines et la large galerie ombreuse de la façade –, mais pas à la maison *in situ*, pas aux merveilleuses demeures patriciennes délabrées qui bordaient la rue, plus ravissantes les unes que les autres, certaines mieux entretenues que leurs voisines, mais aucune refaite ni restaurée – ce n'était apparemment pas le genre du quartier ; Richmond n'était sans doute pas ce genre de ville.

« Mon Dieu ! s'était exclamé Peter lorsque la voiture s'était arrêtée.

— Quoi ? avait demandé Julie.

— Disons seulement que c'est un rêve. »

Julie avait lancé un coup d'œil à Rebecca. *Oh, bon. Encore un de ces garçons très, très intelligents.*

En réalité, il n'avait pas voulu paraître cynique, ni même particulièrement intelligent. Loin de là. Il était en train de tomber amoureux.

À la fin du week-end, il ne savait plus ce qui lui plaisait le plus. Il y avait le cabinet d'étude de Cyrus – un cabinet ! – avec son confortable fauteuil inclinable, dans lequel vous auriez pu vous installer et lire du matin au soir. Il y avait la tentative (ratée) de Beverly d'impressionner Peter en confectionnant une tarte (connue par la suite comme « cette maudite tarte immangeable »). Il y avait la fenêtre à l'étage par laquelle les filles s'échappaient le soir, les trois vieux chats hautains et paresseux, les rayonnages bourrés de livres et de jeux de société d'un autre âge, de coquillages de Floride et de photos encadrées prises au petit bonheur, les odeurs à peine perceptibles de lavande, de moisi et de feu de cheminée, la balancelle d'osier dans la galerie sur laquelle quelqu'un avait oublié un exemplaire boursouflé par la pluie de *Daniel Deronda*, de George Eliot.

Et il y avait Mizzy, qui allait avoir quatre ans.

Personne n'aimait le mot « précoce ». Il évoquait quelque chose de menaçant. Mais Mizzy, à quatre ans, avait appris à lire. Il se rappelait chacun des mots prononcés devant lui et pouvait par la suite l'utiliser à tout bout de champ dans une phrase, le plus souvent correctement.

C'était un enfant sérieux et incrédule, enclin à des accès soudains d'hilarité, bien qu'il fût impossible de prédire ce qui pouvait ou non lui paraître drôle. Il avait un assez joli minois avec un haut front pâle, des yeux limpides et une bouche délicate, bien dessinée – on pouvait croire à cette époque qu'il deviendrait un ravissant petit prince ou, tout aussi bien, un Louis II de Bavière, avec un grand front bombé marbré de veines et un regard plein d'une sensibilité frémissante.

Et (Dieu merci) il nourrissait des sentiments et des désirs enfantins en même temps que ses penchants bizarres. Il aimait les bonbons Pop Rocks et, avec une passion inquiétante, la couleur bleue. Il était fasciné par Abraham Lincoln, dont il savait qu'il avait été Président mais à qui il voulait à toute force attribuer une puissance surhumaine, et le pouvoir de faire surgir des arbres en pleine croissance dans un sol désertique.

Cette nuit-là, au lit (les Taylor, apparemment, n'y voyaient pas d'inconvénient), Peter dit à Rebecca : « C'est merveilleux.

— Quoi ?

— Tout. Chacun de vous, chaque objet.

— Ce n'est rien de plus que ma famille de dingues et ma vieille maison déglinguée. »

Elle était sérieuse. Elle ne jouait pas les modestes.

Il dit : « Tu ne te rends pas compte...

— De quoi ?

— À quel point la plupart des familles sont *normales*.

— Tu penses que ma famille n'est pas normale ?

— Non. Le mot "Normal" ne convient pas. Prosaïque. Sans originalité.

— Je ne pense pas qu'il existe des gens prosaïques. Je crois que certaines personnes sont plus *excentriques* que d'autres. »

Imagine Milwaukee, Rebecca. Ordre, sobriété et culte de la propreté qui décape l'âme. Des gens respectables qui font de leur mieux pour mener une vie respectable, rien qui incite à les haïr, ils font leur boulot, entretiennent leur propriété, aiment leurs enfants (la plupart du temps) ; ils prennent des vacances en famille, rendent visite à leurs parents et décorent leur maison pour les fêtes, collectionnent certaines choses et économisent pour en acquérir d'autres ; ce sont de braves gens (la plupart d'entre eux, la plupart du temps), mais si vous étiez à ma place, celle du jeune Peter Harris, vous auriez senti que toute cette médiocrité vous minait lentement, vous appauvrissait, toutes ces petites satisfactions et pas une seule qui soit intense, dangereuse ; aucun héroïsme, aucun génie, aucun désir irrésistible pour quelque chose que vous ne pouvez en théorie pas obtenir. Si vous étiez le jeune Peter Harris aux cheveux longs, boutonneux, vous n'auriez plus supporté cette vie sans danger, obstinément raisonnable, cette confrontation au culte protestant de la normalité ; l'éternelle conviction du croyant que le flamboyant et le macabre ne sont pas uniquement menaçants mais – pire – sans intérêt.

Comment s'étonner que Matthew se soit enfui deux jours après avoir passé son baccalauréat et qu'il ait baisé avec la moitié des hommes de New York ?

Non, tu as tort, c'est ignoble, c'est faux. Milwaukee n'a pas tué ton frère.

Rebecca dit : « Si tu avais grandi ici, tu aurais des idées un peu moins romantiques sur tout ça.

— Alors je veux avoir des idées romantiques sur tout ça aussi longtemps que je le pourrai. Mizzy m'a raconté l'histoire d'Abraham Lincoln avant le dîner.

— Il raconte à tout le monde l'histoire d'Abraham Lincoln.

— Qu'il semble avoir mélangé avec Superman et Johnny Appleseed.

— Je sais. Il doit en inventer une bonne partie en cours de route. Nous sommes toutes parties, et maman est, comment dire, dépassée. Elle l'aime plus que tout au monde. Mais elle a toujours eu du mal à gérer l'aspect maternel de la question. Quand j'étais petite, c'était Rose et Julie qui me lisaient des histoires et m'aidaient à faire mes devoirs et le reste.

— Julie ne m'aime pas beaucoup, non ?

— Qu'est-ce qui te fait dire ça ?

— Je ne sais pas. Une impression, j'imagine.

— Elle est protectrice, voilà tout. Ce qui est plutôt drôle. C'est elle la plus déchaînée.

— Déchaînée, vraiment ?

— Oh, sans doute moins maintenant. Mais au lycée...

— Elle était déchaînée.

— Hum.

— À quel point ?

— Je ne sais pas. Normalement déchaînée. Elle couchait avec plusieurs garçons, c'est tout.

— Raconte-moi un truc ou deux.

— Ça t'excite ?

— Un peu.

— Il s'agit de ma sœur.

— Raconte-moi une seule histoire.

— Les hommes sont de vrais pervers.

— Et pas vous ?

— D'accord, Charlie. Va pour une histoire.

— *Charlie ?*

— J'ignore pourquoi je t'ai appelé comme ça.

— Une histoire, raconte. »

Elle était allongée sur le dos, la tête reposant dans ses mains, mince silhouette de garçon. Ils se trouvaient dans ce que les Taylor appelaient le débarras, seule pièce à l'exception de la chambre de Cyrus et de Beverly à posséder un lit double. Elle avait servi de chambre d'amis autrefois, mais les Taylor ayant plus de vieilleries que d'invités, elle servait depuis longtemps de remise, étant entendu qu'on pourrait y loger un invité occasionnel, en s'excusant. À l'extrémité de la pièce, un faible clair de lune de Virginie éclairait en partie une machine à coudre recouverte d'une housse, trois paires de skis, une pile de boîtes en carton marquées « Noël » et la collection d'objets des Taylor qui seraient sans doute réparés quand quelqu'un en aurait le temps : un invraisemblable bureau rose aux tiroirs dépourvus de poignées, une pile de quilts anciens, un saint François de plâtre écaillé destiné à trôner sur une pelouse, un espadon naturalisé (d'où diable venait-il, et pourquoi le conserver ?) et, posé sur une étagère en hauteur, comme une lune éteinte, un globe terrestre qui s'allumerait dès que quelqu'un se soucierait d'acheter l'ampoule adaptée. Il y en avait plus encore, beaucoup plus, à attendre, comme une troupe d'âmes au purgatoire, dans les ténèbres par-delà le timide rayon de lumière qui entrait par la fenêtre.

Certains – nombreux – auraient jugé cette pièce déprimante, se seraient sentis décontenancés par la maison des Taylor comme par le mode d'existence de la famille. Peter, lui, était enchanté. Il se trouvait ici parmi des gens trop occupés (par les étudiants, les patients, les livres) pour maintenir le tout dans un ordre parfait, des gens qui préféraient recevoir dans leur jardin ou organiser des soirées de jeux de société que nettoyer les joints du carrelage avec une brosse à dents (même si les carrelages des Taylor auraient indéniablement mérité un peu plus d'attention). C'était un style de vie opposé à celui de son enfance, les soirées glaciales, le dîner terminé à six heures et demie, et au moins quatre heures à patienter avant de songer raisonnablement à aller se coucher.

Et il y avait Rebecca, couchée à côté de lui. Rebecca qui habitait cette maison avec autant de naturel qu'une sirène habite un bateau ayant coulé avec son trésor.

« Bon, dit-elle. Voyons… Un soir, alors que j'étais en deuxième année d'université…

— Et Julie en dernière.

— Oui. Un soir où maman et papa étaient absents, et que j'étais sortie avec Joe…

— Ton petit ami.

— Mouais. Nous nous étions disputés…

— Joe et toi couchiez ensemble ? »

Elle dit, l'air faussement outragé : « Nous étions amoureux.

— Donc vous couchiez ensemble.

— *Oui*. On avait commencé l'été à la fin de la première année.

— Tu avais discuté avec tes amies avant de faire l'amour avec ton copain ?

— Naturellement. C'est cette histoire-là que tu veux entendre ?

— Non. Revenons à Julie.

— D'accord. Julie pensait avoir la maison pour elle toute seule. J'ai oublié pourquoi Joe et moi nous nous étions disputés, mais ça semblait sérieux. J'étais partie furieuse, convaincue que nous étions en train de rompre pour de bon et qu'à seize ans j'avais déjà gâché les plus belles années de ma vie avec cet abruti. Je suis entrée dans la maison et j'ai entendu du bruit.

— Quel genre de bruit ?

— Comme un martèlement. Provenant de la chambre sur le jardin. Comme quelqu'un qui taperait du pied.

— Vraiment ?

— Je n'étais pas innocente. Je savais quels bruits on fait quand on baise, et si j'avais pensé que Julie était en train de faire l'amour avec un garçon dans le jardin je l'aurais laissée tranquille.

— Mais quelqu'un tapait du pied à l'intérieur.

— Je me demandais ce que c'était. Je ne savais même pas que Julie se trouvait à la maison. Je pense que si je n'avais pas eu cette énorme dispute avec Joe, j'aurais peut-être eu peur. Mais j'étais hors de moi. J'ai pensé : Très bien, si tu es un évadé d'un asile de fous, que tu es assis chez moi, armé d'une hache et en train de taper du pied, tu ne sais pas à qui tu as affaire.

— Tu as cherché ?

— Oui.

— Et trouvé ?

— Julie avec Beau Baxter, avec qui elle sortait, et le meilleur ami de Beau, Tom Reeves.

— Que faisaient-ils ?

— Ils faisaient l'amour.

— Tous les trois ?

— Plutôt, les deux garçons avec Julie.

— Des détails.

— Tu te masturbes ?

— Peut-être.

— C'est moche.

— C'est en partie pour ça que c'est excitant.

— J'ai l'impression de la trahir.

— J'en viens à aimer Julie, si on peut dire.
— Si tu fais du gringue à ma sœur...
— Oh, pour l'amour du ciel ! Raconte-moi seulement ce que tu as vu quand tu es entrée dans la pièce.
— Je n'aurais pas dû.
— D'accord. Dis-moi d'où venait le martèlement.
— Hein ? Oh, c'était Beau qui tapait du pied.
— Pourquoi ?
— Il tapait du pied, c'est tout.
— Allez.
— Bon. Parce qu'il était... en train de la baiser. Par-derrière. Et je ne sais pas, je suppose qu'il se mettait à taper du pied quand il était excité.
— Où était l'autre type ?
— Devine.
— Julie lui suçait la bite. C'est ça ?
— Je ne dirai pas un mot de plus.
— Qu'as-tu fait ?
— Je suis partie.
— Tu ne voudrais pas inventer une version dans laquelle tu serais restée ?
— Pas pour tout l'or du monde.
— Tu étais bouleversée ?
— *Oui.*
— Parce que tu avais vu ta sœur faire l'amour à trois.
— Pas seulement.
— Alors pourquoi ?
— Tout me paraissait tellement... dégueulasse. Joe s'était conduit comme un salaud, et voilà que ma sœur était en train de baiser ces deux idiots...
— Tu ne crois pas que c'étaient plutôt eux qui la baisaient ?
— Nous en avons parlé ensemble par la suite.

— Et ?

— Elle m'a dit que c'était elle qui en avait eu l'idée.

— Tu l'as crue ?

— J'aurais voulu la croire. Je veux dire, c'était sa dernière année à l'université, elle avait réussi ses examens et se préparait à entrer à Barnard. Pour moi, elle était une sorte... d'héroïne.

— Et alors ?

— Je n'y ai pas cru. Elle était la personne la plus batailleuse que j'aie jamais connue. Je me suis imaginé comment ça s'était passé en réalité. Même cet imbécile de Beau Baxter pouvait voir qu'après quelques verres elle ne refuserait pas de relever un défi. Je savais qu'elle aurait besoin de croire par la suite que l'idée venait d'elle. De se persuader que c'était elle qui avait dominé la situation. D'une certaine manière, c'était le pire.

— Tu étais une chouette fille.

— Pas du tout.

— Plus chouette que Julie.

— Pas vraiment.

— Tu ne le penses pas ?

— J'ai fait l'amour avec Beau deux jours plus tard. Rectification : j'ai baisé Beau deux jours plus tard.

— Tu plaisantes...

— Il est venu me trouver au cours d'une fête pour s'excuser, soi-disant gêné mais en fait terriblement content de lui.

— Et tu...

— Je lui ai dit de me suivre.

— Où l'as-tu emmené ?

— Dans le jardin. C'était une grande maison où on donnait une quantité de fêtes, et il y avait un jardin.

— Et...

— Je lui ai dit de me baiser. Là, dans l'herbe mouillée.
— Non !
— J'en avais assez. Marre de mon crétin de petit ami, et marre de ma minable sœur qui croyait devoir gagner tous les concours, et marre d'être l'innocente petite sœur qui devenait hystérique quand elle voyait des gens baiser dans la chambre qui donnait sur le jardin. Ce soir-là, je croyais avoir quitté mon copain pour de bon, et en plus j'avais bu presque un demi-litre de vodka bon marché, et je voulais seulement chevaucher la bite de ce grand imbécile qui avait humilié ma sœur. Il ne me plaisait pas, mais à cet instant-là j'avais envie de le baiser comme je n'avais jamais désiré quelque chose de ma vie.
— Waouh !
— Ça te plaît, hein ?
— Euh, qu'est-ce qui est arrivé ensuite ?
— Il était mort de trouille. Comme je l'avais prévu. Il ne savait dire que Euh, euh, Rebecca, je sais pas... Alors je lui ai donné une petite poussée des deux mains sur la poitrine et lui ai dit de se coucher par terre.
— Ce qu'il a fait ?
— Bien sûr. Il n'avait jamais expérimenté le pouvoir d'une fille déterminée.
— Continue.
— J'ai baissé son pantalon et relevé sa chemise. Je n'avais pas besoin qu'il soit nu. Je me suis penché sur sa bite et lui ai montré exactement quoi faire à mon clitoris avec le bout de ses doigts. Je ne suis pas sûre qu'il ait su ce qu'était un clitoris avant ce moment.
— Tu inventes.
— Non, c'est vrai.
— *Non.*

— J'invente peut-être.
— Sans blague ?
— C'est important pour toi ?
— Bien sûr que c'est important.
— C'est une histoire excitante, vraie ou fausse, non ?
— Je pense que oui. Ouais.
— Les hommes sont si vicieux.
— Tu as raison. Nous sommes vicieux.
— Quoi qu'il en soit, les histoires sont terminées pour ce soir. Viens ici, Charlie.
— À quoi rime ce *Charlie* ?
— Franchement, je n'en sais rien. Viens.
— Où ça ?
— Là. Juste là.
— Ici ?
— Mmm. »

Six mois plus tard, il l'épousait.

Vingt ans plus tard, il est assis à la table de la salle à manger en face de Mizzy, qui vient de sortir de la douche, vêtu d'un bermuda. Pas de chemise. On ne peut pas nier sa ressemblance avec le bronze de Rodin – la musculature déliée et fluide de la jeunesse, l'extraordinaire décontraction ; l'impression que la beauté est la condition humaine naturelle, et non une mutation rare. Mizzy a les pointes des seins rose sombre (il doit y avoir une trace de sang méditerranéen chez ces Taylor) de la taille d'un quarter. Entre ses pectoraux carrés parfaitement dessinés surgit un médaillon de poils bruns.

Cherche-t-il à séduire ou est-ce son insouciance charnelle habituelle ? Il n'a aucune raison de penser que Peter puisse être intéressé et, même dans ce cas, il ne chercherait pas à exciter le mari de sa sœur. Vraiment ?

(Quand Rebecca a-t-elle dit : « Je crois Mizzy capable d'à peu près tout » ?) Il y a naturellement, chez certains jeunes hommes, un instinct qui les pousse à tenter de séduire n'importe qui.

Peter demande : « Comment était le Japon ?

— Très beau. Pas convaincant. » Mizzy a conservé le léger grasseyement que Rebecca a perdu il y a des années. *Trè-rès beau. Pas coon-vainn-cant.*

Hors de la douche, Mizzy ressemble moins à Rebecca. Il possède sa propre version du visage des Taylor : un profil de faucon, un nez busqué et de grands yeux pensifs (qui, chez Mizzy, louchent imperceptiblement, conférant à son visage un air étonné, constamment interrogateur) ; tous deux évoquent vaguement l'Égypte antique, un trait que ne partagent ni Cyrus ni Beverly, preuve de quelque cafouillage répété dans leur ADN. La progéniture des Taylor, trois filles et un garçon, variations sur un même thème, des profils qui ne détonneraient pas sur des poteries anciennes de plusieurs millénaires.

Peter écarquille les yeux.

« Un pays tout entier peut-il être peu convaincant ? demande-t-il.

— Je ne parlais pas du Japon mais de moi. Je n'étais qu'un touriste là-bas. Je ne suis pas parvenu à me sentir concerné. »

Il a cette présence des Taylor, cette *attitude* qu'ils ont tous (peut-être à l'exception de Cyrus), sans même s'en rendre compte. Cette faculté de... dominer dans une pièce. D'être la personne dont les autres demandent : qui est-ce ?

Mizzy est allé au Japon dans un but précis, semble-t-il. Pour visiter un vestige ?

Où diable est passée Rebecca ?

« Le Japon est un pays très exotique, dit Peter.

— Ici aussi, c'est exotique. »

Un point pour le jeune blasé.

« Tu es allé là-bas pour voir une sorte de rocher sacré, non ? » demande Peter.

Mizzy sourit. Bon, il n'est pas aussi infatué de sa personne qu'il pourrait l'être.

« Un jardin, rectifie-t-il. Un sanctuaire dans les montagnes du Nord. Cinq pierres qui ont été placées là par des moines il y a six cents ans. Je me suis assis et j'ai contemplé ces pierres pendant presque un mois.

— Vraiment ? »

Mizzy, ne joue pas au plus malin. J'ai été moi-même un jeune romantique enclin à me donner de l'importance. Un *mois* !

« Et j'ai trouvé ce que j'aurais dû prévoir. C'est-à-dire rien. »

Et maintenant : la leçon sur la supériorité de la culture asiatique.

« Rien du tout ?

— Un tel jardin est indissociable d'une pratique. Il fait partie d'une vie de méditation. Au bout du compte, on ne peut pas se contenter d'aller là-bas et, je ne sais pas, de faire une visite.

— Tu voudrais passer ta vie à *méditer* ?

— C'est une question à méditer. »

Un vrai cadeau du Sud – cette incroyable bonne opinion de soi délayée dans l'humour et la simplicité. Voilà ce qu'on entend par « charme sudiste », n'est-ce pas ?

Peter s'attend à l'entendre raconter, mais il n'y a rien d'autre, semble-t-il. Un silence s'installe et se prolonge. Peter et Mizzy restent assis à contempler la table. Le silence devient décisif, comme l'interlude durant lequel il apparaît qu'un rendez-vous tourne court, que rien de prometteur n'en sortira. Bientôt, si cet embarras ne se dissipe pas, ce sera la preuve que Peter et Mizzy – *ce Mizzy*, en tout cas, ce garçon perturbé, qui écume le monde, qui soi-disant ne se drogue plus depuis plus d'un an – ne s'entendent pas ; que Mizzy est là pour habiter chez sa sœur et que le mari de sa sœur le tolérera le mieux possible.

Peter remue sur sa chaise, jette un regard vague vers la cuisine. D'accord. Ils ne vont pas devenir amis. Pourtant il faudra qu'ils s'entendent. Ce serait trop pénible pour Rebecca s'ils n'y parvenaient pas. Il sent le calme apparent passer du manque d'affinité au conflit. Qui va parler – qui va rompre le silence au premier prétexte venu ? – et s'avouer vaincu, un moins que rien ; prêt à trouver un dérivatif dans la conversation pour que tout rentre dans l'ordre.

Peter regarde à nouveau Mizzy. Celui-ci affiche un petit sourire désarmé.

Peter dit : « Je suis allé à Kyoto, il y a des années. »

Et il n'en faut pas plus. Une simple déclaration de bonne volonté.

« Les jardins de Kyoto sont stupéfiants, embraye Mizzy. J'étais obsédé par ce sanctuaire parce qu'il était loin de tout. Comme si... comme s'il était d'autant plus saint qu'il n'existait pas d'hôtel convenable à proximité. »

Sentant la tension se relâcher, Peter est envahi d'un élan d'affection envers Mizzy, un émoi bref, qu'il imagine semblable à celui qu'éprouvent les hommes pour leurs camarades sur un champ de bataille.

« Et il ne l'était pas, dit-il.

— J'ai cru qu'il l'était, au début. C'est d'une incroyable beauté. Au sommet de la montagne, couvert de neige pendant plus de la moitié de l'année.

— Où logeais-tu ?

— Il y avait une sorte de pension minable dans le village ; je partais à pied dans la montagne tous les matins et ne rentrais qu'à la nuit tombée. Les moines me permettaient de rester là. Ils étaient très gentils. Ils me considéraient comme leur enfant un peu stupide.

— Tu passais toutes les matinées assis dans le jardin ?

— Pas dans. C'est un jardin zen. Du gravier ratissé. On reste assis sur le côté et on regarde. »

On reste assiis sur le cooté et on regarde. Comment ne pas remarquer la douceur musquée de cet accent de Virginie ?

« Pendant un mois entier, dit Peter.

— Au début, j'ai cru sentir quelque chose de particulier. C'est vrai qu'il y a tout ce bruit dans nos têtes, nous y sommes tellement habitués que nous ne l'entendons pas. Cette sorte de brouillage d'information, de désinformation et du reste. Et au bout de sept ou huit jours à contempler cinq pierres et un peu de gravier, il commence à disparaître.

— Et il est remplacé par ?

— L'ennui. »

Peter s'attendait si peu à ça qu'il laisse échapper un étrange petit rire de gorge.

Mizzy dit : « Et il y a autre chose. Je ne veux pas donner l'impression de m'en fiche. Mais je... Ça peut paraître un peu bateau.

— Vas-y.

— Hum. Toute réflexion faite, je n'ai pas vraiment envie de porter une robe et de rester assis au sommet d'une montagne à l'autre bout de la planète à contempler des pierres. Mais en même temps, je n'ai pas envie de dire : "Bon, finie, ma phase spirituelle, maintenant il est temps de m'inscrire en fac de droit." »

Le mystère de Mizzy. Où est passé le petit prodige ? On s'attendait, quand il était enfant, à ce qu'il devienne neurochirurgien, ou un grand écrivain. Et maintenant il envisage (ou, d'accord, il refuse d'envisager) d'entrer à la fac de droit. Son potentiel a-t-il représenté un fardeau trop lourd pour lui ?

Peter dit : « Serait-il trop horrible et embarrassant de te demander ce que tu crois avoir envie de faire ? »

Mizzy fronce les sourcils, l'air malgré tout amusé. « Je pense que j'aimerais être le roi de la pègre.

— Un boulot pas facile à décrocher !

— Je n'ai pas envie de jouer aux énigmes. J'ai besoin de me secouer un peu. Les gens me le répètent depuis des années, et je commence à les croire. Je ne peux pas aller visiter un autre sanctuaire au Japon. Je ne peux pas partir en voiture pour Los Angeles pour le seul plaisir de voir ce qu'il arrive en route.

— Rebecca croit que tu as envie de faire quelque chose dans le domaine de l'art, c'est exact ? »

Le visage de Mizzy devient rouge de confusion. « Eh bien, mettons que ce soit ce qui m'intéresse le plus. Je ne sais pas si j'ai quelque chose de précis à *offrir*. »

Est-ce de l'affectation de sa part, cette façon enfantine de se déprécier ? Comment pourrait-il en être autrement ? Mizzy, pourquoi refuser de convoquer tes dons ?

« Sais-tu ce que tu veux *faire*, exactement ? demande Peter. Dans le domaine artistique. »

C'était un peu paternel, peut-être.

Mizzy dit : « Franchement ?
— Oui.
— Je crois que j'aimerais retourner à l'école et peut-être devenir conservateur.
— C'est à peu près aussi facile que de devenir le roi de la pègre.
— Mais il faut bien que quelqu'un le fasse, non ?
— Certes. Simplement, ça revient à décider qu'on va devenir une star de cinéma.
— Et il y a des gens qui deviennent stars de cinéma. »
La voilà donc cette solide armature d'orgueil sur laquelle est tendue une peau d'incertitude. Mais pourquoi un homme jeune, beau et intelligent poursuivrait-il de *modestes* ambitions ?
« En effet, dit Peter.
— Et, bon, je suis comme... Merci de m'accueillir comme vous le faites. »
Non, « égyptien » n'est pas tout à fait le terme exact concernant le visage des Taylor. Il y a chez eux trop de cette pâleur rosée irlandaise, et un menton créole trop accentué. Le Greco ? Non, ils ne sont pas à ce point émaciés et sévères.
« Nous sommes heureux de t'avoir à la maison.
— Je ne resterai pas longtemps, promis.
— Reste aussi longtemps que nécessaire », dit Peter. Ce qui ne correspond pas exactement à sa pensée. Mais que faire ? Il ne peut pas résister à cette satanée famille. Rose est agent immobilier en Californie, Julie a abandonné son métier pour passer plus de temps avec ses enfants. Ce ne sont pas là des destins épouvantables. Ni Rose ni Julie n'ont rencontré une fin tragique, au contraire elles vivent toutes les deux une existence étonnamment normale. Et confié aux soins de Peter, sentant

le shampooing, voilà le petit dernier, le plus ardemment et douloureusement aimé, l'objet des plus grands espoirs des Taylor et de leurs plus sombres craintes. L'enfant qui pourrait encore accomplir quelque chose de remarquable et pourrait aussi bien s'abandonner – à la drogue, à son instabilité, au chagrin et à l'incertitude qui semblent toujours présents, prêts à attirer vers l'abîme même les enfants les plus prometteurs du monde.

Il devait avoir une envie folle de naître.

« C'est gentil de ta part », dit Mizzy. La politesse du Sud…

« Rebecca devrait t'emmener voir l'exposition Puryear. Au MoMA.

— J'aimerais bien. »

Il fixe sur Peter ce regard affligé d'un léger strabisme, qui n'arrive pas à lui donner l'air dérangé mais qui crée une impression d'intensité un peu étrange.

« Tu connais son œuvre ? demande Peter.

— Oui.

— C'est une exposition magnifique. »

Et soudain Rebecca est de retour. Peter a un léger sursaut en entendant sa clé dans la serrure, comme si elle l'avait surpris à faire quelque chose de répréhensible.

« Hello, les garçons ! » Elle entre, chargée du lait que Mizzy prendra le matin avec son café et des deux bouteilles de cabernet hors de prix qu'ils boiront ce soir. Elle affiche sa vitalité – l'affirmation désinvolte de son importance –, son jean décontracté, son pull vert d'eau et la masse emmêlée de ses cheveux qui retombent sur sa nuque, se raidissent en grisonnant. Elle a toujours le port de la jolie fille qu'elle a été.

Est-ce la malédiction des Taylor d'atteindre tôt leur apogée, cette vieille maison décrépie possède-t-elle un pouvoir magique qui s'évanouit dès le moment où ils la quittent ?

On échange baisers et paroles de bienvenue, on ouvre une des bouteilles de vin. (Rebecca devrait-elle servir du vin à un toxicomane, qu'est-ce qui lui prend ?) Ils se dirigent vers le séjour, leur verre à la main.

« Je vais inviter Julie pour le week-end, annonce Rebecca.

— Elle ne viendra pas, répond Mizzy.

— Elle peut laisser les enfants pour une nuit. Ce ne sont plus des bébés.

— Je te dis simplement qu'elle ne viendra pas.

— Laisse-moi essayer de la persuader.

— Je ne veux pas que tu te croies obligée de la persuader.

— Elle va les rendre fous. Ces gosses. Je ne parle même pas d'eux, mais de Julie, qui est la plus extraordinaire des mères sur terre.

— Je t'en prie, ne force pas Julie à venir à New York. J'irai la voir.

— Non, tu n'iras pas.

— J'irai un jour. »

Mizzy est assis les jambes croisées sur le divan, tenant son verre sur ses genoux comme une sébile. C'est, indéniablement, le portrait vivant de Rebecca, mais il s'agit plus de réincarnation que de ressemblance. Il a hérité de son aisance de benjamine, de cet incontestable aplomb – *Regardez-moi, l'enfant prometteur*. Il a la même façon d'incliner la tête, les mêmes doigts, le même rire. Il n'est pas grand – un mètre soixante-quinze, environ –, avec un corps dense, musclé. On l'imagine facilement dans la posture du disciple à l'orée d'un jardin sacré. Il ressemble un peu, en réalité, à l'un de ces Sébastien pâmés de la Renaissance. Il en a la chevelure ondulée couleur moka, les bras et les jambes d'une pâleur rosée.

Peter entend prononcer son prénom.

« Quoi ? »

Rebecca demande : « Quand sommes-nous allés voir Julie et Bob ?

— Je ne sais pas. Il y a huit ou neuf mois peut-être.

— Si longtemps ?

— Oui. Au moins.

— Il n'y a rien d'enthousiasmant à l'idée d'aller à Washington, dit-elle à Mizzy. Et de rester coincé avec eux dans cette maison monstrueuse.

— La maison me fait un peu peur à moi aussi, répond-il.

— Vraiment ? Je ne suis donc pas la seule. »

Peter perd le fil à nouveau. Il saisit des bribes. C'est le style Taylor. Il n'est pas censé écouter. Il observe Rebecca qui se penche vers Mizzy comme si elle avait froid et qu'il irradiait de la chaleur. Les trois sœurs considèrent Mizzy comme leur démon familier, celui à qui elles peuvent s'ouvrir des excès ou des maladresses des deux autres.

Mizzy, en fait, possède un certain aspect désincarné. Il est un peu fantomatique ; on dirait un fantasme né de son imagination, la version rêvée de lui-même révélée aux autres. C'est sans doute dû, en partie au moins, à une enfance solitaire avec Beverly et Cyrus dans leur grande maison, alors que Beverly se désintéressait à un point inquiétant de ses responsabilités domestiques et que Cyrus, qui avait atteint la soixantaine le mois où

Mizzy fêtait ses dix ans, vivait confiné dans son bureau, son seul refuge face à l'évidence qu'avec l'âge les excentricités de sa femme prenaient une forme de plus en plus alarmante. Les filles venaient quand elles le pouvaient, mais elles commençaient à mener leur vie de leur côté. Rebecca était à Columbia, Julie faisait ses études de médecine, et Rose avait engagé sa bataille contre son premier mari à San Diego. Qu'en avait-il été pour Mizzy, qui était arrivé trop tard à la fête ; qui avait passé son adolescence dans des pièces à peine éclairées (les économies étant devenues une des idées fixes de Beverly), au milieu de bibelots et d'objets divers mis au rebut ? Lors d'une visite, alors que Mizzy avait seize ans, Peter avait écrit son nom dans la poussière sur un appui de fenêtre. Il avait trouvé une vieille souris morte derrière le ficus dans un coin du salon, l'avait ramassée avec une pelle et jetée discrètement, comme s'il espérait protéger les Taylor de quelque diagnostic redoutable.

Mizzy. C'est à n'y rien comprendre, ni les notes excellentes qui le menèrent à Yale ni la drogue qui le mena ailleurs.

Néanmoins, il semble s'en être étonnamment bien tiré, sur le plan physique en tout cas. Petit, il avait un aspect un peu bizarre, mais, à mesure qu'il grandissait, son visage prit une beauté acérée qui semblait presque lui servir de protection, comme si une bonne fée avait jeté une cape enchantée sur les épaules d'un prince en danger. Les filles, du moins à ce qu'on raconte, commencèrent à se manifester avant même qu'il n'ait atteint dix ans.

Rebecca disait : « ... et pénétrer dans le grand salon, comme elle l'appelle, avec le plus parfait sérieux. »

Mizzy sourit tristement. Il n'éprouve pas le même plaisir amer, semble-t-il, devant l'entassement bourgeois qui règne chez Julie, sa prédilection évidente pour ce qui est énorme et immaculé.

« Je suppose qu'elle s'y sent protégée », répond-il.

Rebecca ne l'entend pas ainsi. « Protégée de quoi ? » fait-elle.

Mizzy la regarde, l'air interrogateur, comme s'il attendait qu'elle reprenne sa forme naturelle. Déconcerté, il rougit (Rebecca est subitement en rage contre Julie, on ne saurait dire pourquoi), ses yeux brillent d'un éclat noir.

Peter lance : « De tout ce qui existe dans le monde, je présume.

— Comment peut-on vouloir se protéger du monde ? demande Rebecca.

— Ouvre un journal. Regarde CNN.

— Ce n'est pas un château en banlieue qui va la sauver.

— Je sais, dit Peter. Tout le monde le sait. »

Rebecca garde le silence, reprend son calme. Elle est en colère pour une raison obscure – elle l'ignore probablement elle-même. Mizzy l'a bouleversée, a rappelé un souvenir, éveillé un sentiment de culpabilité.

Peter risque un regard en direction de Mizzy. Le voilà à nouveau, cet éclair d'affinité secrète. C'est nous, nous les hommes, qui avons peur, qui sommes maladroits et angoissés ; si nous nous montrons parfois sceptiques ou brutaux, c'est parce que nous nous croyons intimement ancrés dans l'erreur, au contraire des femmes. Les rôles que nous jouons nous trahissent, nos vices et nos habitudes sont ridicules, et le jour où nous nous présenterons aux portes du ciel l'énorme femme noire qui les garde rira de nous non seulement parce que nous ne sommes pas innocents, mais parce que nous n'avons aucune idée de ce qui importe vraiment.

« Oh, je ne sais pas, soupire Rebecca. Je déteste simplement qu'elle soit devenue comme ça.

— C'est le cas de la plupart des gens, remarque Peter. La plupart des gens finissent par désirer des enfants et une belle maison.

— Julie n'est pas *la plupart des gens.* »

Hmm. Encore un de ces instants impossibles du mariage. Feindre d'être d'accord ou risquer l'implosion.

« La plupart des gens pensent qu'ils ne sont pas la plupart des gens, objecte Peter.

— C'est différent quand il s'agit de ta sœur.

— En effet », dit Peter. Il sait prendre une mine de circonstance.

Tes frères et sœurs sont toujours en vie, n'est-ce pas ? Tu ne crois pas que j'aimerais pouvoir être assis ici et me plaindre de ce vieux gros Matthew et de son lourdaud de compagnon, et de l'enfant nord-coréen adopté qu'ils refusent de punir.

C'est injuste. Bien sûr que c'est injuste ; inconvenant, même, de mettre fin à une dispute en débitant les états de service de votre frère mort. Mais il ne devrait pas y avoir de dispute, pas le soir de l'arrivée de Mizzy.

Question : Rebecca cherche-t-elle la bagarre précisément parce qu'elle sait que Peter n'apprécie pas cette visite ? Ils pourront en reparler plus tard. Et aussi du fait de servir du vin à un ancien toxicomane. Ou ils peuvent simplement s'enivrer en buvant du cabernet et aller se coucher.

Rebecca dit : « J'ai oublié, c'était un temple shintoïste ou zen ? »

Mizzy cligne des yeux, à deux reprises, sous l'éclat du sourire qui lui est destiné. « Euh, shintoïste », répond-il.

Et s'affiche sur son visage la plus claire des convictions. Je ne veux pas être moine, je ne veux pas être avocat mais, plus que tout, je ne veux pas finir comme ces deux-là.

Le dîner se passe, Mizzy va se coucher dans l'ancienne chambre de Bea (qui a été plus ou moins conservée telle qu'elle l'a quittée, pour les occasions où elle revient à la maison, si elle revient). Dans leur chambre, Peter et Rebecca téléphonent à Bea. Non, Rebecca téléphone à Bea, étant convenu que Bea parlera ensuite à Peter, même brièvement.

Peter attend à côté de Rebecca sur le lit pendant que le téléphone sonne à Boston. Qu'on me pardonne d'espérer qu'elle n'est pas chez elle, de vouloir juste laisser un message.

« Allô, chérie », dit Rebecca.

« Mmm. Oui, tout va bien. Ethan est ici. Oui, Mizzy. Je sais. Cela fait des années que tu ne l'as pas vu. Qu'est-ce que tu fais ? »

« Oui. Bien sûr. Je suppose que tu auras de meilleurs horaires de nuit au bout d'un certain temps, non ? »

« Mmm. Bon, ne t'affole pas, tu sais que ton obsédée de mère est toujours là pour t'avancer quelques sous si tu daignes les accepter. »

Apparemment, Bea rit à l'autre bout de la ligne. Rebecca rit en retour.

Bea, l'amour de ma putain de vie. Comment se fait-il que tu sois devenue une jeune fille triste et solitaire, employée d'un bar d'hôtel à Boston, endossant un blazer rouge, préparant des martinis pour des touristes et des congressistes ? Avons-nous commis notre première erreur in utero, le nom de Beatrice était-il trop lourd à porter ? Pourquoi as-tu abandonné tes études pour un boulot comme celui-là ? Si c'est moi qui t'ai conduite là, je le regrette de tout mon cœur. De ce qui me reste de cœur. Je t'aimais. Je t'aime. J'ignore comment ou quand j'ai tout gâché. Si j'étais meilleur, sans doute le saurais-je.

Rebecca demande, consciencieusement : « Comment va Claire ? »

Claire partage la chambre de Bea, une fille aux bras tatoués et à première vue sans occupation.

« Je suis désolée de l'apprendre, dit Rebecca. Avril est le plus cruel des mois. Je vais te passer ton père, d'accord ? »

Elle lui tend le téléphone. Il ne peut que le prendre.

« Bonsoir, Bea.

— B'soir. »

Voilà son attitude avec lui depuis peu. Elle est passée du ressentiment affiché à une terne amabilité, telle une hôtesse de l'air s'adressant à un passager désireux qu'on s'occupe de lui. C'est pire.

« Quoi de neuf ?

— Rien, vraiment. Je me repose ce soir. »

Un buisson d'épines lui enserre la poitrine. Il a vu l'âme de cette enfant, il a vu son être minuscule trembloter quand elle était bébé. Et transportée de joie à la vue de la neige, du petit chien tibétain malodorant du voisin, d'une paire de sandales rouges en caoutchouc. Il l'a consolée d'innombrables plaies et bosses, des déceptions, de la mort de ses animaux familiers. Qu'ils soient devenus deux personnes de connaissance, légèrement empruntées, parlant de tout et de rien, signifie que le monde est trop étrange et trop mystérieux, trop insupportable pour son malheureux cœur.

« Oui, c'est ce que nous faisons nous aussi. Bien sûr, nous sommes plus vieux. »

Silence. D'accord.

« Nous t'aimons, dit Peter désarmé.

— Merci. Au revoir. »

Elle raccroche. Peter garde le récepteur dans sa main. Rebecca dit : « C'est passager. Crois-moi.

— Hum.

— Il faut qu'elle se détache de toi. Tu ne devrais pas le prendre tellement à cœur.

— Je suis inquiet pour elle. Je veux dire, vraiment inquiet.

— Je sais. Moi aussi, un peu.

— Que faut-il faire ?

— La laisser tranquille, à mon avis. Pour l'instant, du moins. L'appeler tous les dimanches. »

Doucement, Rebecca retire le téléphone de la main de Peter, le repose sur la table de nuit.

Elle ajoute : « Nous ressemblons à un centre d'accueil pour enfants dérangés, tu ne trouves pas ? »

Oh.

L'idée lui traverse soudain l'esprit – Rebecca préfère Mizzy. Mizzy a eu l'intelligence de se montrer évasif, charmant, contrit et (disons-le) beau. Rebecca et Peter ont fait de leur mieux avec Bea, mais elle est arrivée si tôt (oui, il avait été question d'avortement, Rebecca lui a-t-elle jamais pardonné d'avoir fait pression sur elle ?) et, presque comme si elle avait senti qu'elle n'était pas tout à fait désirée, Bea a toujours eu tendance à se réfugier dans une solitude blessée, à faire de temps à autre des caprices de petite fille qui ont cédé la place, à l'adolescence, à une humeur maussade et à une rancœur affichée, accompagnées de longues diatribes condescendantes sur le triste sort des pauvres et les crimes de l'Amérique, surprenantes si l'on considère que Peter et Rebecca donnent aux associations caritatives et partagent toutes les convictions de Bea, sauf les plus paranoïaques concernant l'expérimentation du gouvernement dans le domaine du sida, les prisons secrètes dans lesquelles elle-même pourrait disparaître un jour pour avoir dénoncé ouvertement les conspirations que nous étions censés ignorer.

Comment est-ce arrivé ? L'enfant qui éclatait de rire dans ses bras était devenue cette fille dure, au visage anguleux, armée d'une machette et d'un pistolet, sortie de son village pour le confronter à ses crimes. Il se montrait indifférent aux besoins de sa tribu, il engraissait à leurs dépens, ses lunettes étaient prétentieuses, il oubliait de prendre au passage sa robe chez le teinturier.

Il a l'impression d'avoir raté une marche. Il était innocent et soudain, mystérieusement, il se retrouve dans un pays kafkaïen, où seule compte l'évaluation de l'étendue de ses méfaits et des dommages subis.

Peter se tourne vers Rebecca, s'apprête à dire quelque chose, mais se ravise. Il se contente de l'embrasser et se prépare à dormir, il sait qu'elle va lire un moment, s'en réjouit, heureux comme un enfant de s'endormir, tandis que sa femme – sa femme parfaitement amicale, mais de plus en plus lointaine – garde sa petite lampe de chevet allumée et tourne les pages.

Histoire de l'art

LUNDI, PEU AVANT DIX HEURES. Uta est déjà à la galerie – impossible d'y arriver avant elle. « Bonjour, Peter », lui lance-t-elle du fond de la pièce, avec son accent allemand prononcé. *Bonchour, Peder.* Elle est arrivée aux États-Unis il y a plus de quinze ans, mais sa prononciation a encore empiré. Uta fait partie d'un nombre apparemment grandissant d'expatriés volontairement mal intégrés. D'un côté elle méprise son pays d'origine *(Mon cher, c'est le mot « lugubre » qui vient à l'esprit)* et de l'autre elle semble d'année en année plus allemande *(non américaine)*.

Peter traverse la galerie – adieu, les Vincent. Ils sont déjà sur le point d'être emballés. Même après quinze ans, exposition après exposition, il éprouve un pincement de déception, une pointe de frustration, quand vient le temps de tout décrocher. Il ne s'agit pas des ventes (bien que les Vincent ne soient pas partis comme il l'espérait). C'est la pensée (d'autres galeristes, certains après un verre ou deux, avouent la partager) qu'avec cette expo ou une autre vous pourriez avoir fait avancer les choses d'une fraction, d'un centimètre. L'esthétique ? L'histoire de l'art ? Bof. Mais pourtant. Que dire de l'effort sans fin pour trouver un équilibre entre sentiment et ironie, entre beauté et rigueur, et ouvrir ainsi dans la substance du monde une faille à travers laquelle une vérité mortelle pourrait briller ?

D'accord. Ce ne sont que des objets accrochés sur un mur. Ils sont à vendre. Ils sont aussi très beaux, à leur manière – des toiles et des sculptures enveloppées de papier brun et entourées de ficelle, puis recouvertes de paraffine, références lointaines au linceul du Christ, créées par un jeune homme aimable et un peu niais nommé Bock Vincent, sorti de Bard College il y a trois ans, qui vit avec son amie beaucoup plus âgée que lui dans Rhinebeck et peut, d'une façon un peu limitée, parler d'emballage et de ficelles, et de leur rapport à la sainteté ; et expliquer que l'art que nous cherchons à créer est toujours supérieur à celui que nous pouvons créer. Il affirme qu'il existe des images et des objets à l'intérieur des emballages, des tentatives sérieuses, bien qu'il ne les montre ni ne les décrive, et que le papier a été si fortement enduit qu'on ne peut pas les dévoiler.

Quoi qu'il en soit, on les décroche toutes aujourd'hui. À partir de jeudi, rien que des œuvres nouvelles.

Uta émerge de son bureau, une tasse de café à la main. Une broussaille de cheveux teints au henné, des lunettes Alain Mikli à monture épaisse. Il y avait eu un semblant d'histoire entre eux pendant un temps, deux ou trois ans auparavant, quand Rebecca était plongée dans les affres de son coup de cœur pour le photographe de Los Angeles. C'était le moment, si jamais il avait existé, où un petit quelque chose aurait pu se passer – Rebecca paraissait le désirer. Uta y était visiblement disposée et elle semblait préférer une brève passade (quelle horrible expression), une intrigue finale après ces années de travail en commun, de voyages en commun, de vie partagée du lundi au samedi dans cet univers semi-érotique d'une incomplète proximité physique. Elle aurait été attirante, solide et chaleureuse, sans aucun doute ; elle aurait été offusquée à la pensée qu'elle pourrait en attendre davantage *(alors, fous croyez que nous les femmes nous couchons chuste pour foir ce que nous poufons en obtenir ?)*. Et pourtant. Peut-être voyait-il les choses trop clairement : le cynisme sans illusions de Weimar, un cynisme aimable et blasé, mais quand même ; les cigarettes, le café, le badinage ; le nihilisme doux-amer de toute cette *germanité*. Car Uta est allemande, *profondément* allemande, sans doute la raison pour laquelle elle est partie et assure qu'elle ne fera jamais le chemin inverse.

Oh, vous, immigrants et visionnaires, qu'espérez-vous trouver ici, qu'espérez-vous devenir ?

Plusieurs mois plus tard, la passion de Rebecca pour le photographe s'était estompée, et, pour autant que Peter l'ait jamais su, ils n'étaient jamais allés plus loin que ce baiser nocturne près de la piscine dans les collines de Hollywood. Uta et lui continuent à travailler ensemble, comme avant, plus ou moins comme avant, même s'il lui semble à certains moments qu'ils ont été très près de faire l'amour, fatalement près, et que n'ayant rien conclu ils ont vu se relâcher une certaine tension, et s'envoler à jamais cette excitante possibilité entre eux. Ils commencent à vieillir confortablement ensemble.

« Carole Potter a téléphoné, dit-elle.

— Déjà ?

— Mon cher, Carole Potter se lève tôt le matin pour nourrir ses satanées *poules*. »

C'est exact. Carole Potter, héritière d'une fortune de l'industrie de l'électroménager, vit dans une ferme du Connecticut. Une ferme à la Marie-Antoinette, bien sûr : jardin d'herbes aromatiques, poules exotiques qui coûtent aussi cher que des chiens de race. Mais il faut le reconnaître, elle y travaille. Elle évacue la fiente des poules, ramasse leurs œufs. Un soir où Peter est allé dîner chez elle l'an passé, elle lui a montré un œuf fraîchement pondu d'un incroyable et bouleversant bleu pâle, parsemé de brins de duvet, taché à la base d'une traînée de sang rouge-brun. *Voilà à quoi ils ressemblent avant d'être nettoyés*, avait dit Carole. Et Peter avait dit (ou plus vraisemblablement, pensé) : « J'aimerais trouver un artiste capable de faire quelque chose de semblable. »

Une liste se dessine dans son esprit.

Œufs fraîchement pondus, tachés et ensanglantés
Bette debout devant la gueule du requin.
Mizzy assis, tous les jours, dans un monastère japonais.

C'est un triptyque, non ? La naissance, la mort et tout ce qu'il y a entre.

« Carole voudrait que vous la rappeliez, dit Uta.
— A-t-elle précisé à quel sujet ?
— Je pense que nous le savons.
— Ouais. »

Carole Potter n'est pas satisfaite du Sasha Krim. C'est, comme on dit, une pièce difficile, mais Peter avait espéré...

« D'autres vexations à me rapporter ?
— J'adore le mot "vexation".

— C'est le *v*. Amusant de prendre son élan sur un *v* pour atterrir sur un *x*.

— À part cela, rien d'inhabituel.

— Comment s'est passé le week-end ?

— Vexant. Non, pas vraiment. Je voulais juste prononcer le mot. Et vous ?

— Bette Rice a un cancer du sein. Elle me l'a annoncé dimanche.

— Grave ?

— Je ne sais pas. Bon, grave, je pense. Elle ferme, elle voudrait nous confier Rupert Groff.

— Fantastique !

— Vraiment ?

— Pourquoi pas ?

— Que pensez-vous de son travail ?

— Il me plaît.

— Je ne suis pas si sûr.

— Alors ne le prenez pas.

— Il commence à se vendre. D'après ce qu'on dit, Newton lorgne dessus.

— Alors prenez-le.

— Vous dites n'importe quoi.

— Peter, mon cher, vous savez ce que j'ai envie de dire.

— Allez-y. »

Elle pousse un soupir voluptueux. Elle ressemble à un portrait de Klimt, avec ses yeux écartés et son petit nez osseux en apostrophe.

Elle poursuit : « Prendre un artiste que vous n'aimez pas, mais qui vend, paie pour les artistes que vous aimez, mais qui se vendent mal. Aviez-vous vraiment besoin de m'entendre vous le dire ?

— Sans doute.

— De toute façon, il est probable qu'il n'en sera rien. Une des grandes galeries va s'en emparer.

— Mais soit je vais lui parler, soit je n'y vais pas.

— Les affaires sont les affaires, Peter.

— Hum.

— Ne me regardez pas comme si j'étais le diable. Ne vous en avisez pas.

— Pardon. Je sais que vous n'êtes pas le diable.

— L'ennui, mon ami, est que vous pensez avoir raison et que le reste du monde se trompe.

— Y a-t-il au moins quelque chose d'un peu héroïque dans cette attitude ?

— Non, répond-elle. Rien d'héroïque. »

Sachant reconnaître le point final d'une conversation, elle regagne son bureau.

Il entre dans le sien, prend un dossier qu'il y avait laissé le samedi et le pose sur le classeur. Il le fait sans raison particulière, c'est uniquement la reprise du lundi matin, une façon d'annoncer sa présence au bruissement étouffé de l'effervescence inanimée qui a régné sur les lieux pendant les trente-deux heures de son absence.

Il va chercher une tasse de café, retourne dans la galerie. Depuis un certain temps, il semble qu'il se déplace assez souvent seul à travers des espaces familiers, une boisson quelconque à la main. Est-ce ainsi que Bacon l'aurait peint ? Quelle pensée détestable. Il aurait dû acheter ce dessin de Bacon à la vente de 1995, il lui avait paru trop cher, mais il vaut cinq fois plus aujourd'hui. Autre sujet d'inquiétude. Les actions montent et baissent, puis montent à nouveau.

Les voici. Les Vincent. Ils s'en vont.

Ensuite, pendant un certain temps, la galerie sera déserte, murs blancs et sol de ciment. Vous créez un vide immaculé qu'habiteront les œuvres. Peter a une prédilection pour les brèves périodes durant lesquelles l'art n'occupe pas la galerie. Il y a quelque chose dans cette pièce austère, parfaite, qui promet des œuvres d'art supérieures à ce qu'aucun homme ne saurait créer, quel que soit son talent ; c'est le chuchotement qui précède l'attaque de l'orchestre, la lumière qui baisse avant le lever du rideau. Voilà l'essence même des Vincent. L'art que nous créons vit en équilibre instable avec l'art que nous pouvons imaginer, l'art qu'attend la pièce. C'est sans doute ce que faisait Mizzy, pendant le mois qu'il a passé au Japon. Assis dans une totale vacuité, tâchant d'imaginer quelque chose de plus grand que ce que la main de l'homme peut créer. Le pauvre gosse n'a pas été à la hauteur. Qui le serait ?

D'ailleurs, les Vincent ne se sont pas vraiment vendus, n'est-ce pas ?

Donc. Il y aura une période de vide, avant l'exposition suivante. Victoria Hwang, à mi-chemin de sa carrière, sous-estimée mais qui commence à attirer l'attention pour des raisons que Peter ne parvient pas vraiment à décrypter – ce sont des choses qui peuvent être mystérieuses, comme le consensus instinctif parmi un petit groupe de gens influents décrétant que le moment est venu, que soudain ces œuvres sont plus importantes qu'elles ne le paraissaient au début (dans le cas de Victoria, une série de vidéos énigmatiques, tournées dans les rues de Philadelphie et qui donnent naissance à des produits dérivés – figurines, *lunch boxes*, tee-shirts –, à partir de piétons, tous inconnus et banals, passés brièvement et sans le savoir devant sa caméra). Toutes ces transformations, c'est à vous rendre fou. Elles ne sont pas calculées, pas dans le sens d'une conspiration entre marchands d'art internationaux (il aimerait parfois qu'elles le soient), mais elles ne concernent pas non plus directement l'art. Il s'agit de réactions incroyablement complexes à un milliard de mutations minuscules de la culture, de la politique, des ions de l'*atmosphère* ; on ne peut ni les anticiper ni les comprendre, mais seulement sentir qu'elles arrivent comme les animaux sont censés sentir un tremblement de terre avant qu'il ait lieu. Cela fait maintenant cinq ans qu'il expose Victoria, qu'il l'encourage, il a eu cette intuition, et subitement, en effet, pour d'obscures raisons, le public commence à s'y intéresser. Ruth au Whitney veut les voir. Ainsi qu'Eve au Guggenheim. *Artforum* va lui consacrer un article le mois prochain.

L'accrochage de Victoria est déjà plus ou moins décidé dans son esprit, mais elle-même, naturellement, aura ses propres idées. Bien qu'elle n'ait pas encore livré ses œuvres, et qu'on puisse douter qu'elle tienne sa promesse de le faire le lendemain matin, elle n'est pas et de loin l'une des plus difficiles, et il en remercie Dieu. C'est la dernière exposition de la saison, il se sent fatigué – il a même flirté, par moments, avec un réel désespoir – et il apprécie par conséquent chez Victoria Hwang son intelligence précise même si elle se montre parfois étrangement indolente. Elle est lente mais elle ne va pas préparer l'exposition puis décider de tout décrocher et de recommencer à zéro. Si les œuvres ne se vendent pas, elle s'en accusera autant qu'elle en accusera Peter.

En outre, il semble qu'elle va faire une Carrière.

Triste à dire, mais ce n'est probablement pas le cas de Bock Vincent. Les choses ne se présentent pas sous un jour favorable pour lui – de plaisantes et gracieuses énigmes ne semblent pas susciter l'intérêt du public, et Bock n'a pas un registre très étendu. Qu'a dit Uta ? Que vous croyez avoir raison et que le reste du monde se trompe. Si ce n'est pas Peter Harris, c'est sûrement Bock Vincent. C'était un original (même d'après les normes de Bard College) quand Peter a fait sa connaissance – l'air d'un faune, frêle dans le style édouardien vaguement dégénéré, capable d'une obstination touchante autant qu'exaspérante. Bard avait misé sur lui. Tout comme Peter.

Peter est stupéfait de voir à quel point une avalanche d'éloges peut transformer, littéralement, le travail d'un artiste, non seulement les œuvres récentes mais les anciennes aussi, celles qui existent déjà depuis un certain temps, celles que l'on disait « intéressantes » ou « prometteuses », mais mineures, jusqu'à ce que (pas souvent, une fois de temps à autre), à la suite d'un obscur consensus, on déclare qu'un artiste a été négligé, mal compris, en avance sur son temps. Le plus étonnant est que l'œuvre elle-même paraît s'être transformée, tout comme une fille normalement jolie se retrouve soudain qualifiée de beauté. L'intelligente et étrange Victoria Hwang va se retrouver dans *Artforum* le mois prochain, et probablement dans les collections du Whitney et du Guggenheim ; Renée Zellweger, bigleuse, visage lunaire, prototype de l'actrice de composition, vient de faire la couverture de *Vogue*, ravissante dans une robe couleur argent. C'est, bien sûr, une affaire de perception – sentir qu'il faut prendre désormais au sérieux cette drôle de petite artiste ou cette fille à l'air bizarre –, mais Peter présume qu'un changement plus profond s'annonce. Être le centre de tant d'attention (et de tant d'argent) semble agir différemment sur les molécules de l'art, de l'actrice ou de l'homme politique. Il ne s'agit pas d'un simple phénomène d'attentes nouvelles, mais d'une véritable transmutation, apportée par de nouvelles attentes. Renée Zellweger devient une beauté et aura l'air d'une beauté pour quelqu'un qui n'a jamais entendu parler d'elle. Les vidéos et les sculptures de Victoria Hwang vont, semble-t-il, devenir non seulement étranges et amusantes, mais importantes.

Désolé, Bock Vincent.

Qu'arrive-t-il à ces jeunes stars qui ne se montrent pas à la hauteur ? Où échouent-elles quand elles se retrouvent démodées à l'âge de vingt-six ans ?

Bon. Où Bock Vincent va-t-il échouer si Peter le laisse tomber ? Peter ne peut pas se permettre d'exposer des œuvres invendables. Et il aime son travail, il l'aime vraiment, mais il n'en est pas fou, il ne se jetterait pas au feu pour lui.

Pas plus que pour Victoria Hwang, même s'il ne l'admettrait jamais, devant personne.

Je vous en prie, mon Dieu, envoyez-moi quelque chose à adorer.

Allez, au travail.

Carole Potter ? Pas tout de suite. D'abord Tyler et son équipe.

Oui, ils seront là entre midi et midi trente au plus tard, pour emballer les Vincent. *Ne vous en faites pas, mon vieux, nous serons là.* Tyler a l'air maussade depuis quelque temps. Peter l'emploie pour faire plaisir à Rex Goldman, mais il sait depuis le début que c'est une erreur, toujours une erreur, d'employer de jeunes artistes pour des travaux manuels, ils deviennent amers quand leurs œuvres restent méconnues, ils ont du mal à accepter qu'il y ait autant de merdes dans les galeries, et tout à coup les voilà qui détruisent « accidentellement » quelque chose. Vous voulez bien aider de jeunes artistes, d'autant plus que Tyler est un protégé (et davantage ?) de Rex, mais Peter a une intuition – ce sera sans doute la dernière fois qu'il fait appel à Tyler, donc, en réalité, c'est un adieu à Tyler *et* à Bock, je suis vraiment désolé, jeunes gens, même si ça n'a aucune importance (tout le monde s'en fiche), je reprends pleinement mon rôle de père, inflexible et antagoniste, qui se met en travers de votre chemin.

Carole Potter ? Pas encore.

Appeler la boîte vocale de Victoria, elle fait partie de ces gens qui ne répondent jamais au téléphone. « Vic, c'est Peter, quelles nouvelles ? Dites-moi si je puis être utile à quelque chose, je suis impatient de voir les nouvelles œuvres. » *Je vous en prie, Victoria, ne me racontez pas de bobards quand vous me dites que tout est vraiment terminé. Je vous en prie, Victoria, maintenant que vous commencez à percer, ne me laissez pas tomber pour un autre galeriste, même si nous savons tous les deux que c'est exactement ce que vous allez faire.*

Appeler Ruth au Whitney, Eve au Guggenheim, laisser des messages à leurs assistantes pour confirmer le rendez-vous avec Ruth jeudi à onze heures et avec Eve à quatorze heures. Messages aussi aux assistants de Newton au MoMA et à Marla au Met, à tout hasard.

Puis continuer avec la liste des collectionneurs. D'Ackerlick à Zelman. Personne ne répond, ce dont

Peter se réjouit. Laisser un message est tellement plus facile. « Hello, ici Peter Harris, un simple rappel concernant le vernissage de Victoria Hwang jeudi prochain, c'est du beau travail, si vous désirez le voir mais ne pouvez pas assister au vernissage, passez-moi un coup de fil. À bientôt. »

Bon, Carole Potter.

« La résidence Potter.

— Allô, Svenka. Ici Peter Harris.

— Hellooo, un instant s'il vous plaît. Je vais voir si Carole est disponible. »

Une bonne minute s'écoule.

« Allô, Peter.

— Bonjour, Carole.

— Excusez-moi, j'étais en train de creuser un trou dans le jardin. Êtes-vous content de voir la saison se terminer ?

— Oh, vous savez. Ni content ni mécontent. Comment vont les poules ?

— Trois d'entre elles ont d'horribles champignons. Il est plus difficile d'aimer les poules que je ne l'imaginais.

— Je n'ai jamais connu de poule intimement.

— À dire vrai, elles sont plutôt idiotes et pas très gentilles.

— Comme à peu près la moitié des gens que nous connaissons. »

Ha, ha, ha !

« Peter, j'imagine que vous savez pourquoi j'ai téléphoné.

— Hum.

— Je manque de courage, je suppose. Je ne crois pas que je pourrais vivre avec.

— Ce n'est pas une œuvre facile.
— Je suppose que c'est ce que vous dites de moi. »
Ha, ha, ha !
« Et si vous lui donniez un peu plus de temps ?
— Je ne crois pas. Je regrette sincèrement. En réalité, je me rends compte que je n'ai plus envie d'aller dans cette partie du jardin. Je ne veux pas la voir.
— Dites donc. C'est sérieux.
— Vous connaissez les Furston ? Bill et Augusta ?
— Mouais.
— Ils sont venus l'autre soir, et leur schnauzer nain est devenu hystérique à sa vue. »
Ha, ha, ha !
« Si les chiens du voisinage souffrent...
— Je suis vraiment désolée.
— Pas de problème. Nous savions que ça pouvait ne pas marcher.
— Savez-vous ce que j'aimerais vraiment ?
— Quoi ?
— Que vous veniez à la maison m'aider à savoir quoi mettre à sa place.
— Je pourrais le faire.
— J'ai horreur d'abuser.
— Non, ne vous inquiétez pas.
— Oui. C'est tellement différent, de voir quelque chose dans une galerie.
— Absolument.
— Et j'ai le sentiment que si vous venez avec moi dans cette partie du jardin, un artiste vous viendra à l'esprit auquel je n'ai jamais pensé.
— Il n'y a qu'un moyen de le savoir.
— Vous êtes un ange.
— Quel moment vous conviendrait ?

— C'est le problème.
— Quel problème ?
— C'est horriblement ennuyeux et mal commode, mais nous attendons des invités. Au milieu de la semaine prochaine. Les Chen de Pékin, vous les connaissez ? »

Fichtre oui. Zhi et Hong Chen, promoteurs immobiliers, multimilliardaires, qui achètent de l'art comme les gosses achètent des bandes dessinées, ce qui n'est plus vrai des Américains, même les plus riches. Ils sont chinois, bon sang, ils incarnent l'espoir (et aussi, peut-être, la dévastation) de l'avenir.

« J'en ai entendu parler.
— Elle est adorable. Lui peut se montrer un peu rasoir, franchement. Je vais inviter les Rinx pour m'aider à m'occuper de Hong. Anne Rinx parle mandarin, le saviez-vous ?
— Non, je l'ignorais.
— Peu importe. Je pense que le Krim devra être parti à ce moment-là, au plus tard.
— Vous croyez que les Chen vont amener des schnauzers ? »

Ha !

D'accord, pas très drôle. Souviens-toi, Peter : tu es un hybride d'ami et d'employé. Tu as une certaine latitude, mais tu ne peux pas aller trop loin.

« J'aimerais avoir quelque chose de nouveau à sa place à cette date. S'il y a la moindre possibilité...
— Bien des choses sont possibles. L'ennui c'est que j'accroche une nouvelle exposition cette semaine.
— Vraiment ?
— Victoria Hwang. Avez-vous reçu l'invitation ?
— Oh, sûrement. Impossible cette semaine, donc ?

— Laissez-moi réfléchir une minute. Je pourrais probablement faire un saut chez vous mercredi en fin d'après-midi.

— Trop tard dans la journée, il n'y aura plus de lumière. Cette partie du jardin n'est presque plus éclairée après cinq heures.

— Je peux arriver avant cinq heures.

— Sûr et certain ?

— Oui.

— Vous êtes un ange.

— Rien ne me fera plus plaisir. Je demanderai à Uta de consulter les horaires de trains, ce sera plus rapide qu'en voiture.

— Merci.

— Je vous en prie.

— Vous me téléphonerez pour me prévenir ? Gus ira vous chercher à la gare.

— Parfait.

— Je vous adore.

— Moi aussi. Au revoir.

— Au revoir. »

Peter raccroche, s'accorde un moment de répit. Les rois et les reines, les papes et les princes marchands étaient sûrement beaucoup plus exigeants que Carole Potter. Le plus drôle est qu'il aime bien Carole, et ce qu'il aime chez elle, de manière un peu perverse, c'est son sens aristocratique des prérogatives. Sans les gens riches qui veulent voir leurs désirs exaucés *sur-le-champ*, qui ferait avancer le monde libre ? En théorie, on aimerait que chacun vive paisiblement selon ses besoins, au bord d'une rivière. En fait, vous auriez peur de mourir d'ennui dans ce monde. En réalité, vous vous éclatez avec quelqu'un comme Carole

Potter, qui élève des poules de concours et pourrait enseigner l'art du paysage à l'université ; qui a quatre domestiques à sa disposition (davantage en été, à la saison des réceptions) ; un mari séduisant et un peu ridicule ; une fille ravissante à Harvard et un fils incorrigible qui occupe ses journées à Bondi Beach, en Australie ; Carole, charmante, prompte à se dénigrer et capable, si on l'y incite, de manifester une indifférence hostile plus cruelle que n'importe quelle forme de rage ; qui lit des romans, se rend au cinéma et au théâtre, et aussi, aussi, Dieu la bénisse, achète des œuvres d'art, pas n'importe lesquelles – elle en *connaît* un bout.

Incroyable, l'énergie que possèdent ces gens. L'attention qu'ils apportent aux détails.

C'est donc d'accord. Un boulot de plus pour Tyler. Se pointer là-bas sans tarder et faire disparaître le Krim.

Et que peut-on faire apparaître par magie pour prendre sa place ?

Hum. Un Rupert Groff pourrait convenir, non ?

Bien sûr. Peter l'imagine clairement chez Carole : une urne de Groff, brillant dans l'ombre à l'extrémité de la pelouse exposée au sud, la partie la moins cultivée et la plus britannique de son royaume campagnard, avec lavande, roses trémières et mare moussue. Un endroit idéal pour un Groff, une de ses urnes de bronze asymétriques et héroïques qui, de loin, ressemblent à des classiques postmodernes mais apparaissent de près recouvertes de blasphèmes, de messages politiques, d'instructions pour fabriquer des explosifs, de recettes pour bouffer du riche. Voilà bien sûr ce qui est troublant chez Groff – ses parodies de choses superbes et hors de prix, qui sont elles-mêmes des choses superbes et hors de prix. C'est censé faire partie de la plaisanterie. Ce que Carole Potter appréciera.

Elle appréciera aussi l'idée que Peter représente Groff. Il faut l'admettre : Carole prend ses distances avec toi, et l'échec du Krim n'arrange rien. Peter fait ce métier depuis presque vingt ans, et n'a jamais accédé au rang des grands. Il a été loyal à un groupe d'artistes qui ont plutôt bien réussi, mais pas de façon spectaculaire. S'il ne franchit pas un cap rapidement, il finira comme un galeriste de second plan, sérieux, respecté mais pas redouté.

Cela tomberait bien, très bien que les Chen voient une de ces urnes trôner dans le jardin de Carole. Il peut sans doute compter sur Carole pour qu'elle cite son nom.

Est-ce malvenu d'appeler Bette si tôt ?

« Salut, Bette.

— Bonjour, Peter. J'étais contente de te voir hier.

— Alors, le lendemain, que faut-il penser du requin ?

— Personnellement, je pense qu'il s'agit d'un requin mort dans une grande boîte métallique et il me tarde d'être en Espagne et de cultiver mes tomates.

— Carole Potter vient de me téléphoner. Elle a essayé un Krim dans sa maison à Greenwich.

— Carole est formidable. Tu as de la chance de l'avoir.

— En tout cas, c'est retour à la case départ pour le Krim.

— Comment lui en vouloir ? D'abord, ils puent.

— Elle l'a mis dans le jardin.

— Quand même.

— Alors, écoute.

— Tu veux lui montrer des Groff.

— Est-ce que tu parlais sérieusement hier ?
— Bien sûr. Je m'apprêtais à le prévenir aujourd'hui.
— Il y a un problème.
— Lequel ?
— Maman veut voir le Krim dégager *maintenant* et quelque chose d'autre le remplacer dès *demain*. Les Chen viennent lui rendre visite.
— Les Chen sont des assassins.
— Tu connais quelqu'un qu'ils aient réellement tué ?
— Tu sais très bien ce que je veux dire. Ce sont des requins de la finance.
— Ça veut dire que je suis malhonnête et corrompu ?
— Non. Je ne sais pas. Il faut bien vendre tout ça à quelqu'un. Et puis merde, ce serait bien pour Rupert.
— Alors, tu vas l'appeler ?
— Tout de suite.
— Tu es merveilleuse.
— Je pense à mes tomates espagnoles.
— Au revoir.
— Au revoir. »
Ouf.

Ne pas hésiter. Aller de l'avant. Souviens-toi : c'est pour servir une cause. Souviens-toi que tout ça peut (Dieu, entends-moi) t'amener à rencontrer un génie, inconnu, inconnaissable, un Prométhée qui est aujourd'hui un enfant de Dayton, dans l'Ohio, ou un adolescent de Bombay, ou un mystique dans la jungle de l'Équateur.

Le jour avance.

Trente-sept nouveaux e-mails. Répondre à quinze, garder les autres pour plus tard.

Donner d'autres coups de fil.

Tyler et son équipe arrivent, commencent à emballer les Vincent. Uta s'en occupe. Peter leur lance un rapide bonjour et va se réfugier dans son bureau.

« Victoria, c'est encore Peter, juste pour vous dire que les Vincent sont sur le départ, vous pouvez apporter vos œuvres quand vous voulez. »

Un nouvel e-mail, de Glen Howard. Les gens de la Biennale sont venus visiter son atelier, visiblement son étoile grimpe, Peter voudra peut-être reconsidérer son intention de lui donner seulement l'arrière de la galerie en septembre.

Glen, les gens de la Biennale rendent visite à des centaines d'artistes, et même s'ils vous choisissent vous serez surpris de voir à quel point cela compte peu. Regardez la liste de la Biennale d'il y a dix ans. Vous n'y reconnaîtrez pas un seul nom.

Réfléchir à la manière de formuler tout ça. Il s'en occupera après le déjeuner.

« Peter, ici Bette. J'ai téléphoné à Rupert, il attend votre appel. »

Elle lui communique le numéro.

« Vous êtes géniale, dit-il.

— N'exagérez pas. »

Il y a une lassitude désabusée dans sa voix – a-t-elle décidé, après tout, que Peter est un imbécile comme les autres ?

Foutaise. Il y a une probabilité qu'il vende un Groff, et c'est ce que les artistes attendent de leurs galeristes, en principe. Ils ont besoin qu'ils vendent leurs œuvres. Groff se trouve à la croisée des chemins – il n'est pas encore suffisamment reconnu pour atteindre des prix énormes, mais son travail coûte une fortune à réaliser.

Appeler Rupert Groff. Accéder à sa boîte vocale. « Salut, ici Groff, vous savez quoi faire. »

« Rupert, Peter Harris à l'appareil. L'ami de Bette Rice. J'aimerais vous parler quand vous aurez une minute. »

Il laisse son numéro.

L'heure du déjeuner, pour lui-même, Uta, Tyler et son équipe. Uta est occupée – Peter Harris, le Bon Patron, n'hésite pas à passer les commandes. Pour lui, salade César avec du poulet grillé ou tortilla à la dinde fumée ? La salade. L'été arrive, c'est le moment de ralentir sur les glucides. (À quel âge cesse-t-on de s'inquiéter de ces choses ?) Et plus important, il y a les caprices de son estomac (cancer ?). Tortilla à la dinde.

Dix-sept nouveaux e-mails depuis la dernière fois qu'il les a consultés. Un de Victoria – elle ferait n'importe quoi pour éviter une conversation.

Peter, j'ajoute quelques touches finales livraison demain 11 heures au plus tard xxx v

Vic, c'est super, à demain 11 heures, faites-moi savoir si je puis être utile d'une façon quelconque

Bobby arrive à midi pour lui couper les cheveux. « Salut, beau gosse. » Bobby flirte avec lui comme avec ses clientes d'un certain âge, et probablement pour les mêmes raisons. Mais Bobby est un bon coiffeur, et il accepte de venir à domicile le lundi, quand tous les salons sont fermés, comme les galeries d'art.

Ils vont ensemble dans la salle de bains, et Bobby se met au travail. Bobby est le roi du monologue, l'attention de Peter va et vient.

Il a rencontré un Argentin, un peu plus âgé que lui, mais stupéfiant (Bobby semble-t-il n'a jamais rencontré d'homme qui ne soit stupéfiant), il veut emmener Bobby à Buenos Aires pendant une semaine, mais Bobby hésite – je veux dire, j'y suis déjà allé, vous vous rappelez, Peter ? Ils ont l'air gentil comme ça, mais ensuite vous vous retrouvez avec eux au bout du monde, ils paient toutes les notes et ils s'attendent, bon, peu importe à quoi ils s'attendent (comme toujours Bobby suggère l'existence de comportements inavouables, sans jamais entrer dans le détail), et franchement, eh bien, vous me connaissez...

Il y a plus. Il y a toujours plus (comment Bobby fait-il, comment se débrouille-t-il pour ne jamais manquer de sujets de conversation ?), et Peter perd le fil (Groff va-t-il le rappeler, a-t-il perdu le respect de Bette ?). Puis :

« Peter, très cher, avez-vous jamais pensé à éliminer un peu de gris ? »

Quoi ?

« Une idée en passant. Quel âge avez-vous, quarante-cinq ?

— Quarante-quatre.

— On le ferait progressivement. Un peu chaque semaine. Il n'est pas question d'apparaître un jour sans le moindre cheveu gris. Personne ne s'en rendrait compte. »

Une sorte de trappe s'ouvre dans le ventre de Peter.

« Je pensais que ça donnait un air... distingué. »

Il ne dit pas à Bobby qu'il pensait que ça donnait un air... séduisant.

« Distingué quand on a, mettons, soixante ans. Vous paraîtrez dix ans plus jeune. »

Une avalanche de sentiments contradictoires s'abat sur Peter. A-t-il vraiment l'air aussi vieux ? Est-ce pathétique de vouloir paraître plus jeune ? Il ne le pourrait pas, franchement ; le pourrait-il, même s'il le voulait ? Les gens s'en apercevraient, que ce soit graduel ou pas. Il serait un homme qui se teint les cheveux, et on ne le prendrait plus jamais au sérieux, mais Bobby pourrait peut-être s'arranger pour éliminer seulement *un peu* de gris, la moitié par exemple, et on n'y verrait que du feu, on le trouverait simplement plus en forme et, d'accord, un peu moins vieux.

Va te faire foutre, Bobby. Pourquoi as-tu abordé ce sujet ?

« Je ne crois pas, dit-il.
— Réfléchissez-y, d'accord ?
— Bien sûr. »

Bobby termine, empoche son argent. Peter le raccompagne jusqu'à l'entrée, passe devant Tyler et son équipe qui ne semblent pas particulièrement pressés de décrocher les Vincent. Carl, le crâne rasé, un des assistants de Tyler, lance à Peter un regard – peut-être croit-il que Peter se tape Bobby ? Bon, qu'il pense ce qu'il veut.

Sur le trottoir, Bobby embrasse du regard les contours du visage de Peter, enfourche sa Vespa bleu ciel et part en pétaradant. Bobby ressemble aux filles des comédies des années 1940, jolies, intéressées, avides, encore assez jeunes pour croire que l'avenir leur réserve de grandes surprises, hésitant à partir ou non en Argentine avec quelque don Juan. Le voilà qui s'en va, guilleret, insolemment banal, en route pour la prochaine aventure.

Peter regagne la galerie. Retour aux affaires.

Une autre dizaine de mails. À consulter plus tard. Pour l'instant, répondre à Glen Howard.

Salut, Glen, formidable, les gens de la Biennale ! j'espère qu'ils auront assez de jugement pour vous prendre. Désolé, mais la première partie de la galerie est entièrement retenue pour l'automne, je vous promets qu'on vous organisera une superbe exposition et que des millions de gens viendront la voir. Votre P.

Rupert Groff rappelle.

« Peter Harris ? Qu'y a-t-il ? » Sa voix est outrageusement jeune.

« Vous savez que Bette prend sa retraite, n'est-ce pas ?
— Oui. C'est une tuile.
— J'admire beaucoup votre travail.
— Merci.
— Pourrions-nous dîner ensemble un soir ?
— Bien sûr.
— Quand êtes-vous libre ?
— C'est plutôt mal barré pour cette semaine. Peut-être mercredi en huit.
— Parfait. Mais écoutez. J'ai une très bonne cliente qui pourrait vous acheter une pièce tout de suite, et elle organise une petite réception pour des gens qui sont de gros collectionneurs. Si vous êtes intéressé, je pourrais m'en occuper. Cela ne signifie pas que je serai votre nouveau galeriste, il n'y aurait aucune obligation de votre part, et aucune rancune de la mienne si vous décidiez de choisir quelqu'un d'autre. Mais je suis pratiquement sûr de pouvoir arranger cette vente pour vous, et elle pourrait en apporter d'autres.
— Ça semble intéressant.
— Voilà ce que je propose. Dînons ensemble mercredi en huit, mais je pourrais venir à votre atelier avant

cette date et parler avec vous de ce qui conviendrait à ma cliente.

— Je n'ai pas grand-chose à vous montrer en ce moment.

— Qu'avez-vous ?

— Deux nouveaux bronzes. Et quelques céramiques sur lesquelles je bricole, mais elles ne sont pas vraiment prêtes.

— J'aimerais voir les deux bronzes.

— Entendu. Voulez-vous venir demain après-midi ?

— Très bien. À quelle heure ?

— Vers quatre heures ?

— Quatre heures, c'est parfait.

— J'habite dans Bushwick. »

Il donne l'adresse. Peter la note.

« À demain quatre heures, donc.

— D'accord. »

Trois nouveaux mails. Un de Glen.

Peter, très cher, pas de secrets entre hommes d'honneur, j'ai reçu une offre de quelqu'un d'autre dont je préfère taire le nom parce que vous êtes mon marchand, mais ces gens sont très intéressés par mon travail et il y a la Biennale et j'ai l'impression que les choses se mettent à bouger pour moi ce que j'arrive à peine à croire à cause de, vous savez, les questions d'amour-propre et le reste. Peu importe je vous aime et peut-être pourrions-nous trouver un moment pour déjeuner un jour prochain et discuter, qu'en dites-vous, mon ami ?

Hum. Donc Peter est quelqu'un sur lequel un jeune artiste à moitié inconnu croit pouvoir faire pression.

Pas de quoi paniquer, même un peu. Glen est un bon peintre qui a sans doute éveillé l'intérêt (à supposer qu'il ne bluffe pas) d'une galerie de Williamsburg, et qui est en tout cas un candidat improbable pour la Biennale – le bruit court que cette année les conservateurs ne s'intéressent à rien d'autre qu'à la sculpture, aux installations et aux vidéos.

Hello Glen, je suis votre ami dévoué, déjeunons ensemble et discutons de votre brillant avenir. J'accroche la nouvelle expo, que diriez-vous d'un jour de la semaine prochaine ? À vous. P.

D'accord, Glen, voyons si un bon déjeuner et l'assurance de mon engagement éternel me permettront de l'emporter. Sinon, allez vous faire voir avec ma bénédiction.

À moins que...

Si je réussis à mettre la main sur Groff...

Il faut l'admettre, ouvrir la saison avec Groff dans la galerie de devant serait formidable. Il y a cet article sur lui qui doit paraître dans *Art in America* en septembre, et au moins cinquante pour cent de chances que Newton au MoMA en achète un. Groff est fait pour le MoMA – solide et ultrasérieux.

Peter le pressent – il est en train de tomber sous le charme de Groff. Bon, d'accord, il y a des raisons de mettre en doute sa monumentalité, sa préciosité (au sens littéral) ; l'idée d'un retour à l'art en tant que trésor, à ce qui est martelé et incrusté, superbement exécuté, fait pour orner des palais et des cathédrales. L'œuvre est, néanmoins, véritablement perverse – votre tante Mildred pourrait dire, à une certaine distance, « *enfin* quelque chose de joli », mais en regardant de plus près elle verra les noms gravés de chacun des Africains morts dans les mines de diamant (Groff doit en inventer une partie, on n'en a certainement pas gardé de listes précises) ; elle y lira des extraits du journal de Unabomber, des rapports d'autopsie de prisonniers suicidés et des objets de fétichisme érotique parfaitement exécutés, homos et hétéros. Tous soigneusement alignés comme des hiéroglyphes. Destinés à être découverts lors de fouilles dans dix mille ans.

En outre, ne sommes-nous pas las de tout cet art fait de ficelle et de papier d'aluminium, et qui, soit dit en passant, se vend à des prix ahurissants ? N'avons-nous pas peu à peu dérivé vers un domaine où la camelote se retrouve de facto considérée comme un trésor ?

S'il arrive à accrocher Groff...

Ce serait dégueulasse de reporter l'expo de Lahkti ? Ou de lui demander d'occuper la galerie du fond ? Peter pourrait libérer l'espace en encourageant Glen à accepter l'offre de la nouvelle galerie de Williamsburg. *À mon avis, Glen, vous allez crever le plafond, il vous faut quelqu'un de plus dans le coup que moi...*

Ce serait dégueulasse. Et la nouvelle se répandrait.

Et on dirait...

Que Peter Harris est un homme qui a le bras long. Peter Harris peut piquer une jeune star à l'ancienne galerie de Bette Rice et lui organiser ce qui sera vraisemblablement une des expos les plus spectaculaires de l'automne. D'accord, cela ternirait la réputation de Peter auprès de certains artistes. De certains d'entre eux. D'autres, parmi les plus ambitieux (dont Groff, assurément), seraient impressionnés. Si vous êtes recherché, si vous avez du potentiel, Peter a les moyens de vous amener au sommet, maintenant.

Toujours les mêmes putains d'aigreurs d'estomac. Quels sont les symptômes du cancer de l'estomac ? Ce cancer existe-t-il vraiment ? D'accord, une seule chose à la fois. Tout ce que tu as obtenu de Groff pour l'instant est une visite à son atelier et un rendez-vous pour dîner.

Encore davantage de mails. Davantage de messages.

Et puis, ce qu'il redoutait depuis longtemps. Le bruit d'un accident dans la galerie. Un fracas, un choc sourd, Tyler qui s'écrie : « Merde ! »

Peter s'élance. Au milieu de la pièce, il y a Tyler, Uta, et les assistants de Tyler, Branch et Carl. Et sur le plancher la victime : une des toiles enveloppées, fendue en diagonale sur une quinzaine de centimètres.

« Qu'est-ce que vous avez foutu ? s'écrie Peter.

— J'y crois pas », offre Tyler en guise d'explication.

Uta, Branch et Carl entourent la toile comme s'ils veillaient un mort. Peter s'approche, s'accroupit pour prendre la mesure des dégâts. Ce n'est rien d'autre qu'une fente de quinze centimètres qui part d'un angle de la toile en direction du centre. D'une précision chirurgicale.

« Comment est-ce arrivé ? demande Peter.

— Je l'ai lâchée », répond Tyler. Il n'a pas l'air particulièrement contrit. Plutôt de mauvaise humeur – comment cette saloperie de toile a-t-elle pu se déchirer comme ça ?

« Il avait un cutter dans sa poche », dit Uta. Elle se recule. Bien qu'elle soit parfaitement capable d'entrer en fureur quand les circonstances l'exigent, ce genre d'affaire est du ressort de Peter. Elle pense déjà en termes de remboursement, d'assurance.

« Tu décrochais l'expo avec un cutter dans ta poche ?

— J'ai pas réfléchi. Je l'ai fourré dans ma poche pendant une seconde et je l'ai oublié.

— Bon », dit Peter, étonné par le calme de sa propre voix. Il semble un instant qu'on peut faire de l'incident un non-événement, parce qu'il était tellement *évident* qu'il allait avoir lieu. Bette Rice a effectivement un cancer, un cancer au stade terminal, et Tyler s'est effectivement baladé avec un cutter dans sa poche parce que Peter refuse d'apprécier ses assemblages et ses collages. C'est la faute de Peter, ça devait arriver. Non, c'est la faute de Rex. Rex et son éternel défilé de jeunes génies invariablement minces et tatoués, qui ne sont jamais de vrais génies, malgré l'insistance de Rex à leur servir de « mentor », ce qui ruine sa carrière et le tourne en ridicule.

Uta précise : « C'est un de ceux qui ne se sont pas vendus. »

Peter hoche la tête. Cela vaut mieux, naturellement. Mais il serait dommage que la rumeur se répande que la galerie de Peter endommage les œuvres.

Tyler dit : « Je regrette, réellement. »

Peter hoche la tête à nouveau. Hurler ne servira à rien. Et en vérité, il ne peut pas virer Tyler sur-le-champ. L'exposition doit être décrochée aujourd'hui.

« Retournez travailler, reprend-il calmement. Faites attention à ne rien mettre de pointu dans vos poches. »

Il va massacrer Rex, cette vieille pédale.

Uta dit : « Emportons-le à l'arrière. »

Peter n'a pas envie d'abandonner tout de suite le cadavre. Avec précaution, tout doucement, il glisse son doigt sous le papier paraffiné et le soulève.

Il ne voit rien de plus qu'un triangle de couleur empâtée. Un tourbillon ocre tacheté de points noirs.

Avec soin, il soulève le papier de quelques centimètres supplémentaires.

« *Peter !* », s'écrie Uta.

Il n'en est pas certain mais il a l'impression de voir une toile abstraite tout à fait ordinaire, maladroitement peinte. Un travail d'étudiant.

Voilà ce qui se trouve sous cet emballage scellé ? Comme une relique voilée ?

L'estomac de Peter se soulève. Merde ! Est-ce que... Oui il va...

Il a un haut-le-cœur. Le temps de se redresser, il a la bouche pleine de vomi, se précipite dans la salle de bains, où il vomit dans les toilettes, se remet debout, pantelant, sent que ça le reprend, encore une fois.

Uta se tient à côté de lui. « Chéri, dit-elle.

— Ça va. Vous n'avez pas besoin de regarder.

— La ferme. Un de ces jours je changerai vos couches. Il y a des choses pires dans le monde. Vous savez que nous sommes assurés. »

Peter se penche encore au-dessus de la cuvette. C'est fini ? Pas sûr.

« Rien à voir avec cette toile. Je ne sais pas, j'ai l'estomac barbouillé depuis un moment. La dinde n'était peut-être pas très fraîche.

— Rentrez chez vous.

— Pas question.

— Revenez plus tard si vous voulez. Rentrez vous reposer, ne serait-ce qu'une heure. Je surveillerai cette bande d'abrutis.

— Une heure, peut-être.

— Une heure, c'est ça. »

Très bien, alors. Il se sent étrangement gêné de devoir passer devant Tyler et ses assistants – une vague impression de défaite. La jeunesse destructrice a gagné cette manche ; le vieux, devenu sensible avec l'âge, a vu le carnage et perdu la face.

Il hèle un taxi au coin de la Dixième Avenue et de la 24ᵉ Rue. Il se sent étourdi mais n'a plus (Dieu merci) envie de vomir. Quelle horreur si ça devait se produire sur la banquette arrière du taxi de Zoltan Kravchenko. Zoltan, naturellement, serait furieux, il jetterait Peter dehors et filerait nettoyer toute cette saleté. On ne peut pas vomir en public, pas à New York. Vous êtes catalogué démuni, aussi bien habillé que vous soyez.

Peter arrive enfin chez lui, laisse à Zoltan un pourboire conséquent parce qu'il n'a pas dégueulé dans sa voiture mais aurait pu. Il entre dans l'immeuble, s'engouffre dans l'ascenseur. Il règne dans tout cela une certaine irréalité légèrement nauséeuse. Il est rarement malade, ne se retrouve jamais à la maison un lundi à deux heures de l'après-midi. Pourtant, maintenant qu'il monte à l'étage – qu'il flotte dans ce petit intermède d'un vague nulle part –, il éprouve un sentiment de soulagement enfantin, cette impression puérile que, puisque vous êtes malade, tous vos problèmes et obligations sont mis entre parenthèses.

Quand il pénètre dans le loft il est conscient de... de quoi ? Une présence ? Un léger changement de l'atmosphère habituelle...

C'est Mizzy, endormi sur un canapé, torse nu à nouveau, vêtu de son seul short, avec une amulette de bronze suspendue à son cou par un lacet de cuir. Au repos, son visage a des contours juvéniles que l'on remarque moins lorsque ses yeux inquiets et interrogateurs sont ouverts. Dans son sommeil, il ressemble étonnamment à un bas-relief sur le sarcophage d'un soldat médiéval – il a même les mains croisées sur la poitrine. Tel un bas-relief, il a l'aspect de ce qui personnifie pour Peter la jeunesse, le jeune héros sans doute moins beau dans la réalité, pas aussi héroïque, qui fut certainement taillé en pièces durant la bataille au cours de laquelle il trouva la mort, mais auquel, ensuite, dans l'après-vie, un artisan anonyme a donné des traits parfaits, le plongeant dans un profond sommeil sous les yeux peints de saints et de martyrs, tandis que génération après génération les vivants éphémères allument des cierges pour leurs morts.

Peter s'agenouille à côté du canapé afin de regarder le visage de Mizzy de plus près. Ensuite seulement il se rend compte de l'étrangeté de son geste – un geste de contrition, de déférence. Et comment l'expliquera-t-il si Mizzy se réveille ? Mais la respiration de Mizzy émet un sifflement doux et régulier – le sommeil imperturbable de la jeunesse. Peter s'attarde un moment. C'est très net à présent. Mizzy est le portrait de Rebecca : la jeune Rebecca, la jeune fille au visage pur et rayonnant qui est entrée dans la classe de Peter à Columbia des années auparavant et qui lui a paru... familière, indiciblement familière. Non pas l'amour au premier regard, mais l'impression de se connaître au premier regard. Ce n'est qu'aujourd'hui que la ressemblance de Mizzy avec Rebecca le frappe, parce que Rebecca a changé – Peter s'aperçoit à quel point. Elle n'a plus (c'est naturel) cet éclat naissant, cette qualité d'inachevé qui disparaît au plus tard vers l'âge de vingt-cinq ans.

Peter est saisi de l'envie de toucher le visage du garçon. Seulement le toucher.

Holà ! Que lui arrive-t-il ?

D'accord, il y a de l'ADN d'homos dans la famille, et il s'est masturbé avec son ami Rick au lycée, et bien sûr il sait reconnaître la beauté des hommes, il y a eu des occasions (un adolescent dans une piscine à South Beach, un jeune serveur italien au Babbo), mais il ne s'est jamais rien passé, et il n'a rien refoulé, autant qu'il le sache. Les hommes sont merveilleux (enfin, certains en tout cas) mais ils ne l'attirent pas.

Pourtant, il a envie de toucher le visage de Mizzy. Ce n'est pas érotique, pas exactement. Il voudrait effleurer des doigts cette perfection assoupie qui ne durera pas, ne peut pas durer, mais qui se trouve là, en ce moment même, sur ce canapé. Simplement pour avoir un contact avec elle, comme les fidèles cherchent à toucher la tunique d'un saint.

Il n'en fait rien, bien sûr. Ses genoux craquent quand il se relève. Dieu soit loué, Mizzy continue de dormir. Peter va dans la chambre, ferme les rideaux, n'allume pas la lumière. Il se déshabille et s'étend sur le lit. À son grand étonnement, il s'endort presque aussitôt d'un lourd sommeil sombre, où il rêve d'hommes en armure, au garde-à-vous dans la neige.

Fratricide

PETER N'AVAIT TENTÉ DE TUER SON FRÈRE qu'une seule fois, ce qui est peu selon les critères de relations entre deux frères. Il avait sept ans, Matthew en avait donc dix.

La plupart des petits garçons sont efféminés ; Matthew... La personnalité de Matthew ne se révélerait que quelques années plus tard. À dix ans, il était capable de (mal) chanter le répertoire entier de Cat Stevens. À la maison, il portait à longueur de journée un peignoir à impression cachemire. Il semblait, par moments, cultiver un accent britannique. C'était un garçon aux traits agréables qui parcourait les pièces d'une paisible maison de brique beige à Milwaukee, vêtu d'un peignoir à impression cachemire qui lui descendait presque aux chevilles, chantant « Morning Has Broken » ou « Wild World » d'une voix douce et mélancolique, avec l'intention manifeste qu'on l'entende.

Leurs parents – luthériens, républicains, membres de divers clubs – évitaient de tourmenter Matthew, peut-être parce qu'ils soupçonnaient que le monde le tourmenterait suffisamment de son côté, ou peut-être parce qu'ils ne se sentaient pas encore prêts à abandonner l'idée que leur fils aîné était un prodige, sujet à des emballements imprévus et plutôt singuliers, qui, avec le temps, feraient place à une importante carrière rémunératrice. Leur mère était une belle femme, imposante, à la mâchoire volontaire, une pure Suédoise, craignant profondément d'être dupée et convaincue que le monde entier tentait de la duper. Leur père, bel homme inexpressif, l'air inachevé, vaguement finnois, ne s'était jamais accoutumé à la chance inespérée de sa rencontre avec leur mère, et vivait son mariage comme un parent pauvre logeant dans la chambre d'amis. Il est possible que leur mère ait refusé d'être privée de deux fils du Wisconsin sains et sans problèmes, et que leur père ait simplement adopté la même attitude. Quelle qu'en soit la raison, ils se montraient indulgents avec Matthew. Ils ne firent pas d'objection quand il se mit à porter des knickers à l'école ou quand il annonça son intention de se mettre au patinage artistique.

C'est donc à Peter que revint la tâche de tourmenter Matthew.

Peter n'avait ni l'obstination ni l'ambition d'un véritable sadique. Pas plus qu'il ne haïssait Matthew, du moins au sens littéral du terme. Il avait pourtant passé la plus grande partie de ses jeunes années à s'excuser en permanence. Il était aimé mais incapable, à l'âge de six ans, de lire à voix haute des passages de *Collected Poetry of Ogden Nash*, ni, à l'âge de sept ans, d'écrire le texte, de mettre en scène, et de jouer le rôle principal d'une pièce pour enfants du voisinage, avec musique, intitulée *Un homme à la mer*, qui fit pleurer de rire leur mère. Dès le début, Matthew avait saisi toutes les molécules éparses d'excentricité ou de réussite qui habitaient les recoins de la maison ; tout ce qui n'était pas Matthew se réduisait à un mobilier sombre, des pendules sonores et une collection de tirelires en fonte que leur mère avait commencé à rassembler avant sa rencontre avec leur père.

Mais le plus exaspérant pour Peter était l'innocente et paisible affection que Matthew lui manifestait. Il le considérait, semblait-il, comme une sorte d'animal familier, éducable mais à l'intelligence limitée. On peut apprendre à un chien à s'asseoir, à rapporter et à rester au pied ; il serait stupide de vouloir lui enseigner les échecs. Lorsque Peter était petit, Matthew lui confectionnait des costumes dans lesquels il aimait l'exhiber. Peter n'en a aucun souvenir, mais il y a les photographies : le petit Peter déguisé en abeille, avec des lunettes d'aviateur et des antennes, affublé d'une toge découpée dans une taie d'oreiller ou coiffé d'une couronne de lierre lui tombant sur les yeux. Lorsqu'il fut un peu plus âgé (il en garde un souvenir fugace), Matthew lui inventa un alter ego : Giles, le valet de chambre qui, en dépit de ses humbles origines, était déterminé à réussir dans le monde à la force du poignet, ce qui signifiait en général à garder leur chambre en ordre, aider leur mère dans les tâches ménagères et faire des commissions pour Matthew.

Le plus consternant est que Peter aimait devenir Giles. Il aimait répondre à de modestes attentes. Il exécutait les tâches qui lui étaient assignées avec une satisfaction affectée et croyait sincèrement qu'il progresserait (vers quoi ?) s'il obéissait de bon cœur et sans se plaindre. En fait, bien qu'il ne s'en souvienne pas, peut-être l'idée de Giles le valet de chambre a-t-elle germé dans son propre esprit.

Ce fut seulement vers l'âge de sept ans qu'il comprit pleinement qu'il était le membre inférieur de la famille, et l'avait toujours été. Celui qui n'avait rien d'exceptionnel, sur lequel on pouvait toujours compter ; le bon garçon.

La tentative de meurtre se déroula de manière inattendue, par une journée claire et froide de mars. Peter était accroupi sur les dalles du patio dans le jardin couleur d'hiver à l'arrière de la maison, petite silhouette en veste écossaise rouge sous un ciel bleu de glace. Il avait pris sans permission un des tournevis de son père dans le garage, afin de travailler en secret au cadeau qu'il confectionnait pour l'anniversaire de sa mère : un nichoir vendu en kit. Il se sentait plein d'espoir, mais inquiet. Il craignait que sa mère n'en ait pas envie (elle ne s'était jamais intéressée à aucun oiseau), mais il s'était rendu dans la boutique de cadeaux avec son père et avait vu la boîte, illustrée d'un parfait petit nichoir à pignon sur un champ turquoise au milieu d'une joyeuse troupe de cardinaux, merles et pinsons. L'image d'une récompense divine aux yeux de Peter. Il avait été frappé – transporté en réalité – à la pensée de pouvoir transmettre cette parcelle de perfection à sa mère, se figurant qu'ils en seraient tous les deux transformés, lui en un garçon capable de percer ses attentes secrètes, elle en quelqu'un désirant ardemment ce qu'il avait à donner. Le père de Peter avait tiqué en constatant que l'assemblage était destiné à des enfants de dix ans ou plus et, avant de l'acheter, avait soutiré à Peter la promesse qu'ils le construiraient ensemble.

Une promesse que Peter s'était empressé de rompre dès qu'il s'était retrouvé seul à la maison. Il voulait exécuter quelque chose de merveilleux, tout seul. Sa mère laisserait éclater sa joie et son père hocherait la tête d'un air entendu et affectueux – c'est sûr, notre plus jeune fils a des dons rares pour son âge.

Naturellement, le nichoir, quand il l'avait sorti de la boîte, se révéla fait d'un banal aggloméré marron. Il était livré avec le nombre exact de vis métallisées, des instructions de montage imprimées sur une simple feuille de papier vert pâle et – pour finir, le plus déprimant – un petit sachet de Cellophane contenant des graines pour oiseaux.

Accroupi devant les pièces qu'il avait étalées sur les dalles, Peter s'efforça de conserver son optimisme. Il le peindrait de couleurs vives. Peut-être le décorerait-il d'illustrations d'oiseaux. Mais, à cet instant, les pièces – deux pignons et différents rectangles représentant les murs, le sol et le toit – semblaient si ternes et peu prometteuses qu'il dut refouler l'envie de rentrer faire une sieste. Le brun clair de l'aggloméré lui parut la couleur même du découragement.

Il n'avait pas d'autre solution, pourtant, que de s'y mettre. Peter assembla un pignon et un pan de mur, introduisit une vis dans un trou déjà percé et la serra.

« Qu'est-ce que tu fabriques ? » Prononcé dans son dos, avec une imperceptible trace d'accent oxfordien.

Impossible. Il n'y avait personne à la maison.

Peter dit, sans lever les yeux : « Et toi, qu'est-ce que tu fais ici ?

— Mme Fletcher est malade. Qu'est-ce que tu fabriques ?

— Une surprise. »

Il se retourna pour regarder Matthew. Le froid donnait à son visage rougi un éclat lumineux de chérubin. Il portait une écharpe vert vif nouée autour du cou.

« C'est un cadeau pour maman ? demanda-t-il.

— Je ne sais pas. » Peter reporta son attention sur les pièces du nichoir.

Matthew se pencha plus près, derrière lui. « Fais voir, dit-il, c'est une petite maison. »

Une petite maison. Trois mots innocents. Mais quand Matthew les prononça, avec une précision mélodieuse, Peter se sentit aspiré dans un tourbillon, une colonne d'air vicié qui lui coupa la respiration. Il était pris au piège, cloué à ces dalles froides et à sa triste petite entreprise ; il n'y avait aucune chance pour lui, aucun espoir, lui qui aimait jouer les valets de chambre, qui n'avait aucun génie, qui se satisfaisait d'effectuer les courses les plus banales. Il avait été surpris par Matthew en train de fabriquer *une petite maison* et il se sentait humilié à jamais, il était une petite chose stupide et le resterait à jamais.

Plus tard, il préféra garder le souvenir d'un acte de pure rage, instinctif, à peine conscient, mais en réalité il avait été saisi d'un éclair fulgurant de compréhension, de la certitude qu'il lui était impossible d'être là en ce moment, qu'il ne pourrait pas survivre au regard de Matthew et à ses mots, « Fais voir, c'est une petite maison », mais il n'y avait pas d'échappatoire, il devait s'emparer du tournevis et déchirer l'air, y percer un trou où Matthew disparaîtrait. Il s'était retourné et redressé d'un bond, le tournevis à la main. Il avait atteint Matthew à la tempe, deux centimètres au-dessus de l'œil gauche. Il remercierait à jamais le ciel de n'avoir fait qu'une balafre à son frère, de ne pas l'avoir éborgné.

Si rien d'aussi dramatique que l'attaque au tournevis ne se produisit par la suite, son geste altéra subtilement mais de manière définitive la réputation de Peter dans la famille. Il fut catalogué comme dangereux, potentiellement instable, ce qui d'un côté était décevant, mais par ailleurs un progrès. Il avait, pour le moins, démontré aux yeux de tous son mauvais caractère. Le personnage de Giles le valet de chambre fut relégué sans commentaire.

Ensuite, Matthew et Peter vécurent ensemble pendant plusieurs années comme un renard prétendument apprivoisé peut cohabiter avec un paon. Matthew se montrait le plus souvent d'une prudente amabilité envers Peter. Peter profitait le plus souvent de cette situation. Il ne s'était jusque-là jamais rendu compte qu'un seul acte de violence aveugle – perpétré avec un tournevis, un geste à la portée de tout le monde – pourrait inspirer à son frère, ou à quiconque, un sentiment constant de respect où se disputaient crainte et rancune. Peter se métamorphosa peu à peu en un général de sept ans, sachant se montrer amical sans se départir d'un air gentiment menaçant, presque affable, comme si la gentillesse était une concession temporaire à un univers brutal et mensonger.

Trois années s'écoulèrent sous le règne de Peter le Terrible.

Matthew à quinze ans. Haute silhouette à l'air inspiré marchant d'un pas énergique le long des façades de brique et de pierre de Milwaukee, ses livres serrés contre sa poitrine. La plupart du temps inexplicablement optimiste, il avait eu le bon sens en passant de l'enfance à l'adolescence d'acquérir une forte dose d'ironie. Moqué par les idiots du coin, mais sans la cruauté ni l'insistance auxquelles on aurait pu s'attendre de leur part. Peter avait toujours pensé que

Matthew semblait protégé par une forme de sainteté immaculée. Quoique rien n'évoque la sainteté chez lui, il montrait dans son comportement une innocence qui avait dû caractériser les saints les plus modestes. Matthew était si pleinement lui-même, si captivé par ses sujets d'intérêt (le cinéma, les romans de Dickens, le patin, la guitare acoustique), si inoffensif, si cordialement indifférent aux autres, à l'exception des deux filles qui étaient ses seules amies, que, sauf quelques rares moqueries et la seule fois où une bande de lycéens cherchant à affirmer leur réputation l'avaient battu, il n'avait jamais été l'objet des campagnes prolongées d'annihilation que certains garçons menaient contre une poignée de vrais malheureux. Matthew était aussi à l'abri de tels agissements grâce à son physique de patineur, qui donnait une impression de puissance contenue (bien qu'il n'eût pas la moindre idée de la façon dont on pouvait frapper quelqu'un), et à son amitié avec Joanna Hurst, la beauté locale. Que ce fût calculé ou spontané, il était depuis l'entrée en sixième l'ami et le confident d'une fille influente et convoitée, et donc d'une certaine manière, selon le mode d'évaluation rudimentaire du coin, pouvait passer pour un athlète (le patin, mais bon) et un petit ami attitré (pas la moindre implication de sexe entre eux, mais bon). Si Matthew était considéré comme l'être le plus efféminé de Milwaukee, il possédait aussi ce que Peter devait bien appeler une grandeur précoce. Le germe d'un comportement menaçant chez Peter, que n'avait confirmé aucune attaque nouvelle, s'était à l'époque transformé en un comportement réputé irascible, que sa mère minimisait en l'appelant M. Ronchon chaque fois qu'il était de mauvaise humeur. Sa peau se couvrit d'acné, ses cheveux devinrent raides et ternes, et il se retrouva, à sa grande surprise, membre d'un petit groupe de musiciens rebelles, accros à la musique rock et à *Star Trek*, ni admiré ni ridiculisé, simplement livré à lui-même. Matthew, de son côté, prédominait. Il était la star, intelligent, rarement antagoniste, jamais amer ni irritable, et même les garçons les plus durs et agressifs semblaient apprécier sa compagnie. Il devint en quelque sorte la mascotte de l'école. Traversant l'adolescence d'un air serein, il traitait les autres membres de la famille, y compris Peter, avec une indulgente patience, parfois légèrement lasse et suffisante, comme un jeune aristocrate que l'on a envoyé vivre avec des gens du commun jusqu'à ce qu'il soit prêt à assumer sa véritable position. Tandis que s'affirmait sa personnalité, vous pouviez en sa présence vous sentir un gentil avorton grincheux ou un vieux demeuré bienveillant.

Une fois Peter dépouillé de sa dangerosité, une trêve embarrassée s'établit entre Matthew et lui, et ils se mirent à parler des nuits entières comme deux frères. Leurs discussions portaient sur les sujets les plus variés mais étaient curieusement cohérentes. Des décennies plus tard, Peter peut reconstituer une métaconversation, faite de fragments et d'éléments empruntés à des centaines d'entre elles.

« Je pense que maman en a par-dessus la tête, dit Matthew.

— De quoi ?

— De tout. De sa vie. »

C'est en partie plausible. Leur mère peut se montrer brusque et d'humeur difficile, elle arbore presque constamment un air d'exaspération à peine contenue, mais elle a toujours paru à Peter en « avoir par-dessus la tête » non de sa vie, mais de détails bien particuliers : le manque d'intérêt de ses fils pour les tâches ménagères, l'incompétence et la malhonnêteté du facteur, les impôts, le gouvernement, ses amis, le prix de presque tout.

« Qu'est-ce qui te fait dire ça ? »

Matthew soupire. Il s'est inventé un long et profond soupir mélancolique, comme s'il soufflait dans un instrument à vent.

« Elle est coincée ici, dit-il.

— Ouais... »

Nous sommes tous coincés ici, non ?

« C'est encore une belle femme. Il n'y a rien pour elle ici. Elle est comme Madame Bovary.

— Tu crois ? »

Peter à cette époque n'avait aucune idée de qui était Madame Bovary, mais il l'imaginait comme une femme de mauvaise réputation, annonciatrice de malheur – il était probable qu'il la confondait avec Madame Defarge, la tricoteuse d'*Un conte de deux villes* de Dickens.

« Tu pourrais lui dire un mot de sa coiffure ? Elle refuse de m'écouter.

— Non. Je ne peux pas parler à maman de sa *coiffure*.

— Et comment ça marche avec Emily ?

— Comment quoi marche ?

— Allons.

— Je n'aime pas Emily.

— Pourquoi ? dit Matthew. Elle est mignonne.

— Pas mon genre.

— Tu es trop jeune pour avoir un genre. Emily t'aime bien.

— Non, elle ne m'aime pas.

— Et si tu lui plaisais, tu y verrais un inconvénient ? Il faut que tu cesses de sous-estimer tes charmes.

— La ferme.

— Est-ce que je peux te révéler un secret concernant les filles ?

— Non.

— Elles aiment qu'on soit gentil avec elles. Tu serais étonné de voir tout ce que tu peux obtenir auprès d'un tas de filles en allant simplement vers elles et en leur disant : "Tu es merveilleuse, tu es belle." Parce qu'elles ont toutes peur de ne pas l'être.

— Comme si tu le savais.

— J'ai mes sources.

— Mettons. Est-ce Joanna, par hasard, qui te l'a dit ?

— Euh. Oui. »

Joanna Hurst. Lumière du ciel septentrional.

Difficile d'imaginer plus inatteignable qu'elle. Elle est mince, gracieuse, désespérément modeste ; elle a de longs cheveux aux reflets roux qu'elle écarte de temps en temps de ses yeux. Elle a une façon de baisser la tête quand elle écoute les autres, comme si elle savait qu'elle devait mettre sa beauté – ses yeux écartés, sa lèvre inférieure gonflée, l'éclat laiteux de sa peau – légèrement en retrait pour laisser une chance aux autres. Elle sort depuis peu avec un élève de terminale si populaire, athlétique et en tout point parfait qu'il n'a pas besoin de se montrer cruel, et leur relation est aussi célèbre que le seraient les fiançailles d'un héritier du trône avec une jeune princesse d'une nation puissante et riche à l'allégeance incertaine. Joanna serait inaccessible à Peter, même si elle n'était pas de trois ans son aînée et déjà prise.

Et pourtant. Et cependant. Elle est la meilleure amie de Matthew ; elle pourrait, si elle en avait l'occasion, voir en Peter un peu de ce qu'elle voit en son frère. De toute évidence, le garçon avec lequel elle sort (qui porte le prénom ridicule de Benton) est au moins un peu insipide pour elle, un peu conventionnel, un de ces héros locaux musclés et banals qui n'ont jamais le premier rôle dans les films ; qui s'inclinent toujours devant un personnage plus ordinaire mais plus intelligent, quelqu'un doté d'une plus grande profondeur d'âme, quelqu'un, disons-le, comme Peter.

« Tu es amoureux de Joanna ? demande-t-il à Matthew.

— Non.

— Tu crois qu'elle est amoureuse de Benton ?

— Elle n'en est pas sûre. Ce qui signifie que non. »

Peter a, sur le bout de la langue, l'impossible, l'imprononçable question. *Crois-tu que... Est-il tout à fait impensable que...*

Il ne peut pas. Un non serait trop douloureux. Il s'est déjà, à douze ans, trop habitué à l'idée que la chance suprême ne lui sera jamais offerte, qu'il fait partie de ceux qui choisissent parmi ce que les guerriers et les maraudeurs ont laissé derrière eux.

Il n'insiste pas davantage. Il se contentera, durant les trois années suivantes, de s'assurer qu'il est chez lui, élégamment mis, aux occasions plutôt rares où Joanna vient les voir (Matthew et lui ont compris depuis longtemps que leurs amis rechignent à s'attarder chez eux – il n'y a rien à manger, et leur mère les soupçonne de vouloir voler si on ne les surveille pas étroitement). Peter dira à Emily Dawson qu'elle est jolie, ce qui lui vaudra une petite gâterie quelques soirs plus tard sous les gradins du stade à un match de football, après quoi elle ne lui adressera plus jamais la parole. Il lui arrivera de temps en temps de se montrer viril et sexy en présence de Matthew, dans l'espoir que Matthew en fera part à Joanna. *Tu sais, mon petit frère devient drôlement sexy.*

Toutefois, les mois passent sans que Matthew remarque la récente virilité de Peter. Peter est obligé d'en rajouter. Il commence par une façon de s'asseoir longuement répétée (à la cow-boy, en passant négligemment ses coudes par-dessus les dossiers des canapés et des fauteuils, les jambes écartées et les genoux un peu fléchis, comme prêt à tout instant à entrer en action), et de parler d'une voix de baryton légèrement brouillée, trébuchante, qu'il va chercher au plus profond de son diaphragme. Sans réaction de la part de son frère, Peter intensifie sa campagne. Il abandonne son habituelle timidité et se met en caleçon dès qu'il est seul dans une pièce avec Matthew (*Tu sais, mon petit frère a un petit corps drôlement musclé*) ; il se met à chanter, à voix basse et d'un air distrait, quelques-uns des airs de Cat Stevens que préfère Matthew (*Tu sais, mon frère est un type sentimental, et il a une voix superbe*) et enfin, à l'approche de son treizième anniversaire, il prend l'habitude de regarder Matthew au fond des yeux chaque fois qu'ils se parlent, conférant à son regard une douceur et une gravité interrogatrice, une attention profonde (*Tu sais, mon frère est un garçon compatissant, très sensible*).

Après coup, Peter ne comprend pas comment ni pourquoi il n'a jamais imaginé que Matthew considérerait que ces petites provocations lui étaient destinées. Plus tard, cette poursuite d'un seul objectif fera de lui quelqu'un d'efficace en affaires, et de lamentable au poker et aux échecs. À douze ans, presque treize, il prendra soudain conscience, par une nuit d'hiver, que toute cette comédie n'a jamais été, au mieux, évoquée devant Joanna et, au pire, lui a été racontée sous une forme désastreuse *(Tu sais, je pense que mon frangin a le béguin pour moi).*

Durant cette nuit de février (février à Milwaukee, la nuit qui tombe peu après trois heures de l'après-midi, les fenêtres mitraillées de petites billes de grêle fondue qu'on pourrait prendre pour des particules d'oxygène gelé), alors que Matthew et Peter sont allongés côte à côte dans leurs lits jumeaux, bavardant comme à l'accoutumée avant que Matthew éteigne la lumière ; alors que Matthew commente une gaffe de Benton, le copain de Joanna, Peter sort de son lit (vêtu de son seul caleçon et, concession au froid qui règne dans la pièce, d'une paire de chaussettes de laine), s'assied sur le bord du lit de Matthew, le visage empreint de son habituelle concentration.

Matthew dit : « ... c'est un type bien, je veux dire *gentil* et tout ce que tu veux, mais pas besoin d'être grand clerc en amour pour savoir que tu n'achètes pas deux tickets pour un match de hockey comme cadeau d'anniversaire à ta petite amie... »

Il se tait et regarde Peter d'un air surpris, comme si ce dernier était apparu par magie sur son lit, son propre lit. C'est tellement insolite qu'il faut à Matthew quelques secondes pour saisir la situation.

Il fixe le visage ému, « dis-moi tout », de Peter. Il demande : « Ça va ?

— Bien sûr.

— Que se passe-t-il ?

— Rien. Je t'écoute.
— Petey...
— *Peter.*
— *Peter.* Je vais y aller franco, d'accord ?
— D'accord. »

Y aller franco et... TE DIRE QUE JOANNA HURST EST AMOUREUSE DE TOI.

Matthew dit : « Est-ce que tu as eu... c'est un peu gênant... une attirance pour quelqu'un récemment ?
— Euh, oui, il me semble. »

Désolé, Benton, tu aurais dû lui offrir un plus beau cadeau, à mon avis.

« Bien. Je comprends.
— Vraiment ?
— Je crois, oui. Tu veux m'en dire un peu plus ?
— Je ne suis pas sûr de pouvoir.
— Je peux comprendre aussi. Hé, nous sommes frères. L'ADN, on n'y peut rien, hein.
— Ouais. »

Un silence passe. Peter rassemble son courage.

Il parvient à dire : « Alors tu l'aimes toi aussi. »

Suit un autre silence, terrible. Des particules d'air congelé fouettent la vitre de la fenêtre comme si elles étaient lancées par un géant.

Peter comprend. Pas tout à fait, mais quand même. Il comprend confusément, avec un sentiment de dégoût, qu'une erreur vient de se produire, qu'une porte s'est ouverte par mégarde. Matthew l'observe avec le même regard attendri que celui de Peter depuis ces deux derniers mois. Peter n'a apparemment pas inventé cette attitude, il l'a simplement copiée sur celle de Matthew. L'ADN, on n'y peut rien.

« Non, déclare Matthew. Je ne suis pas amoureux de Joanna. Mais toi, tu l'es, hein ?
— Je t'en prie, je t'en prie, ne lui dis pas.
— Je ne dirai rien. »

Et ces mots, peu plausibles, mettent fin à la conversation, pas seulement pour la nuit mais pour toujours. Peter se lève, regagne son lit, remonte ses couvertures. Matthew éteint la lumière.

Peter tombe... comment dire... amoureux ?... de Matthew sur une plage du Michigan, un mois avant le seizième anniversaire de Matthew.

Ce sont les vacances familiales annuelles d'été, une semaine passée sur l'île Mackinac dans un bungalow de pin qui sent le musc. Matthew est maintenant trop âgé, et Peter le sera bientôt, pour apprécier ce genre de séjour. Le bungalow n'est plus une mine de trésors familiaux (les lits sont encore enveloppés de leurs moustiquaires, les jeux de société toujours là !), mais un exil morne et fastidieux, une semaine entière de furie maternelle à cause de leur manque d'enthousiasme et les tentatives de leur père pour le susciter ; des araignées dans la salle de bains et des vaguelettes froides qui clapotent sans fin sur la plage de galets.

Cet été-là, cependant – merveille des merveilles –, Joanna a eu la permission de venir passer le week-end avec eux.

À la réflexion, il n'y a guère d'explication à cette entorse à la tradition des Harris. Jusqu'à la fin des études secondaires de Matthew, ils avaient maintenu une dévotion quasi patriotique pour ce qu'ils appelaient les moments passés en famille – périodes sacro-saintes d'isolement à quatre imposées avec une insistance croissante alors qu'il devenait de plus en plus évident que personne en particulier ne les appréciait. Aucun des amis de Matthew ou de Peter n'avait jamais été invité à dîner ou à passer la nuit, et la présence de Joanna durant trois journées de cette semaine annuelle à Mackinac représentait une véritable énigme. Aujourd'hui, devenu adulte, Peter soupçonne que ses parents en étaient venus tardivement à appréhender les penchants de Matthew et étaient prêts, à la dernière minute, à devenir, ou du moins à incarner, des parents dont le séduisant fils aîné aurait pu devenir une source d'ennuis pour une jeune fille s'il n'était pas sérieusement surveillé, ce qui ne pouvait se faire, bien sûr, que si la fille en question se trouvait présente. Peter avait surpris une conversation au téléphone entre sa mère et celle de Joanna, au cours de laquelle sa mère assurait que les faits et gestes de Matthew et de Joanna seraient strictement rapportés et que Joanna dormirait dans une chambre proche de la leur.

Se pouvait-il que l'une ou l'autre des deux femmes ait cru nécessaire de prendre des précautions ?

Et pourquoi, d'ailleurs, personne ne semblait-il s'inquiéter du comportement de Peter ? C'était lui qui, sans doute ni hésitation, collait son œil à une fente de la porte lorsque Joanna occupait la salle de bains, qui reniflait le maillot de bain ou la serviette mis à sécher et qui, s'il en avait eu le culot (qu'il n'avait à l'évidence pas), se serait glissé dans la petite alcôve virginale voisine de la chambre de ses parents et aurait tout risqué – les cris de Joanna, la honte de ses parents – pour le seul plaisir de la voir un bref instant endormie, à peine recouverte d'un drap couleur de lune.

C'était un cas d'erreur sur la personne. Un autre de ces mystères insondables.

Concernant l'excitation de Peter, il y a trop à dire ou pas assez. Il avait vomi deux fois sous l'effet de la nervosité, la première pendant les jours qui avaient précédé leur départ à tous les cinq pour Mackinac et à nouveau (à l'insu des autres, espérait-il) dans les toilettes d'une station-service sur la route. Il avait été saisi d'un spasme mais n'avait pas vomi à leur arrivée dans le bungalow, avec la présence de Joanna enveloppée de son parfum et de tout ce qui émanait d'elle dans le salon lambrissé de pin jusqu'alors familier, soudain devenu profond et éternel : le foyer noirci par la fumée, le canapé défoncé et les fauteuils de rotin abominablement inconfortables, les marques indélébiles de longues périodes hivernales inhabitées, les odeurs d'herbe humide, d'antimite et de quelque chose que Peter n'avait jamais senti auparavant et ne sentirait plus ensuite, un effluve animal comparable dans son esprit à celui que dégage la fourrure d'un raton laveur.

« C'est charmant », dit Joanna. Peter jure encore aujourd'hui, des décennies plus tard, qu'elle a éclairé cette triste pièce marron d'une lueur rose parfumée.

Oui, il s'était masturbé cinq ou six fois par jour. Oui, non seulement il avait reniflé la culotte de ses maillots qu'elle mettait à sécher sur la rambarde de la galerie (pas grand-chose à humer, l'eau du lac et quelque chose d'indéfinissable, de propre et de vaguement métallique, comme une clôture de fil de fer par un jour d'hiver), mais, avec le regard trouble d'un convive alcoolique, il les avait enfilés sur sa tête. Oui, il avait l'impression que la vie explosait autour de lui et, oui, il y avait des moments où il aurait voulu voir Joanna s'en aller, parce qu'il n'était pas certain de pouvoir supporter l'évidence, qu'il repoussait de tout son être : il n'obtiendrait jamais rien de plus d'elle, il était et resterait à jamais un petit garçon avec une culotte enfilée sur la tête, et, aussi excitants qu'aient été ces jours passés avec Joanna, ils marquaient aussi le début d'une déception congénitale qui durerait toute sa vie. Un dieu avait cru bon de lui faire côtoyer l'image qu'il se faisait du bonheur (Joanna mordant délicatement, mais avec appétit, dans un cheeseburger – elle n'était pas maniérée –, Joanna assise sur les marches de la galerie en mini-short et top blanc, en train de se passer du vernis rose sur les ongles des orteils ; Joanna qui riait, comme une mortelle ordinaire, en regardant un vieil épisode d'*I Love Lucy* sur l'antique téléviseur noir et blanc), lui permettant ainsi de contempler ce qu'il désirerait toujours sans pouvoir l'obtenir.

Il sera amoureux de Joanna toute sa vie, il finira pourtant par l'embellir avec le temps, par la remplacer et l'imaginer autrement, assez pour, des années plus tard, alors qu'il trie les affaires de Matthew à Milwaukee et trouve son vieil annuaire de l'école, ne pas reconnaître aussitôt Joanna sur sa photo de lycée – une beauté conventionnelle du Middle West au visage rond, avec de ravissantes lèvres pleines mais de petits yeux, une chevelure abondante et brillante qui retombe cependant comme un rideau sur son visage et dissimule presque tout son front et son œil droit, un style de l'époque abandonné à bon escient depuis des années. Ce n'est pas la Dame du Lac, même de loin, et Peter croit un instant que la photo de Joanna a été remplacée par une autre, celle d'une robuste et sérieuse fille de Milwaukee destinée à épouser (comme l'a fait Joanna) un beau lourdaud rencontré à l'université, à avoir très vite trois enfants et à mener une vie plutôt tranquille et heureuse dans ce qu'on appellera une ville nouvelle.

Il se souviendra avec précision sur son lit de mort (ou plus exactement sur le bout de trottoir où il s'effondrera le jour où son cœur lâchera) de l'épisode suivant qui s'est déroulé par un nonchalant samedi après-midi.

Matthew, Joanna et lui sont allés à la plage – où auraient-ils pu aller, sinon ? –, et Peter est assis sur le sable rugueux tandis que Matthew et Joanna pataugent sans but dans l'eau au bord du lac, discourant d'une voix basse mais pressante. Joanna illustre à merveille le concept du désir avec ses fesses rondes à peine couvertes par le V de son bikini orange pâle. Matthew a la sveltesse musclée du patineur ; ses cheveux blond foncé bouclent sur sa nuque. Ils se tiennent tous les deux dans l'eau bleu sombre, le dos tourné à Peter, contemplant la brume laiteuse de l'horizon, et tandis qu'il les regarde de la plage, Peter est emporté par une houle de sentiments, un déferlement imprévu, une sensation qui part des entrailles et se répand à travers son corps, étourdissante, vertigineuse. Ce n'est pas du désir, pas tout à fait, même si le désir est présent. Il s'agit de la compréhension pure, fascinante, et légèrement terrifiante, de ce qu'il appellera plus tard la beauté, bien que le mot soit insuffisant. C'est l'impression enivrante d'une présence divine, de l'indicible perfection de tout ce qui existe aujourd'hui et existera à l'avenir, personnifiée par Joanna et son frère (il ne peut nier que son frère en fait partie), debout dans l'eau jusqu'aux chevilles, sous le ciel gris délavé promoteur de quelques gouttes de pluie. Le temps s'arrête. De Joanna, de Matthew, du lac et du ciel proviennent les souvenirs tangibles du maillot de bain que Joanna porte à cet instant, l'odeur balsamique des pins qui emplit en ce moment les narines de Peter ; l'ardeur vaine de leur père et l'attention vorace de leur mère, la façon dont ils vieilliront et s'étioleront (lui dans l'amertume, elle apaisée, libérée d'avoir de moins en moins à perdre) ; le souvenir d'Emily l'entraînant sous les gradins du stade, de son flirt avec la rousse et sournoise Carol, qui sera sa petite amie jusqu'à son diplôme ; l'horloge de l'école éclairée comme une pleine lune dans un ciel de crépuscule et la climatisation qui sent la poudre dans la pharmacie Hendrix, et d'autres, bien d'autres choses encore. Matthew et Joanna se sont avancés dans le lac Michigan par un après-midi endormi et ont convoqué le monde, le vaste monde fascinant. Un moment plus tard, ils vont se retourner, revenir sur la plage, s'asseoir à côté de Peter. Joanna attachera ses cheveux avec un ruban élastique, Matthew examinera une ampoule sous son pied gauche. La banalité reprendra ses droits, hormis que Peter posera une main, doucement, sur la nuque de Matthew, et que Matthew lâchera son pied blessé et tendra la main pour presser le genou droit de Peter, comme s'il comprenait (bien qu'il soit improbable qu'il ait compris) que Peter vient d'avoir une vision. Peter ne saura jamais pourquoi, à ce moment ordinaire, le monde a décidé de se révéler à lui, brièvement, mais il l'associera à la fois à Matthew et à Joanna, un couple enchanté, mythique, parfait et éternel, et chaste comme Dante et Béatrice.

Peter est resté étendu dans sa chambre obscurcie pendant plus d'une demi-heure, ce qui, après une sieste de deux heures, est inadmissible. Il devrait être de retour à la galerie. Mais il a l'impression d'avoir sombré dans une sorte de demi-paralysie, comparable à celle de Blanche-Neige, un état de sommeil éveillé, dans l'attente de... Le premier baiser de l'amour vrai ne risque pas de se montrer très efficace à ce stade, n'est-ce pas ?

Il entend Mizzy remuer dans le living-room.

Il n'est pas idiot. Il sait que Mizzy incarne d'une certaine manière son frère, ressuscité.

Le plus drôle est que cela ne change pas grand-chose. Des années d'analyse le lui ont appris. Bon. Vous pouvez être dominateur parce que vous manquez d'assurance, et vous en manquez parce que vos parents préféraient votre frère aîné. Vous aimez votre femme pour une foule de raisons, parmi lesquelles sa ressemblance (que vous exagérez en esprit) avec la jeune fille inaccessible de votre adolescence, qui préférait votre grand frère, et vous l'aimez (va te faire foutre) un tout petit peu moins maintenant qu'elle n'est plus cette jeune fille. Vous êtes attiré (érotiquement ?) par son jeune frère parce que, d'une part, il vous rappelle Matthew et, de l'autre, vous permet pour la première fois de votre vie d'*être* Matthew.

Voilà pour l'information utile. Et ensuite ?

Allongé sur le lit, Peter pense soudain à Dan Weissman, qu'il n'a rencontré qu'une fois, dans la chambre d'hôpital de Matthew (le corps de Matthew a été transporté à Milwaukee pour l'enterrement. Dan n'assistait pas à la cérémonie. Peter n'a jamais osé demander à ses parents s'ils l'avaient invité ou non). Dan, qui devait mourir un peu plus d'un an après Matthew. Dont la vie entière, en ce qui concerne Peter, a été consacrée à ces vingt minutes passées à St Vincent en 1985, quand il a aidé Peter à dire adieu à son frère.

De l'autre côté du mur, Peter entend Mizzy entrer dans la cuisine. Il ne sait sans doute pas que Peter se trouve là. Comment le saurait-il ? Il y a une sorte de plaisir subtil à demeurer invisible, encore mieux, à se cacher sans honte. Si Mizzy le découvre, il pourra simplement lui dire la vérité. Il s'est senti patraque et il est venu se reposer chez lui.

Mizzy regagne le séjour. Les murs, de simples cloisons, sont minces. Peter entend à peu près tout. Ce qui, naturellement, mettait en rage cette pauvre Bea quand ils s'étaient installés ici lorsqu'elle avait onze ans. Comment avaient-ils pu penser que vivre aussi près de ses parents conviendrait à une adolescente ? Bon, d'accord. Le loft avait été une affaire formidable, il aurait fallu être fou pour la laisser passer. Et, d'accord, ils n'avaient pas l'argent nécessaire pour avoir des murs plus épais.

Un bref moment de silence – Mizzy s'est sans doute installé sur le canapé. Puis le son assourdi de sa voix. Il a appelé quelqu'un sur son portable. Peter ne devrait pas écouter, bien sûr. Il devrait se lever sans attendre et manifester sa présence. Pourtant, la tentation est trop forte. Et à l'âge des téléphones portables, toutes nos conversations sont publiques, non ? En outre, Peter peut toujours prétendre qu'il dormait.

La voix de Mizzy est à peine audible.

« Salut, c'est Ethan. »

« Ouais. Je *mmm mmm*. »

« Un certain temps, je suis pas sûr. Ouais. »

« Disons, un gramme seulement. Je ne suis pas tellement *mmm* en ce moment. »

« D'accord. Super. »

« Mercer Street. *Mmm, mmm.* Et Broome. »
« Super. À tout de suite. »
Bon. Il a remis ça.
Et maintenant, Polonius ?

Peter reste couché dans un silence honteux et fasciné.
À sept heures et quart, il entend Mizzy répondre à l'interphone et faire entrer le dealer, acheter la drogue et refermer la porte – une transaction rapide et quasi silencieuse. Il est, bien sûr, scandaleux que Mizzy ait communiqué leur adresse à un dealer et l'ait fait entrer chez eux, même pour peu de temps, mais, d'un autre côté..., ce n'est pas comme si Peter n'avait jamais acheté de drogue auparavant (un gramme de cocaïne par-ci par-là, une demi-douzaine de doses d'ecstasy) et il sait très bien qui en vend par petites quantités à des gens comme Mizzy (ou lui-même). Le long de cette chaîne de l'offre et de la demande, il y a des hommes dangereux, désespérés, prêts à tout, mais le type qui saute dans un taxi pour vous vendre un peu de cocaïne, de meth ou quelques doses de taz est sans doute un jeune, ou plus probablement un acteur/mannequin/serveur plus très jeune qui a besoin d'argent. Peter pourrait simuler une fureur justifiée devant Mizzy, et à dire vrai Mizzy aurait dû s'arranger pour rencontrer ce type ailleurs (oui, il est gâté et en a le droit, inutile de le nier), mais un accès de colère serait au moins une manière de réagir. *Merde, Mizzy* (ETHAN), *comment oses-tu faire entrer chez nous un danseur de revue de vingt-huit ans, qu'il s'appelle Scott, Brad ou Brian ?* La plupart de ces « personnages douteux » vont abandonner la scène (ou le hasard qui les a amenés à New York) et seront de retour dans leur ville natale dans les dix ans à

venir, pour devenir jardiniers ou travailler dans l'immobilier. Peter ne se sent pas capable de jouer ce rôle. Il n'est pas responsable de Mizzy. Et sans blague, ce serait ridicule de sa part de jaillir de sa chambre comme un vieil oncle vacillant sur ses jambes dans une comédie italienne, brandissant un poing marqué de taches de son en clamant qu'il a tout entendu.

Donc, il ne bouge pas.

Il entend Mizzy se déplacer dans la pièce voisine, le léger glissement de ses pas quand il va à la cuisine, revient pour mettre un CD (Sigur Rós), puis retourne dans la cuisine. Vingt-trois minutes de calme suivent, sans rien d'autre que les sons graves et la voix éthérée de la musique. Mizzy se prépare-t-il une dose ? Des bruits de pas, enfin, qui traversent le séjour, se rapprochent, se rapprochent... Il semble un instant que Mizzy va entrer dans la chambre de Peter. Il sent sa peau se hérisser d'effroi (il lui faudra feindre de dormir) et de colère (*Qu'est-ce que tu fous à fouiner partout ?*). Mais Mizzy, bien sûr, pénètre dans l'autre chambre, la sienne en ce moment. La cloison qui sépare les deux pièces paraît presque amplifier les bruits – Bea est partie depuis si longtemps que Peter l'avait oublié. Il entend Mizzy ôter son short (le glissement de la fermeture Éclair et, presque assourdissant, le bruit métallique de la boucle de ceinture qui heurte le sol) ; il entend le lit grincer faiblement quand Mizzy se couche. Peter et lui sont à environ un mètre de distance, séparés par un mur de carton high-tech, tous deux allongés.

Et... oui. Une minute passe, une autre commence, et il est clair que Mizzy se masturbe. Peter le devine. Il croit le deviner. Le sexe change l'atmosphère, dit-on. Et il jurerait avoir entendu Mizzy émettre un gémissement étouffé, à moins que ce ne soit Sigur Rós. Mais que pourrait faire sur un lit un garçon de vingt-trois ans après avoir pris une dose de taz ?

Et toi, Peter Harris, que vas-tu faire maintenant ?

Agir franco. Te lever sans tarder, sortir bruyamment de la chambre et annoncer, endormi et bâillant, que tu viens de te réveiller d'un profond sommeil. Paraître surpris de trouver Mizzy dans l'appartement.

En catimini. Te lever et sortir en douce de la chambre et du loft. Mizzy est occupé, il ne t'entendra probablement pas. (A-t-il refermé la porte de sa chambre ? Hum, je n'ai rien entendu). Marcher un moment dans le quartier, et prétendre rentrer à la maison à l'heure habituelle.

Sans scrupule. Rester où tu es et continuer à écouter. Bon.

Accepter le fait que, comme beaucoup d'hommes, tu as un penchant homo-érotique. Pourquoi aurais-tu envie, qui en a envie, d'être *cent pour cent* hétéro ?

Et en plus c'est... quoi ?... fantastique, d'une façon dégueulasse, mais quand même, c'est fantastique de s'introduire ainsi dans l'intimité de quelqu'un. À un mètre à peine se trouve une de ces très rares entités – un autre être qui se croit seul. Certes, d'accord, nous n'avons sans doute, quand nous sommes seuls, rien de profondément ni de particulièrement différent, mais comment le savoir en réalité, concernant quiconque, à part soi-même ? N'est-ce pas une part de ce que nous recherchons dans l'art – le moyen d'échapper à la solitude et à la subjectivité ; le sentiment de faire partie de l'histoire et du monde au sens large ; le mystère humain dans un même temps éclairé et approfondi : par l'Adam et Ève chassés du paradis de Giotto, par les derniers autoportraits de Rembrandt, par les photos de Hale County par Walker Evans. L'art du passé tentait de nous apporter ce qui arrive à Peter en ce moment précis : une plongée au plus intime de l'autre. Les vidéos de passants ne sont en rien comparables. Ni les urnes obscènes, ni les requins morts, ni tout ce qui est humoristique, détaché ou ironique, ce qui cherche à choquer ou provoquer. Il n'y a rien de comparable à un beau garçon perturbé, accro à la drogue, qui dévide ses fantasmes inconnaissables non loin d'ici, de l'autre côté de la cloison.

Ou, au fond, Peter est peut-être homo après tout et a envie de s'envoyer en l'air grâce à une séance porno gratuite.

Est-ce un long soupir qui provient de l'autre côté du mur ou une bouffée de musique ?

Quels sont les fantasmes de Mizzy ?

Comment les imaginer ? La plupart des hommes font plus ou moins les mêmes gestes, mais qu'ont-ils à l'esprit, qu'est-ce qui agite leur sang ? Qu'y a-t-il de plus honteusement personnel, de plus enfoui au tréfonds de l'être, que ce qui nous fait jouir ? Si nous le savions, si nous pouvions lire les bulles au-dessus de la tête des autres types en train de jouir, serions-nous émus ou dégoûtés ?

Peter se revoit avec Joanna au bord du lac. Joanna a été le socle de ses fantasmes pendant des années, même si elle fut, naturellement, remplacée par d'autres femmes. L'image de Joanna au bord du lac (elle se retourne, ôte le haut de son bikini) est brouillée par la femme qu'elle est devenue, telle que l'a vue Peter durant un voyage à Milwaukee : belle, en pleine santé, approchant avec sérénité de la quarantaine, son portefeuille rempli de photos, une jolie femme robuste, pas sexy pour un sou. La vision que Peter a gardée d'elle est associée à Matthew, Matthew au bord du lac, dans son maillot de bain bleu pâle, bien que l'image de Matthew soit brouillée par ce qu'il est devenu : mort. Une sensation de feu dévastateur envahit Peter. Il s'étonne d'y trouver du plaisir – une chaleur aveuglante près de vous dévorer tout entier. Le feu de la crémation, certes, mais pourtant. C'est un classique éternel, le cyclope, le loup, ou la sorcière qui veulent vous dévorer ; elle nous effraie et nous excite depuis toujours, cette chimère affamée de notre corps, qui n'a que faire de posséder notre âme. Nous nous efforçons, naturellement, de punir nos prédateurs, nous leur crevons les yeux, nous emplissons leur ventre de pierres, nous les jetons dans leurs propres fours, mais ils sont nos ennemis favoris, nous les craignons et les aimons, et pourquoi pas, quand ils nous trouvent si délectables, quand ils ne s'intéressent qu'à notre chair et se fichent éperdument de notre intimité secrète ? Pourquoi croyez-vous que c'est un requin qui a lancé la carrière de Damien Hirst ?

Un virus a dévoré Matthew. Le temps a dévoré Joanna. Qu'est-ce qui dévore Peter ?

Il bande à présent. Est-ce si bizarre ? Il traverse un moment de vertige, un haut-le-cœur à la pensée de certaines... possibilités. Voyons, s'il était homo, il le saurait, non ? Pourtant, le voilà avec une érection, une érection inspirée par ce garçon en particulier, ce garçon qui ressemble à sa femme et qu'il écoute en train de jouir. Oui, que Dieu lui vienne en aide, il est excité par la jeunesse de Mizzy, par le destin probable de Mizzy et (encore, après toutes ces années) par la vision, pendant une nanoseconde, plus de trente ans auparavant, de la pointe rose pâle d'un sein de Joanna, en train de rajuster son maillot de bain, bien que ce sein ne soit plus le même aujourd'hui ; il est excité par le souvenir d'avoir été jeune, par le souvenir du mince et fugitif espoir que cette brève vision du sein de Joanna avait éveillé, l'espoir d'un avenir érotique plus riche et plus exaltant qu'il ne l'aurait jamais imaginé ; il est excité (c'est étrange) par l'image de la mort dévorant patiemment les vivants, par le souvenir de la jeune serveuse décidée chez Jojo hier, par l'étrangeté de l'endroit où il se trouve et du personnage qu'il croit être en ce moment – le mot « pervers » vient à l'esprit, sans doute. (Après tout, peut-être les fétichistes et autres prennent-ils leur pied simplement *parce qu'ils sont* fétichistes ; lui, Peter, un amateur, trouve excitant de faire quelque chose dont il devrait avoir honte.) J'ai envie de toi, mon garçon, seul au monde, comme si tu étais un seul genre à toi seul. Un noir frisson parcourt son sang, un sursaut de honte enivrant, enfin, quelque chose d'illicite, d'impossible, d'interdit, et pour cette raison même d'un peu impénétrable, et un moment après, quand il entend le sourd grognement qui signifie que Mizzy a joui (Peter ne va pas jouir, il n'est pas excité à ce point, ou se retient de l'être), il se sent, un court instant, terriblement amoureux de Mizzy, de Mizzy lui-même et du monde qui va mourir, de la fille au blouson de cuir qui se tenait devant le requin et des trois sorcières qui voulaient le dévorer (d'où cela sort-il, de *Macbeth* ?), et de Bea quand elle avait deux ans ou peut-être trois, quand elle dégringolait dans l'escalier et qu'elle avait plus de peur que de mal et qu'il la prenait dans ses bras et chuchotait à son oreille jusqu'à ce que tout aille bien, qu'il ait tout réparé.

La ville la nuit

PAR LA SUITE, une vague nauséeuse s'empare de lui à la pensée de ce qu'il a fait – qui est-il en réalité ? Comment Mizzy peut-il, seul parmi les autres hommes, l'exciter à ce point ? Peut-on être homo quand il s'agit d'un seul homme ?

Que lui arrive-t-il ? Toute sa foutue existence n'a-t-elle été que mensonge ?

Mais le plus surprenant est de se sentir à ce point sentimental, si étrangement attentionné envers Mizzy. Au fond, c'est sans doute moins les vertus des autres qui gagnent nos cœurs que l'intolérable impression de nous reconnaître en eux quand nous les découvrons sous leur aspect le plus misérable, avec leurs chagrins, leur avidité et leur bêtise. On a besoin des vertus, elles aussi – du moins certaines vertus –, mais nous ne nous intéressons pas à Emma Bovary, Anna Karenine ou Raskolnikov pour leurs qualités. Nous nous intéressons à eux parce qu'ils ne sont pas admirables, ils sont *nous*, et parce que de grands écrivains les ont jugés avec indulgence pour cette raison.

Mizzy a passé l'après-midi dans le loft luxueux de sa sœur, à se défoncer et se branler. Oui, pour Peter, c'est plus convaincant que son obstination à rester assis dans un jardin en haut d'une montagne, à contempler des pierres. À présent, il peut envisager d'aimer Mizzy, maintenant qu'il n'éprouve plus le besoin de le protéger ou de l'admirer.

Il y a (il y a eu, il est onze heures passées) un interlude un peu gênant au retour de Rebecca, parce que Peter a dû prétendre qu'il avait dormi pendant plusieurs heures, ce qui l'a obligé à simuler une indisposition beaucoup plus sérieuse que celle qui l'a réellement affecté, avec pour conséquence un bol de soupe et pas d'alcool pour le dîner. (À propos, peut-on savoir exactement si boire devient un problème ?) Et le fait que Mizzy a été à l'évidence déconfit, qui ne l'aurait été à sa place, en apprenant soudain la présence de quelqu'un dans l'appartement pendant tout ce temps, même s'il n'avait pas acheté de la dope et ne s'était pas masturbé... Peter a joué d'une façon qu'il espère convaincante le type terrassé par un virus intestinal au point de s'effondrer, à moitié mort et, une fois ressuscité par Rebecca, semblable au fantôme de Hamlet, apparition éphémère vacillant sur ses jambes, sans doute la mayonnaise dans la tortilla à la dinde, oui, il demanderait à Uta de les appeler le lendemain à la première heure, et pour l'instant ce sera un bol de bouillon pour cette pauvre loque, et au lit à huit heures et demie, où il continuera à feindre la malédiction (il se sent presque guéri, en vérité, l'épisode intestinal a cédé la place à son état ordinaire, permanent, vaguement nauséeux) tout en regardant une rediffusion de *Lost*. En sortant de la pièce, il jette un regard à Mizzy qui ne semble pas tout à fait rassuré ; assis à la table devant un verre de vin, l'air si jeune, coupable et... tragique, tragique d'une manière qui n'appartient qu'aux jeunes, aux jeunes qui se détruisent eux-mêmes (comment Peter va-t-il annoncer à Rebecca que Mizzy a repiqué à la drogue ?), qui sont assez jeunes, en fait, pour mourir avant l'heure ; c'est différent des tragédies de l'âge, même de la maturité, quand le moindre signe avant-coureur de la fin est masqué par la pesanteur, par les blessures, par l'exaspérante incapacité à rester jeune. La jeunesse est la seule tragédie sexy. James Dean qui saute dans sa Porsche Spyder, Marilyn qui va se coucher.

À minuit, Peter joue depuis si longtemps son rôle de faux convalescent qu'il craint d'avoir des escarres, ce qui est ridicule naturellement, mais il est peut-être en train de développer une forme subtile d'ulcère du cerveau, il a déjà assez de mal à se prendre en charge lorsqu'il est malade pour de bon ; une demi-journée à rester allongé quand il se sent (à peu près) en forme lui semble à la limite de l'intolérable. Rebecca est endormie à côté de lui, Mizzy s'est retiré dans sa chambre. Peter est couché près de sa femme qui respire doucement. De l'autre côté de la mince cloison, Mizzy ne fait aucun bruit. Peter se demande s'il est allongé dans son lit, dans un état similaire au sien, éveillé mais parfaitement immobile, inquiet de ce que Peter a pu entendre, même s'il a prétendu dormir à poings fermés. Un bref instant, une image traverse l'esprit de Peter, Mizzy et lui telles deux effigies d'une tombe médiévale, frères d'armes. Si Mizzy ressemblait un instant auparavant à un guerrier sculpté, idéalisé, Peter voit maintenant leurs deux corps, reposant côte à côte dans leurs sarcophages, en sécurité comme seuls les morts peuvent l'être, le plus âgé et le plus jeune, tombés ensemble au cours d'un combat livré pour la défense d'un territoire devenu aujourd'hui, selon toute vraisemblance, un parking ou un centre commercial, bien que Mizzy et lui demeurent dans la position qui était la leur quand la terre était d'un prix inestimable et que les moines les avaient tous les deux mis au tombeau, nouveaux membres de l'éternité, habitants d'un monde disparu, pas plus facile que l'actuel, mais ni misérable ni sordide ; un monde de forêts et de marécages, à la population clairsemée, où les hommes se tailladaient, s'empoignaient, entrechoquaient leurs boucliers pour la possession de terres où abondaient encore les récoltes, de forêts où les dieux et les monstres vous épiaient dans l'ombre. Il y a chez Mizzy quelque chose qui évoque le Moyen Âge, cette pâle et délicate joliesse, la tristesse du regard, le sentiment (Peter ne peut s'empêcher d'y songer) qu'il est éphémère, qu'il est The Mistake, l'enfant fantôme qui ne peut s'ancrer dans le monde aussi fermement que la plupart des gens.

Bien sûr, Peter dira à Rebecca que son petit frère a fait venir un dealer. Comment le lui cacher ? Il le lui aurait dit le soir même si... si quoi ? Il y a eu cette comédie, feindre la maladie, se faire dorloter, et c'était agréable de se voir traiter comme un malade sans les inconvénients d'une réelle indisposition. Il peut donc s'autoriser à repousser, pour une nuit, la longue et pénible conversation qu'il aura avec sa femme, toutes ces questions sur ce qu'il convient de faire. Ils ne peuvent pas (ils y ont réfléchi) placer Mizzy dans un centre de désintoxication contre son gré et ils ne peuvent pas le mettre à la porte, maintenant qu'il a repiqué au truc, ce serait envoyer un enfant se perdre seul dans les bois. Mais ils ne peuvent pas non plus le garder, s'il donne leur adresse à des dealers. Et Mizzy, naturellement, comme tous les toxicos, ne respecte la vérité sous aucune forme, il pourra jurer que jamais au grand jamais il ne se fera livrer de drogue chez eux, il pourra trembler, pleurer et implorer leur pardon, cela ne signifiera rien. Putain de Taylor. Parce que, il faut bien le dire, ils ne vivent que pour ça, ils adorent s'angoisser pour Mizzy, c'est le passe-temps de la famille, et maintenant que Peter s'est encombré de ces faux tourments, comment le blâmer de vouloir repousser, même d'une nuit, l'abîme de déception et d'inquiétude où Rebecca va être plongée, les appels désespérés à Rose et à Julie, l'insistance avec laquelle on lui demandera son avis sachant que son opinion, quelle qu'elle soit, sera jugée trop sévère ou trop laxiste, car Peter ne peut se montrer objectif concernant Mizzy, puisqu'il ne fait pas partie de la confrérie.

Peter s'enfonce dans le sommeil et se réveille à nouveau. Des fragments de rêves se dissipent : il a une maison secrète à Munich (*Munich ?*), un médecin y a laissé un message. Puis il revient à la réalité, dans sa chambre, Rebecca dort à côté de lui.

Et il est totalement, désespérément éveillé, à minuit vingt-trois.

Il perçoit, comme il le fait parfois, comme doivent le faire la plupart des gens, une présence dans la pièce, qu'il ne peut identifier qu'au fantôme de Rebecca et au sien, amalgame de leurs rêves et de leurs respirations, de leurs odeurs. Il ne croit pas aux fantômes, mais il croit... à quelque chose. Quelque chose de viable, de vivant, qui s'étonne de le voir se réveiller à cette heure, n'en est ni heureux ni triste mais en a conscience, parce qu'il a été interrompu dans ses rêveries nocturnes inachevées.

Voici le moment d'avaler une vodka et un somnifère.

Il sort du lit. Rebecca a cette façon de bouger dans son sommeil, de se retirer imperceptiblement en elle-même, une légère agitation des doigts, une contraction de la bouche, signes que, bien qu'il ne l'ait pas réveillée, elle sait plus ou moins, dans son sommeil, qu'il est en train de se lever.

Il sort de la chambre. Il traverse la moitié de la salle de séjour avant de le voir : Mizzy, nu, debout dans la cuisine, regardant par la fenêtre.

Mizzy se retourne. Il a entendu Peter s'approcher. Il se tient campé sur ses deux pieds, les bras ballants, et Peter pense un instant à l'Homme visible, ce modèle de plastique transparent avec ses organes colorés à l'intérieur, qu'il avait fabriqué avec amour à l'âge de dix ans et qui, pour son cerveau de dix ans, paraissait touché par le divin. Il avait pensé que les anges lui ressemblaient ; foin des tuniques et des flots de chevelure, un ange devait être d'une transparence sans défaut, un ange devait se dresser devant vous comme l'était l'Homme visible, comme l'est Mizzy en ce moment, offert, ni implorant ni arrogant, simplement présent, nu et réel.

« Salut, dit doucement Mizzy.

— Salut », répond Peter. Il s'avance. Mizzy se tient aussi immobile et peu embarrassé qu'un modèle à un cours de dessin.

Bon, c'est étrange, non ? Peter continue d'avancer, que peut-il faire d'autre ? Pourtant, il y a autre chose, il a l'impression (sans doute fausse, mais qui sait) que Mizzy l'attendait.

Peter atteint la cuisine. Mizzy est debout au milieu de la pièce, mais il y a assez d'espace pour que Peter puisse le contourner sans le toucher ni même faire un détour pour éviter de l'effleurer. Il se verse un verre d'eau au robinet de l'évier, parce qu'il a besoin de faire quelque chose.

« Comment te sens-tu ? demande Mizzy.
— Mieux. Merci.
— Tu n'arrives pas à dormir ?
— Non. Toi non plus ?
— Non.
— J'ai du Klonopin dans la salle de bains. J'avoue que je suis un grand amateur de vodka et de Klonopin dans des moments pareils. Tu en veux ? Je veux dire, des deux ? »

Allons bon ! Le voilà qui propose de la drogue à un toxicomane.

« Tu vas le lui dire ? demande Mizzy.
— Lui dire quoi ? »

Mizzy ne répond pas. Peter fait un pas en arrière, boit son verre d'eau et jauge du regard ce garçon nu qui se tient apparemment dans sa cuisine – les lignes discrètes des veines, une par bras, qui parcourent avec nonchalance chaque biceps, les muscles plats et glabres, rose pâle, de l'abdomen et, pointant de la modeste touffe brune de poils pubiens, l'essentiel, respectable, suffisamment gros, mais pas de dimension pornographique, son extrémité teintée de violet par la faible lumière. Puis les jeunes jambes musclées qui peuvent sans peine gravir en courant le flanc d'une montagne, et les pieds étonnamment carrés, semblables à des pattes d'ours.

Lui dire quoi ?

Mizzy a l'intelligence de laisser le silence s'établir, et Peter n'a ni le talent ni l'envie, après quelques secondes d'hésitation, de continuer à afficher son ignorance. À vrai dire, il n'en a pas la force.

« Je pense que je dois le faire, dit-il.
— Je préférerais que tu ne le fasses pas.
— Bien sûr que tu aimerais mieux.
— Pas dans mon seul intérêt. Pas uniquement à cause de ça. Tu le sais aussi bien que moi. Mes sœurs deviennent folles, et ça ne sert à rien.
— Quand as-tu recommencé ?
— À Copenhague. »

Négliger pour le moment l'incroyable privilège de ce garçon, à qui ses parents continuent d'envoyer des chèques, qui fait un crochet par Copenhague en revenant du Japon. Essayer de ne pas lui en tenir rigueur.

« Le mot "pourquoi" serait-il totalement absurde ? » demande Peter.

Mizzy pousse un soupir, un gémissement nasillard, assez peu différent du soupir royal que Matthew avait mis au point il y a tant d'années.

« Voilà une très bonne question. Le hic est que je n'ai pas de vraie réponse.
— As-tu envie que l'on t'aide à t'arrêter à nouveau ?
— Je peux te répondre avec franchise ?
— Bien sûr.
— Pas tout de suite. Un peu plus tard. » Il lève les mains et les porte à son visage, comme s'il voulait s'y abreuver. Il dit : « C'est toujours si ridicule de dire à quelqu'un qui n'en a jamais pris : "Tu ne peux pas comprendre." »

Peter hésite. « Ridicule » est une litote. Pourquoi pas « choquant », « insultant » ? Et que penser de l'implication, selon laquelle « quelqu'un qui n'en a jamais pris » est un triste et minable individu, ordinairement vêtu, qui attend à l'arrêt l'arrivée du bus ? Encore aujourd'hui, après tant de campagnes de prévention, alors que nous avons tous appris à quel point les choses peuvent mal tourner, reste malgré tout l'aura de l'autodestruction, impérissable, dure comme le diamant, comme un ancien talisman maudit que rien ne peut anéantir. Pourtant, *pourtant*, ceux qui sombrent semblent plus confusément, plus dangereusement auréolés de tristesse et, oui, d'une impossible grandeur. Ils sont romantiques, les salauds ; nous n'arrivons pas à hisser à ce même niveau les êtres mesurés et raisonnables, les travailleurs acharnés, malgré toutes leurs qualités. Nous ne les adorons pas avec le mépris délicat que nous pouvons éprouver pour les toxicos et les mécréants. Cela aide, naturellement – gardons la tête froide –, d'être un jeune prince comme Mizzy, et d'avoir quelque chose de précieux à détruire.

Comment s'étonner de l'obsession des Taylor pour ce garçon ? Que seraient-ils sans lui ? Un vieil universitaire qui a publié deux ouvrages sans intérêt (l'évolution du dithyrambe dans le discours public, et quelques indices précoces jusque-là négligés de la culture grecque classique à Mycènes), une femme habitée par d'inoffensives marottes (obsédée par les économies et le recyclage, hantises curieusement accompagnées d'une totale indifférence à la saleté de la maison) et trois filles délicieuses qui se débrouillent plus ou moins bien (Rebecca), bizarrement *trop* bien (Julie), et ni bien ni mal (Rose).

Peter dit à Mizzy : « Je ne peux pas faire grand-chose avec une telle déclaration. »

Et, soit dit en passant, qu'arriverait-il si Rebecca venait à sortir de la chambre à cet instant ? Tu comprends, n'est-ce pas, que ma seule option serait de tout lui dire. Et que la situation paraîtrait étrange, avec toi nu comme un ver, en dépit de ce que je pourrais raconter.

Rebecca n'a-t-elle pas déclaré un jour : *Je soupçonne Mizzy d'être capable d'à peu près tout* ? Ne l'a-t-elle pas dit avec un certain mélange de colère et d'admiration ?

« Je sais, fait Mizzy. D'accord. »

D'accord ?

Mizzy joint ses doigts sous son menton. Avec recueillement. Un jeune homme en quête de vérité, venu proclamer son indignité.

Il reprend : « J'ai l'impression de voir peu à peu le monde... continuer sans moi. C'est normal, non ? Mais je ne sais pas. Aucune idée de ce que je pourrais faire. J'ai longtemps pensé que si je refusais toutes les mauvaises idées évidentes, par exemple la fac de droit, la bonne se révélerait d'elle-même. Et je m'aperçois maintenant que c'est comme ça que commencent les pauvres vieux ratés. Je veux dire, au début tu es un charmant jeune raté, et puis... »

Il part d'un long rire rauque qui ressemble à un sanglot.

Peter dit : « Le désespoir semble prématuré.

— Je sais. Je le sais bien. Mais c'est une mauvaise période pour moi. Je suis tombé, je ne sais pas, dans une sorte de trou au monastère, le contraire de ce qui devait arriver. J'ai... j'ai eu l'impression que je commençais à percevoir la nature transitoire des choses, le paisible renoncement au sein du monde, mais je n'éprouvais aucun réconfort. J'ai eu envie de me suicider. »

À nouveau, ce même rire étranglé.

« Une réaction exagérée », affirme Peter. Merde, il éprouvait à nouveau ce foutu désir d'être ferme mais compatissant qui finit par s'exprimer d'un ton désinvolte et insensible.

« Ne me laisse pas devenir mélodramatique. Voilà ce que j'essaye de dire. Je marche sur un fil. Je ne peux pas me raconter que le mieux pour moi serait de partir pour un meilleur monastère ou pour un monastère dans un autre pays. Je n'ai plus d'illusions. J'ai besoin d'un peu d'aide pour m'en tirer aujourd'hui. Je n'en suis pas fier. Si je pouvais me sentir bien pendant un petit moment, si je pouvais sortir du lit et me bouger le matin, si tu pouvais m'aider à trouver du travail, j'arrêterais. J'ai déjà arrêté auparavant. Je sais que je peux le faire.

— Tu me mets dans une situation impossible.

— Je te demande un peu d'aide. Je sais, je *sais*, mais c'est trop tard pour changer, et crois-moi, vraiment, j'ai besoin de deux mois devant moi. J'ai besoin de deux mois pour me sentir normal, pour pouvoir recommencer une vie. Tu sais ce qui arrivera si tu en parles à Rebecca. »

Il le sait.

« Tu promets de ne plus t'en faire livrer ici ?
— Absolument. »

Ouais, bon.

« Je ne dis pas oui. Juste que je vais réfléchir.
— Je ne demande rien d'autre. Merci. »

Sur ces mots, il se penche en avant et embrasse Peter, doucement, presque chastement, sur les lèvres.

Holà !

Mizzy se recule, lui adresse un sourire confus, sans doute soigneusement mis au point au cours des années.

« Désolé, dit-il. Mes amis et moi nous nous embrassons tous, je n'y vois rien de particulier.

— J'ai compris. »

Pourtant, Mizzy tente-t-il de s'offrir à lui ?

Peter sort la bouteille de vodka Stoli du freezer, remplit deux petits verres. Tant pis ! Puis il va dans la salle de bains chercher du Klonopin. Mizzy attend docilement dans la cuisine. Lorsque Peter revient, avec une petite pilule bleue pour chacun, ils disent tchin-tchin et font tomber la pilule dans la vodka.

C'est un moment troublant. Peter n'a toujours pas envie de faire l'amour avec Mizzy, mais boire une vodka avec un homme nu est excitant. Il y a la prétendue relation fraternelle, le côté vestiaire d'hommes, le mâle grondement de plaisir qui tient moins à la chair qu'à ce qu'ils ont en commun. Toi, Peter, aussi attaché à ta femme que tu puisses l'être, aussi prêt à comprendre ses inquiétudes réelles au sujet de Mizzy, tu comprends aussi le désir de Mizzy de suivre sa propre voie, d'échapper à ce maelström de ferveur féminine, à cette conviction essentiellement féminine que *tu seras guéri*, de gré ou de force.

Les hommes sont unis par ce qu'ils ont en commun, c'est peut-être aussi simple que cela.

Et, fugitivement, l'espace d'un moment, Peter imagine que lui aussi pourrait être un Rodin, pas le garçon de *L'Âge d'airain* ni un des *Bourgeois de Calais*, bien sûr ; mais un Rodin inconnu, vieillissant mais encore droit, un personnage d'une austère dignité, debout, solide et sans armes, torse nu (son torse est encore musclé, son ventre correct), les reins ceints d'une étoffe, comme il convient à un gentleman d'un certain âge (qui n'est pas fou de son cul).

« Merci, dit Mizzy. D'y réfléchir.
— Mmm.
— B'soir.
— Bonsoir. »

Mizzy regagne sa chambre. Peter le regarde s'éloigner, contemple son dos souple et les petites sphères parfaites de ses fesses. Ce qu'il y a de gay chez Peter se rapporte surtout au cul, le lieu où un homme est le plus vulnérable, comme un enfant ; le lieu où sa morphologie semble la moins adaptée au combat.

Vas-y. Dis-le en silence, dans ta tête. Joli cul, petit frère.

Et maintenant, pauvre vieux, au lit.

Le sommeil, toutefois, ne revient pas. Au bout d'une heure il sort du lit, saisit à tâtons ses vêtements. Rebecca remue.

« Peter ?
— Chut. Tout va bien.
— Que fais-tu ?
— Je me sens mieux.
— C'est vrai ?
— C'était sans doute une intoxication alimentaire. Je vais très bien à présent.
— Reviens te coucher.
— J'ai seulement besoin de prendre l'air. Je serai de retour dans une minute.
— Tu en es sûr ?
— Ouais. »

Il se penche, l'embrasse, respire la moiteur ensommeillée qui émane d'elle.

« Ne sors pas trop longtemps.
— Non. »

Un même coup de poignard dans la poitrine. Quelqu'un qui se soucie de vous, s'occupe de vous, et pour qui vous éprouvez la même chose... Les gens mariés ne vivent-ils pas plus longtemps que les célibataires, parce qu'ils sont mieux entourés ? N'y a-t-il pas eu d'étude sur le sujet ?

Il a écouté le frère de sa femme se branler, comment pourrait-il le lui dire ?

En revanche, il doit lui annoncer que le précieux petit frère se drogue à nouveau. Comment va-t-il s'y prendre ?

Habillé, il sort dans la pénombre de la vaste pièce. Aucun rai de lumière ne filtre sous la porte de Mizzy.

C'est le moment de sortir, juste sortir, dans le monde de la nuit.

Il se retrouve dehors, laissant la lourde porte d'acier de l'immeuble se refermer derrière lui avec un déclic, debout sur la plus haute des trois marches métalliques au-dessus du trottoir défoncé. New York est sans doute, sur ce point au moins, la ville la plus singulière du monde, où tant d'habitants, dont nous, vivent parmi les vestiges jamais reconstruits d'ateliers et de vieux immeubles du XIXe siècle, avec ses chaussées déformées et trouées de nids-de-poule, tandis que dans la rue d'à côté s'est ouverte une boutique Chanel. Nous faisons nos courses au milieu des gravats, comme les réfugiés les mieux habillés, les plus riches du monde.

Mercer Street est déserte à cette heure de la nuit. Peter se dirige vers le haut de la ville, puis oblique dans Prince, en direction de Broadway, sans but particulier mais plutôt vers la partie la plus bruyante, la plus jeune du quartier, tournant le dos à la torpeur feutrée à la Henry James du West Village. Il voit son reflet glisser en silence à côté de lui dans les vitrines obscures des boutiques fermées. La quiétude de Prince Street dure à peine un bloc, puis il traverse Broadway, qui naturellement n'a jamais rien de calme, bien que cette partie ne soit qu'un centre commercial digne de *Blade Runner*, avec ses succursales des chaînes de magasins des faubourgs, les Navy et Banana et cetera, qui se sont reproduites ici comme partout, à la différence qu'elles exposent leurs marchandises au tumulte assourdissant du flot des voitures ; que leurs entrées deviennent des abris nocturnes aménagés au moyen de cartons et de couvertures. Peter attend que le feu passe au rouge, traverse au milieu d'une petite troupe de noctambules du Lower Broadway, allant par paire, deux ou quatre, ni vieux ni jeunes, visiblement prospères, de sortie, qui semblent s'amuser après être venus en voiture, suppose-t-il, d'un endroit dans les environs, s'être garés dans un parking public, avoir dîné et qui vont maintenant... où ? Rechercher leur voiture, rentrer chez eux. Où iraient-ils ailleurs ? Ils ne sont pas du genre à avoir des rendez-vous clandestins. Il ne s'agit pas de touristes non plus, ils ne ressemblent en rien aux badauds bruyants de Times Square, mais ils ne sont pas d'ici, ils habitent dans le New Jersey ou le Westchester County, ce sont des bourgeois originaires de l'Amsterdam du XVIIe siècle, ils traversent Broadway comme s'ils en étaient propriétaires, ils croient avoir l'air canaille, ils se prennent pour des noctambules, ils ont des voisins qu'eux considèrent comme des bourgeois parce qu'ils n'aiment pas conduire à New York, parce qu'ils préfèrent rester à la maison (à cet instant, la femme avec le pashmina à franges, celle qui donne le bras au type aux bottes de cow-boy, part d'un grand rire tonitruant, un rire arrosé de trois martinis, qui s'entend à plus d'un bloc), tandis que ceux qui habitent downtown, ceux qui y survivent, déambulent plus modestement, plus silencieusement, davantage comme des pénitents, parce qu'il est presque impossible de manifester un sentiment de supériorité lorsque vous vivez ici, constamment confronté à l'extrême altérité des autres ; une supériorité plus facile à ressentir quand vous possédez une maison, une pelouse et une Audi, quand vous comprenez qu'à la fin du monde vous disposerez d'une seconde de vie supplémentaire, parce que la bombe ne sera pas dirigée contre vous, que l'onde de choc va vous anéantir mais que vous n'êtes la cible de personne, vous vous êtes éloigné de la zone des attentats, on n'assassine personne là où vous habitez, personne n'y est poignardé par un psychopathe. Ce qui menace le plus sérieusement votre sécurité personnelle, c'est que le fils du voisin s'introduise chez vous et dérobe quelques médicaments de votre armoire à pharmacie.

Maintenant qu'il a franchi Broadway, maintenant que Bottes de Cow-Boy et sa femme hilare ont obliqué vers le sud, n'est-il pas en train de se rapprocher pas à pas du Lower East Side, un quartier où il se sent lui-même tout aussi *bourgeois*, vêtu comme un béotien ? Il habite un loft à SoHo (peut-on faire plus années 1980 ?), il a des *employés*, et un peu plus loin, à quelques blocs seulement, il y a des bandes de jeunes hard-rockers qui vivent dans des immeubles sans ascenseur, achètent de la bière avec leurs derniers cents. Penses-tu un instant, Peter, que tes boots Carpe Diem leur paraissent moins risibles qu'à toi les Tony Lama de ce type ? Partout, où qu'on se trouve, chacun reçoit la monnaie de sa pièce, et plus vous êtes loin de votre fief, plus votre coupe de cheveux, vos opinions, votre vie paraissent ridicules. À quelques pas de chez vous, il y a des rues qui pourraient aussi bien se trouver à Saïgon.

Direction Downtown, dans ce cas. Vers Tribeca.

Que fait Bea cette nuit ?

Depuis plus d'un an maintenant, sa vie est un mystère, et Peter et Rebecca ont décidé (à tort ?) de ne pas lui demander plus de détails que ceux qu'elle consent à leur communiquer. Pourquoi a-t-elle quitté Tufts ? Elle voulait souffler, elle avait passé tout son temps à faire des études. Bon, c'est compréhensible. Pourquoi, parmi tous les endroits où elle aurait pu aller, parmi les choses qu'elle pouvait faire, a-t-elle choisi de travailler dans un bar d'hôtel à Boston et de vivre avec une femme bizarre plus âgée qu'elle, qui semble n'avoir aucune occupation ? Cette question n'a jamais été posée ni résolue. Ils ont confiance en elle, ils ont choisi d'avoir confiance en elle, bien que la confiance puisse s'amenuiser avec le temps. Ils s'inquiètent, bien sûr qu'ils s'inquiètent, mais pire, ils commencent à se demander s'ils n'ont pas fait une erreur, s'ils n'ont pas transmis à leur fille un virus de l'esprit qui a mis vingt et un ans à se développer.

L'épisode avec Mizzy a dopé Peter.

Il sort son BlackBerry et sélectionne le numéro pré-enregistré de Bea.

Il sait qu'il va entendre le message de sa boîte vocale. Elle répond à Rebecca tous les dimanches, elle nourrit encore une certaine tendresse pour sa mère ou au moins un sens du devoir envers elle. Sinon elle ne répond jamais. Ils laissent des messages de temps en temps, attendent le dimanche.

Ce soir, il a besoin de lui laisser un message. Il a besoin de déposer un bouquet devant sa porte, en sachant que les fleurs se faneront et y mourront.

Son téléphone sonne cinq fois. Puis, comme prévu :

« Allô, ici Bea, soyez gentil de laisser un message. »

« Chérie, c'est ton père. Je téléphone juste pour dire bonsoir. Et pour te dire… »

Avant qu'il ne puisse prononcer « je t'aime », elle décroche.

« Papa ? »

Mon Dieu.

« Hé, salut, toi. Je pensais que tu serais à ton travail.

— Ils m'ont dit de rentrer chez moi. C'était mort ce soir.

— Ah. Bonsoir. »

Il est aussi nerveux que la première fois où il a téléphoné à Rebecca pour l'inviter à sortir avec lui. Que se passe-t-il ? Bea n'a pas répondu à un seul de ses appels depuis son départ pour l'université.

« Alors, je suis à la maison. En train de regarder la télé. »

Il marche le long de Bowery à présent. Où est Bea ? Dans un appartement de Boston qu'il n'a jamais vu – elle a clairement fait comprendre qu'elle ne souhaitait aucune visite. Comment ne pas imaginer un tapis de haute laine usagé et des taches au plafond ? Bea ne gagne pas beaucoup d'argent (et refuse d'être aidée par ses parents) et, en vraie fille d'esthètes, se limite en matière de décoration à fixer aux murs une affiche ou deux. (Est-ce encore Flannery O'Connor posant avec un paon et le beau visage doux de Kafka, ou nourrit-elle de nouvelles passions ?)

« Je m'excuse d'appeler si tard, dit-il. Je pensais que tu serais à ton travail.

— Tu as appelé parce que tu pensais que je ne répondrais pas. »

Réfléchir vite.

« Je crois que je voulais juste te laisser un petit message pour te dire que je t'aime.

— Pourquoi ce soir ? »

Il descend Bowery vers cette partie anonyme qui n'est ni tout à fait Chinatown, ni tout à fait Little Italy.

« Je pourrais appeler n'importe quand, chérie, répond-il. C'est sans doute parce que je pense à toi ce soir. »

Non, il pense *constamment* à elle. Pourquoi cette conversation ressemble-t-elle à un rendez-vous qui tourne mal ?

« Tu veilles tard, dit-elle. Tu es dehors ? On dirait que tu es dehors.

— Oui, je n'arrivais pas à dormir. Je suis sorti faire un tour. »

Il marche au milieu d'entrepôts et de pauvres boutiques aux rideaux baissés, de pâles réverbères qui se reflètent dans les flaques au milieu des pavés, dans un silence tel qu'on entend un rat explorant un sac en papier sur le trottoir ; notre ville la nuit... Non, nous n'avons pas de ville la nuit, la misère crasse, les putes transsexuelles et les dealers sérieux (pas ces tristes types qui proposent thizz, coke, hash ? dans les parcs) ont été virés par Giuliani, par les riches. New York a encore ses zones désolées, mais vous n'y courez pas grand risque, personne ne vend de l'héroïne dans ce building à moitié en ruine, aucune beauté difforme aux yeux vitreux ne va vous offrir une pipe pour vingt dollars. Ce n'est

plus une ville la nuit et vous, monsieur, vous n'êtes pas Leopold Bloom.
« Nous sommes tous les deux insomniaques, dit-elle. Je tiens ça de toi. »
Est-ce un signe d'affinité, ou décrit-elle une malédiction ?
« Je me demande vraiment pourquoi tu me téléphones ce soir », ajoute-t-elle.
Oh, Bea, sois un peu indulgente, je suis accablé, je suis misérable, je suis à ta merci. L'abattement minable qui a saisi Peter cède assez vite le pas aux approches de Chinatown, la seule cité-État prospère de Manhattan, la seule qui se développe sans l'aide des chaînes de cafés ou des petits bars branchés.
« Je te l'ai dit, répond-il. Je pensais à toi. Je voulais te laisser un message.
— Tu as des soucis ?
— Pas plus que d'habitude.
— Tu donnes l'impression d'en avoir. »
Peter lutte contre l'envie de raccrocher. Qui a plus de pouvoir qu'un enfant ? Elle peut être aussi cruelle qu'elle le désire. Pas lui. Pourtant, une impulsion s'empare de lui, violente : *Tu es ordinaire, tu n'es pas tellement intelligente, tu nous as déçus.* Il ne peut pas. Il ne pourra jamais.
« Je suis préoccupé par les problèmes habituels. L'argent et la fin du monde. »
Il est incapable de se montrer désinvolte avec elle, n'essaye même pas d'exercer son humour séducteur. C'est à sa *fille* qu'il s'adresse.
Elle dit : « Tu veux que je t'envoie un chèque ? »
Il lui faut un moment pour comprendre qu'elle plaisante. Il part d'un rire rauque. Si elle rit à son tour, il ne l'entend pas à cause de la circulation.

Il traverse Canal Street à présent, se dirige vers les lumières et les néons bariolés de Chinatown proprement dit, une marée de rouges et de jaunes criards ; on croirait que le bleu ne fait pas partie des couleurs du spectre. Ils n'éteignent jamais les feux de circulation, ne décrochent jamais les canards laqués suspendus par leur long cou dans les vitrines ; comme s'ils occupaient un espace de vie permanent, insatiable, qu'il soit peuplé ou non. Un panneau jaune signale BON, rien d'autre, et propose en guise de démonstration un aquarium rempli de poissons-chats couleur de vase.

« Et avouons-le, dit-il, le frère de ta mère est un peu envahissant.

— Ah, oui. Mizzy le fêlé. Un enfant gâté.

— C'est ça.

— Alors tu as pensé que ce serait un agréable contraste de parler à ta gentille fille heureuse et bien dans sa peau. »

Je t'en prie, Bea, montre-toi indulgente.

Les enfants ne le sont pas. Tu le sais, n'est-ce pas ? Toi, Peter, as-tu eu pitié de tes parents ?

Même lui ne croit pas à son petit rire forcé. « Je ne t'ai jamais demandé une chose aussi impossible que d'être heureuse et bien dans ta peau, dit-il.

— Donc cela te réconforte de penser que je suis malheureuse. »

Va te faire foutre.

« Comment va Claire ? » C'est la fille qui partage son appartement.

« Elle est sortie. Il n'y a que moi et les chats. »

Il ajoute : « Je ne veux pas que tu sois malheureuse, Bea. Mais je ne veux pas être un de ces parents qui tiennent absolument à ce que leurs enfants soient tout le temps heureux.

— Sommes-nous partis pour avoir une conversation sérieuse ? demande-t-elle. As-tu l'intention d'avoir une conversation sérieuse ? »

Non. C'est la dernière chose qu'il souhaite.

« Absolument, répond-il. Si tu en as envie.

— Tu en es sûr ?

— J'en suis sûr. »

Elle dit : « Récemment, j'ai beaucoup pensé à *Our Town*, de Thornton Wilder.

— Ta pièce de dernière année. »

Elle jouait la mère. Pas Emily. Impensable.

Bea au lycée : une fille équilibrée et blagueuse avec deux amies proches (aujourd'hui à Brown et à Berkeley), pas de garçons dans les parages, une vie de jeune fille non dénuée de distractions mais en aucune manière voluptueuse, pas même un peu téméraire. De longues conversations sérieuses avec les copines, puis les devoirs et au lit. Elle et ses amies (elles s'appelaient Sarah et Elliott, tout aussi équilibrées et blagueuses, Peter les aimait bien, les reverra-t-il un jour ?) allaient au cinéma pendant le week-end, faisaient parfois du shopping, achetaient les pulls épais et les bottines montantes dont elles raffolaient. Elles étaient allées patiner une fois au Wollman Rink, sans jamais y retourner.

« Tu n'avais pas l'air de t'y intéresser, affirme-t-elle.

— C'est faux. Je t'ai trouvée formidable.

— Tu ne me l'as jamais dit. Tu as passé ton temps au téléphone. Une affaire à conclure. »

N'ai-je rien dit ? Étais-je au téléphone ? Non. C'est une invention de sa part. Il lui a assuré qu'elle était formidable, voilà le mot qu'il a utilisé, et il n'a pas parlé au téléphone après la pièce, pour qui le prenait-elle ?

Elle reprend : « Je sais que c'est un peu pathétique, mais j'y ai pensé récemment.

— Je ne me souviens pas que les choses se soient passées ainsi.

— Moi si. Je m'en souviens avec précision. »

C'est un *faux souvenir*, Bea. Crois-tu, crois-tu vraiment que je serais allé dans les coulisses pour téléphoner à un client pendant la pièce de fin d'études dans laquelle jouait ma fille ?

« Waouh ! » Il ne trouve rien de mieux. « Écoute, si je n'ai pas dit ce qu'il fallait, je suis désolé. Je t'ai vraiment trouvée formidable.

— Je ne l'étais pas. Voilà le problème. J'étais incapable de jouer, et nous le savions tous les deux.

— Non, non, affirme Peter. Je pense que tu peux tout faire.

— Ce n'est pas la peine de me mentir, papa. Je n'en ai pas besoin. »

Vraiment ? Bien sûr qu'elle n'est pas capable de *tout* faire, personne ne peut *tout* faire, et oui, naturellement, vous connaissez les limites de votre enfant, vous avez eu des entretiens parent-professeur concernant ses limites, l'état de père ne vous rend pas aveugle, mais vous l'aimez, vous l'aimez de tout votre cœur, vous l'encouragez, vous lui assurez (je le lui ai dit, je le jure) qu'elle était formidable dans le rôle de la mère de *Our Town*.

Elle n'a pas été dupe, semble-t-il. Elle était plus fine qu'elle ne le prétendait.

Comment lui expliquer que vous vous fichez de ses limites, réelles ou non ?

Il reprend : « Je t'aime. J'aime tout ce que tu fais. »

Elle répond : « Je crois que tu as fait ton possible pour m'aimer. Je pense que tu avais tes propres limites. »

Merde.

Est-ce pour cette raison que tu es si virginale, que tu gardes un lit étroit ? Que tu sembles éprouver si peu de désir ?

Chinatown s'efface pour faire place à la triste masse sombre de Tribeca et à la solennité silencieuse de ses rues.

Contrairement à Chinatown, le calme nocturne de Tribeca n'annonce rien. Si, pendant quelques heures par jour, on peut s'y faire couper les cheveux, y acheter une lampe ou y dîner pour trois cents dollars, il n'en reste guère de trace dans les larges rues blafardes, ni dans la rectitude grise et brune des immeubles qui se sont dressés dans le ciel new-yorkais bien avant la naissance de votre grand-père.

Il dit : « Je suis sûr de l'avoir pensé. Je suis sûr de le penser aujourd'hui. »

Il est saisi d'un étrange désir, presque effréné, de l'entendre crier, impitoyable, l'injurier, l'accuser de tous les crimes de la terre, afin qu'il n'ait pas à répondre, à chercher désespérément quoi lui dire ensuite.

Mais elle n'en fera rien. Elle est et a toujours été maussade, renfermée, une enfant qui passait son temps à chantonner des petites chansons rageuses de son invention.

Elle répond : « Je déteste être la fille à problèmes qui avait besoin d'un surcroît d'attention. Ce n'est pas la personne que je veux être.

— Comment puis-je t'aider maintenant ? demande-t-il. Que puis-je faire ? »

Je t'en prie, Bea, pardonne-moi ou voue-moi au diable. Je ne pourrai pas supporter cette conversation beaucoup plus longtemps.

Il faut que tu aies cette conversation, pourtant. Aussi longtemps qu'elle te le demande.

Elle dit : « Tu y vois parfaitement bien, mais je ne suis pas sûre que tu entendes aussi bien. »

Cette réflexion, elle l'a gardée pour la fin !

Il se trouve à présent dans le Financial District, l'univers des gratte-ciel, nul ne sait ce qui s'y fait exactement, sauf dans l'actuel Stock Exchange, excepté que c'est Quelque Chose qui concerne la Finance, comme Mizzy qui veut faire Quelque Chose dans l'Art ; c'est l'effet que produisent ces citadelles, s'agissant du New Museum ou de ce monolithe titanesque, vaguement années 1970, devant lequel il passe en ce moment précis, cette inaccessibilité intentionnelle, ces hauteurs fortifiées – comment empêcher une jeunesse perdue de se retrouver à leur pied et de penser : j'aimerais faire Quelque Chose Là-dedans ?

Mizzy a contemplé les pierres sacrées. Aujourd'hui, il veut faire partie de quelque chose qui lui convienne.

« Je t'écoute, dit-il. Je suis là. Continue à me parler. »

Bea reprend : « Je vais bien, papa. Je ne suis pas une sorte de cas désespéré. J'ai un travail et un endroit où habiter. »

N'a-t-elle pas toujours dit, même quand elle était petite, que tout allait bien pour elle ? N'est-elle pas toujours allée à l'école sans rechigner, entourée de deux ou trois amies, préservant son intimité autant qu'elle le pouvait derrière les murs mal isolés de sa chambre ?

Rebecca et lui n'étaient-ils pas soulagés de la voir demander si peu ?

Il déclare : « C'est déjà ça, n'est-ce pas ?
— Oui, c'est déjà ça. »
Un silence s'établit.
Seigneur, Bea, tu veux vraiment que je me sente à ce point coupable ?
Et maintenant, enfin, il arrive à Battery Park. Sur la gauche brille l'arc lumineux du Ferry de Staten Island, devant lui les hauts piliers de granit noir où sont inscrits les noms des morts de la guerre. Il s'engage dans le large couloir formé par les monuments commémoratifs. *Moby Dick* débute à Battery Park, par ces premiers mots, « Appelez-moi Ismaël », et ensuite – il n'a en mémoire qu'une très vague paraphrase – un passage à propos de ce *môle* assailli par les vagues, ce n'est pas tout à fait ça, mais il se souvient que la terre est appelée un môle. Et là, devant lui, il y a le bouillonnement noir de la baie, pris dans des rêts de lumière, il en sent soudain l'odeur, et bien sûr il s'agit d'une odeur de mer urbaine, d'océan et de pétrole mêlés, mais enivrante malgré tout, avec cette immensité éternelle, maternelle, bien que dégradée par toute la saleté qu'on y déverse, mais qui reste l'eau de la mer néanmoins, et cette langue de terre, ce *môle*, le seul point de contact de la ville avec quelque chose de plus grand et de plus fort qu'elle.

« Je suppose que tu sais ce qui te convient le mieux », dit-il. Perçoit-elle le ton d'impatience dans sa voix ?

Peter se tient devant la rambarde. Tout est là : Ellis Island et Miss Liberty en personne, apparition vert-de-gris, si chargée de sens qu'elle est le sens suprême. On aime (si l'on aime quelque chose chez elle) sa couleur verte et sa permanence, le fait qu'elle soit toujours là, même si vous ne l'avez pas vue depuis des années. Peter contemple l'eau sombre pailletée qui gronde doucement en se soulevant – pas de vagues, juste une houle qui vient se briser contre le quai avec un *plouf* sourd en projetant une modeste gerbe d'embruns.

Bea ne répond pas. Pleure-t-elle ? Dans ce cas, il ne peut pas l'entendre.

Il dit : « Pourquoi ne reviens-tu pas chez toi, à la maison, pendant quelque temps, chérie ?

— Je suis chez moi. »

Il se tient devant la rambarde, avec l'océan noir qui roule à ses pieds et les petites lumières de Noël de Staten Island alignées en travers de l'horizon comme si elles avaient été posées là pour marquer la frontière entre l'océan noir opaque et le ciel noir sans étoiles.

« Je t'aime », déclare-t-il désespérément. Il ne trouve rien de plus consolant à dire.

« Bonsoir, papa. »

Elle raccroche.

Un objet d'une valeur incalculable

LORSQUE PETER SE RÉVEILLE LE LENDEMAIN MATIN, il est seul dans le lit. Rebecca est déjà debout. Il se lève, encore marqué par le sommeil, enfile un pantalon de pyjama, contrairement à son habitude, mais il ne veut pas se promener nu pendant que Mizzy se trouve dans les parages (peu importent les règles de Mizzy dans ce domaine).

Dans la cuisine, Rebecca finit de préparer du café. Elle aussi est habillée, d'un peignoir de coton blanc qu'elle ne porte pas en général (ils manifestent peu de pudeur à la maison, du moins depuis le départ de Bea à l'université).

Mizzy, semble-t-il, dort encore.

« J'avais l'intention de te laisser récupérer, dit Rebecca. Tu te sens mieux ? »

Il s'approche d'elle, l'embrasse avec tendresse. « Ouais, répond-il, c'était sans doute une intoxication alimentaire. »

Elle remplit deux tasses de café, une pour elle et l'autre pour lui. Elle se tient pratiquement au même endroit que Mizzy la nuit précédente. Elle a les traits relâchés par le sommeil, le visage légèrement blafard. Elle accomplit ce truc matinal quasi miraculeux, grâce auquel, au moment d'entamer sa journée, elle... reprend possession d'elle-même. Il ne s'agit pas de se maquiller (elle porte très peu de maquillage), mais de rassembler l'énergie et la volonté qui lui rendront son éclat et sa fermeté, aviveront la couleur de sa peau et la profondeur de son regard. Comme si la beauté et le dynamisme qui lui sont propres la quittaient pendant son sommeil, comme si en dormant elle abandonnait les qualités inutiles, et avant tout sa vitalité. Pendant ce bref intermède matinal, non seulement elle paraît dix ans de plus que son âge, mais elle commence un peu à ressembler à la vieille femme qu'elle deviendra. Elle restera probablement mince et droite, un brin cérémonieuse (comme si la dignité de la vieillesse requérait une certaine distance bienveillante), cultivée, élégamment vêtue. Pour Rebecca, *ne pas devenir sa mère* implique en partie de renoncer à l'excentricité.

Il dit : « J'ai téléphoné à Bea hier soir.

— Vraiment ?

— Oui. Nous avons ce prétendu enfant sur les bras, j'ai soudain eu envie de parler à notre véritable enfant.

— Qu'a-t-elle dit ?

— Elle est furieuse contre moi.

— N'en rajoute pas.

— Elle m'a surtout reproché d'avoir passé mon temps à téléphoner sur mon portable pendant *Our Town*. »

Je t'en prie, Rebecca, ne me laisse pas tomber sur ce coup-là.

« Je n'en ai aucun souvenir. »

Sois bénie, mon amour.

Elle porte sa tasse de café à ses lèvres, se tient là où se tenait son frère, comme pour montrer en quoi ils sont semblables et dissemblables. Mizzy, qui pourrait être coulé dans le bronze, et Rebecca, sa jumelle en plus vieux, que l'âge a revêtue d'une patine humaine, d'une trace de cette lassitude fatale jamais aussi apparente que dans la lumière du matin ; une profonde et poignante humanité qui est la source et l'opposé de l'art.

« Elle jure que je l'ai fait. Elle n'en démord pas. C'est faux, n'est-ce pas ?

— Oui. »

Merci.

« Je sais qu'il est un peu tôt pour ce genre de conversation, dit-il.

— Non, ça va.

— C'est juste que je ne savais pas quoi répondre. Comment lui faire comprendre qu'elle s'accroche à quelque chose qui n'est jamais arrivé ?

— Je suppose qu'elle s'est mis dans la tête que tu étais capable de parler au téléphone pendant qu'elle jouait.

— Tu m'en crois capable ? »

Rebecca boit lentement son café d'un air songeur. Elle ne semble pas prête à le rassurer. Il ne peut s'empêcher de remarquer son teint terne, le désordre matinal de ses cheveux drus striés de gris.

Meurs jeune, reste belle. C'est ce que dit Blondie, non ? Nous le tenons pour un phénomène moderne, ce culte de la jeunesse, mais pensez à tous ces superbes portraits, certains vieux de plusieurs siècles. Ces déesses de Botticelli, de Rubens, *La Maja* de Goya, *Madame X*. Pensez à *L'Olympia* de Manet, qui choqua à l'époque, car il avait peint sa maîtresse avec la voluptueuse admiration réservée aux honnêtes femmes de l'aristocratie qui servaient de modèles aux déesses. Presque personne ne sait aujourd'hui, et personne ne s'en soucie, qu'Olympia était la putain de Manet ; bien qu'il y ait toutes les raisons de penser que, dans la vie, elle était fantasque, vulgaire et d'une hygiène douteuse (étant donné ce qu'était Paris dans les années 1860). Elle est aujourd'hui immortelle, une merveilleuse beauté historique, purifiée par l'attention d'un artiste célèbre. Et nous ne pouvons manquer de remarquer que Manet ne l'a plus peinte vingt ans plus tard, quand le temps avait commencé à faire son œuvre. Le monde a toujours adoré la beauté naissante. Que le monde aille se faire foutre.

Rebecca dit : « C'est difficile d'être parent.
— Ce qui signifie ?
— Comment penses-tu que s'en tire Mizzy ? »
Mizzy ?
« Bien, je crois. Mais nous parlions de Bea, non ?
— Oui. Excuse-moi. J'ai juste l'impression que c'est en quelque sorte une dernière chance pour Mizzy.
— Il n'est pas notre fille.
— Bea possède plus de force que Mizzy.
— Tu crois ?
— Oh, Peter, il est probablement trop tôt pour avoir ce genre de conversation après tout. Il faut que je m'habille. J'ai une visioconférence aujourd'hui. »

Blue Light est sur le point de couler. Un conquistador du Montana tombé du ciel envisage de le renflouer.
« Pouah !
— Je sais. »
Ils en ont déjà discuté, bien sûr. Vaut-il mieux mettre tout bonnement la clé sous la porte ou faire confiance à ce bienfaiteur inattendu quand il affirme ne rien vouloir changer au magazine ? Référons-nous à l'Histoire.

Combien de nations puissantes se sont emparées d'autres plus petites et les ont laissées intactes ?

On voudrait pourtant que les choses continuent à vivre. Dans l'état actuel du marché, on n'a pas envie d'être un éditeur de quarante ans au chômage.

Et quelle satisfaction y aurait-il à laisser la phrase « dans l'état actuel du marché » vous tourner dans la tête ?

« Qu'en penses-tu ? demande Peter.

— Je sais que nous allons devoir accepter, s'il est véritablement et sincèrement intéressé. Ce serait impensable de laisser la publication mourir.

— Ouais. »

Ils boivent lentement leur café. Deux adultes qui travaillent dur, confrontés à une décision difficile.

Il hésite. S'il doit lui parler de Mizzy, c'est maintenant ou jamais.

Il dit : « Je vais voir les Groff, aujourd'hui.

— C'est un coup de chance.

— En effet. Je ne me sens pourtant pas très sûr de moi dans cette affaire.

— Hum. »

Elle n'apprécie pas beaucoup ses pudeurs esthétiques. Elle le soutient, bien qu'elle ne soit pas une dingue de l'art, qu'elle apprécie, qu'elle comprend (en général), mais elle est incapable – elle ne veut pas, *refuse* – de faire abstraction d'un certain pragmatisme ; elle a, comme Uta, le sentiment que Peter se montre probablement trop scrupuleux pour son propre bien, qu'il manque d'ambiguïté dans le business de l'art et, peut-être plus important encore, qu'il est beaucoup trop dur avec lui-même, il n'a jamais pris un artiste pour des raisons purement cyniques ou commerciales. *Comprends-*

tu, vieux fou de Peter Harris, comprends-tu que le génie est *rare*, par définition, et que si une chose (une bonne chose) consiste à rechercher avec ardeur et détermination la Révélation, une autre (moins bonne) est de vivre dans cette obsession, de traverser la quarantaine en entretenant toujours le soupçon que personne ne possède assez de grandeur, qu'on ne peut pardonner à aucun artiste ni à aucune œuvre d'être, mettons, humain dans le premier cas et irréductiblement objet dans le second. Rappelle-toi combien de fois les grandes œuvres d'art du passé n'ont pas été tenues pour grandes au début, ni même comme des œuvres d'art ; à quel point il est plus facile, des dizaines d'années ou des siècles plus tard, de les admirer non seulement parce qu'elles sont grandes, en fait, mais aussi parce qu'elles existent encore ; parce que tendent à s'estomper les inévitables petites imperfections et maladresses dans un objet qui a survécu à la guerre de 1812, à l'éruption du Krakatau, à l'avènement et à la chute du nazisme.

« En tout cas, ajoute-t-il, il y a des crimes plus graves que d'essayer de vendre une urne de Groff à Carole Potter. »

Voilà une chose qu'*elle* aurait pu *lui* dire.

Mais elle répond : « Absolument. » Elle ne pense pas à lui à ce moment, et pourquoi le devrait-elle ? Son magazine, qu'elle a en partie créé et dont elle s'occupe avec tant d'amour, s'apprête à faire faillite ou à devenir la propriété d'un curieux individu qui se prétend mécène, bien que vivant à Billings, dans le Montana.

« Peux-tu faire quelque chose pour moi ? demande-t-il.

— Bien sûr.

— Peux-tu m'assurer que je n'ai pas été le plus mauvais père du monde ?

— Non. Tu ne ressembles en rien au plus mauvais père du monde. Tu as fait de ton mieux. »

Elle l'embrasse chastement sur la joue. Sans plus.

Ils effectuent leurs ablutions matinales comme le tandem de danseurs qu'ils sont devenus. Il se rase pendant qu'elle prend sa douche, et quand elle a fini elle laisse couler l'eau à son intention parce qu'il met exactement autant de temps à se raser qu'elle à se doucher. Comment ne pas y voir parfois le montage d'un film, *Scènes d'un mariage* (oh, imagination malfaisante), la toilette, le coiffage et l'habillage simultanés. Peter se montre le plus rapide et le moins hésitant pour s'habiller, ce qui paraît curieux, car il est plus coquet et moins sûr de lui qu'elle, mais en semaine être un homme le favorise, il n'a qu'à choisir entre un de ses quatre costumes et une de ses dix chemises, toutes assorties aux costumes. Rebecca enfile la jupe couleur mine de plomb (Prada, hors de prix, mais elle a eu raison, elle l'a portée pendant des années) et le fin pull de cachemire moka, lui demande si ça va, il lui répond que oui, mais elle change quand même d'avis. Il comprend – bien qu'il s'agisse seulement d'une conférence téléphonique – qu'elle cherche la tenue miraculeuse, dans laquelle elle se sentira aussi sûre d'elle-même que possible. Il la laisse fouiller dans la penderie, jette un coup d'œil rapide dans la cuisine à la recherche d'un semblant de petit déjeuner, décide qu'il avalera un sandwich dans un Starbucks en chemin, regagne la chambre où Rebecca a troqué la jupe contre la robe fourreau bleu marine qui, il suffit de voir son expression, ne fera pas l'affaire non plus.

« Bonne chance, dit-il. Appelle-moi dès que ta conférence sera terminée.

— Tu sais bien que je le ferai. »

Un baiser rapide et il s'en va, dépasse la porte derrière laquelle Mizzy dort ou prétend dormir.

À la galerie, les deux heures suivantes sont consacrées à ce que Peter et Rebecca ont coutume d'appeler les Dix Mille Choses (ce qui donne, au téléphone, « Qu'est-ce que tu fais ? » « Oh, tu sais, Dix Mille Choses »), leur code personnel pour l'avalanche d'e-mails, d'appels téléphoniques et de réunions, histoire de se dire l'un à l'autre qu'ils sont occupés, mais à quoi bon te donner des détails, ils ne m'intéressent même pas moi-même. Tout ce qu'Uta offre concernant Groff est ce que Peter appelle son air germanique, une hauteur teutonne qui dit exactement ce qu'elle veut dire : *Mon petit bonhomme, le monde est grand, vous feriez mieux de vous torturer les méninges pour quelque chose qui en vaille la peine.* Il aimerait avoir avec Uta la conversation qu'il aurait souhaité avoir avec Rebecca, à propos des compromis et de son refus d'écarter la question en la traitant de banale ; en réalité, il aimerait avoir confié à Uta son envie de fermer la galerie et de faire... autre chose. Sans savoir quoi, naturellement. Et pourquoi Uta, qui aime son travail, semble-t-elle raisonnablement heureuse avec des œuvres raisonnablement bonnes – pourquoi voudrait-elle aborder ce sujet avec lui ?

Pourtant, ce serait réconfortant d'en parler avec quelqu'un, et bien que Bette soit l'interlocutrice idéale, il ne peut certes pas en discuter avec elle. Il n'est pas convaincu que la désillusion qu'elle affiche envers le monde de l'art ne soit pas une forme de défense – qui a envie de quitter une fête quand elle bat son plein ? Si Bette se prétend dégoûtée par l'aspect commercial de l'art, n'est-ce pas pour concéder moins de pouvoir à sa maladie ? Souhaite-t-il vraiment être un homme jeune et bien portant qui se plaint de s'attarder à la fête qu'elle est obligée de quitter ?

Il prend la ligne L jusqu'à Bushwick (le temps des limousines est terminé, et, à supposer même que vous en ayez les moyens, ce serait du plus mauvais effet de s'arrêter devant l'atelier d'un artiste comme si vous étiez le roi d'Angleterre, pas aujourd'hui, pas quand vous demandez à vos jeunes artistes de comprendre que, malgré vos efforts, leurs œuvres risquent de ne pas se vendre, car, peut-être en avez-vous entendu parler, l'économie internationale s'est effondrée). Peter porte toujours des costumes classiques, d'abord parce qu'il en possède et qu'il est connu pour un certain raffinement à la Tom Ford. Mais il faut savoir trouver le juste milieu. Vous voulez assurer aux artistes que vous ne dilapidez pas l'argent à leurs dépens et en même temps leur montrer que vos affaires vont bien, que vous ne leur demandez pas de rester à bord d'un bateau en train de couler. Bref. Vous êtes dans la L, plongé dans le *Times*, à destination de Bushwick, en costume noir et polo gris anthracite.

Ensuite, à la station de Myrtle Avenue, vous gravissez l'escalier au milieu de la foule clairsemée des voyageurs fourbus et harassés. Midi moins vingt sur la L en direction de Canarsie, ce n'est ni l'heure ni la destination des nantis, vous sortez dans Bushwick proprement dit, qui pourrait être la banlieue de Cracovie (où lui-même n'a jamais mis les pieds) ou l'une de ces anciennes villes d'Europe de l'Est, lugubrement industrielles sous le règne des Soviets mais toujours aussi lugubrement industrielles aujourd'hui et de plus en plus décrépites. Comme à l'Est, à Bushwick ont germé ici et là les marques incertaines d'une vie nouvelle – une épicerie, un café –, mêlées aux braises mourantes de l'ancienne nouvelle vie, une boutique de robes de mariée sombre et défraîchie, une teinturerie où l'on semble croire qu'une vitrine présentant une pile de chemises sous une plante verte racornie attirera des clients.

Peter remonte Myrtle, cherche l'adresse de Groff. Bushwick est sinistre, sans aucun doute. Bushwick n'a jamais été conçu pour être autre que sinistre. Il a de tout temps été périphérique et utilitaire. Ceux qui ont construit ces entrepôts, ces garages et ces garde-meubles n'imaginaient sûrement pas que quiconque viendrait vivre un jour parmi eux. Ici, dans les villes de banlieue, celle-ci en tout cas, nous nous trouvons en présence d'intentions de nature différente. Si Manhattan est fondamentalement né des ambitions grandioses de l'ère industrielle, avec ses ouvriers déifiés aux muscles puissants soutenant des colonnes, ses buildings surmontés de ziggourats s'élevant vers un ciel qui n'avait jamais semblé si proche, Bushwick (banlieue ancienne s'il en est) est par essence modeste et banal, destiné (en apparence) dès l'origine à être cantonné à la périphérie, fait pour la petite mécanique, l'entreposage des marchandises, semblable au sein d'une famille illustre à un vieil oncle énergique mais borné, un honnête homme sans attrait physique ni imagination, qui accomplit un petit boulot et ne s'est jamais marié, que tout le monde connaît sans vraiment l'aimer.

Et pourtant, derrière les fenêtres de certains de ces entrepôts, des artistes travaillent.

Peter s'interroge : Cet exil marginal semi-urbain dans lequel vit une grande partie des artistes affecte-t-il leur production ? Certes, on s'attend à ce que la plupart des jeunes créateurs soient pauvres, ils sont *censés* être pauvres, mais les artistes pauvres des autres générations vivaient à Paris, à Berlin ou à Londres, ils vivaient à Greenwich Village. Les impressionnistes se sont-ils vraiment révélés parce qu'il était soudain devenu plus économique de quitter Paris et d'aller vivre en Provence ? Bien sûr, ils ont vécu chichement, mais au sein d'une beauté véritable, même si elle était parfois menacée. Ils habitaient des villes ou des villages parfois peu accueillants, qui ne doutaient cependant pas de leur profondeur passée, de leur droit régalien non seulement d'exister mais de s'enorgueillir de leurs traditions et particularités. Bushwick, pour sa part, ne ressemble plutôt à rien. Ses fondateurs ne se sont pas donné beaucoup de mal ; même ses plus anciennes constructions ont été érigées aussi rapidement et à l'économie que possible. Dans un tel endroit, n'est-il pas un peu... *vain* de s'imaginer capable de produire un travail artistique sérieux, qui aspirerait, même imparfaitement, à la profondeur ? Bref, salut Bushwick, salut l'Amérique, salut les mégacentres commerciaux et les parcs d'engraissement intensif. Voilà ma tentative de fendre l'enveloppe de notre condition humaine et de voir ce qui brille derrière. Jusqu'où cela pourrait-il devenir ridicule ?

Qui donc a dit qu'un pays a le gouvernement qu'il mérite ? L'Amérique possède-t-elle l'art qu'elle mérite ?

Enfin, voici l'immeuble de Groff, au milieu d'un bloc industriel dans Wilson Avenue. Peter presse la sonnette.

« Salut, mec. » Une voix profonde de violoncelle, puissante.

« Salut. » Peter Harris, le type cool.

La porte s'ouvre avec un bourdonnement et Peter pénètre dans le hall, si le mot hall peut convenir. Sous le néon vacillant de l'entrée au sol de linoléum beige, sans rien qui retienne l'attention hormis un panneau de carton noir défraîchi derrière un carreau cassé sur lequel, en lettres blanches effacées par endroits, sont alignés les noms de petites entreprises probablement disparues depuis plus de vingt ans. Peter entre dans l'ascenseur qui sent, bizarrement, le chewing-gum au raisin. La porte se referme avec un chuintement, et Peter pense un court instant qu'il pourrait rester coincé à l'intérieur ou, pire, ne pas atteindre le sixième étage, où se trouve l'atelier de Groff, et retomber. Tâche de ne pas penser aux câbles rongés par les rats qui hissent tes fesses, qu'il plaise à Dieu (ou à n'importe quelle déité improbable vers laquelle Peter se tourne dans des moments d'angoisse) de ne pas me laisser mourir dans un ascenseur le jour où je vais voir le travail d'un artiste sur lequel j'ai des doutes, ce serait affreusement approprié – Peter Harris trouve la mort en tentant de rencontrer un artiste dont l'œuvre n'est ni protéiforme ni originale, mais d'un assez bon niveau, et que Peter pense pouvoir vendre.

L'ascenseur arrive au sixième, s'arrête avec un tremblement, portes closes, et Peter constate avec embarras qu'il a les paumes moites au moment où les portes s'ouvrent dans un soupir.

Elles donnent directement dans l'atelier de Groff. Le salaud possède tout l'étage. Sans doute de l'argent de famille. Même une étoile montante comme Groff ne peut gagner autant, aussi vite.

Peter pénètre dans un espace crépusculaire ponctué de colonnes, semblable au foyer crasseux d'un théâtre décrépi, presque vide (excepté un coin-salon d'un genre surréaliste, avec son canapé miteux et ses deux fauteuils Windsor, dans des tons mastic et beige clair), une lumière sale qui entre de biais par deux fenêtres grises de suie. Et soudain, précédé par le bruit de ses boots à talons sur le parquet disjoint, voici l'artiste en personne. Peter connaît le numéro par cœur – jamais ils ne viennent jusqu'à la porte de l'ascenseur pour vous accueillir. Le pire des péchés, dans leur monde, est l'excès d'empressement et le désir de plaire, bien que ceux qui réussissent soient déchirés par l'un et par l'autre. Ceux qui s'en fichent vraiment finissent en général quelque part parmi les excentriques de petites villes de la vallée de l'Hudson, à discuter de l'intégrité avec ceux qui veulent bien les écouter, seule vertu qui ait un sens, à préparer sans relâche leur exposition annuelle dans une vague galerie locale.

Et maintenant, au tour de Rupert Groff.

Il a tout pigé. Pâle et plutôt bouffi façon rock star (comment certains de ces gosses y arrivent-ils, comment peuvent-ils avoir l'air dépenaillé, crevé et malgré tout indiciblement décontracté ?), crinière rousse hirsute, large visage un peu mou et sympathique, un Charles Laughton jeune. Il porte un tee-shirt en soie arborant le logo Oscar Mayer et un pantalon de travail Dickies.

« Salut », dit-il. Sans aucun doute, il a une voix superbe, profonde et mélodieuse. Dans une autre vie, il aurait pu être chanteur.

« Peter Harris. Enchanté. »

Il tend la main, que Groff serre avec énergie. Peter est un homme en complet veston, de vingt ans l'aîné de ce garçon, il y a des limites au *salut* qu'il est prêt à entendre.

« Merci d'être passé me voir », ajoute Groff. Bon, il n'est pas arrogant, en tout cas pas arrogant de manière insupportable. À moins qu'il n'ait l'intention de laisser son arrogance percer plus tard.

« Merci de me recevoir. »

Groff pivote sur ses talons et s'enfonce dans l'obscurité du loft. Peter le suit.

« En réalité, dit Groff, comme je vous l'ai dit au téléphone, je n'ai que deux bronzes disponibles en ce moment, mais ils sont intéressants. Ils sont... ils étaient destinés à mon exposition chez Bette. »

Nous n'allons pas aborder ce sujet, pas maintenant.

Peter dit : « Et comme je vous l'ai annoncé, j'ai une cliente importante, je crois qu'elle serait parfaite pour un des bronzes.

— Comment s'appelle-t-elle ?

— Carole Potter.

— Je ne la connais pas. À quoi ressemble-t-elle ? »

Malin. Même pour argent comptant, tu n'es pas prêt à vendre une de tes œuvres à n'importe qui.

« Elle habite Greenwich. Elle est éclectique, pas vieux jeu. Elle a un Currin et un González-Torres, et un très rare Ryman qu'elle a acheté quand ils étaient encore abordables. »

Sans mentionner des choses plus anciennes, l'Agnes Martin, la sculpture d'Oldenburg dans le jardin nord. La plupart des jeunes qui montent adorent certains artistes établis et en méprisent d'autres, et on ne peut pas deviner qui sera un dieu pour un jeune artiste et quel autre le diable incarné.

« Ne pensez-vous pas que je suis un peu trop à la pointe pour elle ?

— Sa collection a besoin d'être plus pointue, et elle le sait. Pour tout vous dire, il s'agirait de remplacer un Sasha Krim.

— Cette nullité merdique.

— Trop nulle pour Carole Potter. »

À l'arrière de cette vaste obscurité pend un vieux rideau gris souris accroché à une longue tige métallique. Groff tire le rideau, et ils pénètrent dans l'atelier proprement dit. Il a choisi, pour des raisons que Peter ne cherche même pas à élucider, de donner au loft une entrée de dimensions absurdes, une sorte de hall d'hôtel, pour ainsi dire. Peut-être est-ce un tour du Magicien d'Oz, destiné aux visiteurs tels que Peter – la stratégie du attendez-de-voir-ce-qu'il-y-a-derrière-le-rideau.

Derrière le rideau se trouve l'atelier, une pièce qui n'en est pas vraiment une d'une vingtaine de mètres carrés. Groff a plus le goût de l'ordre que d'autres. Il a installé au mur un panneau où sont accrochés divers outils, dont certains très beaux, un assortiment de racloirs en fil métallique, de longues spatules, des instruments à manche de bois semblables à des poinçons, tous destinés à donner forme à la cire et à l'argile ; un effluve de cire chaude emplit l'atelier, odeur non seulement agréable mais étrangement apaisante, comme si elle était liée à un souvenir d'enfance, bien que Peter se demande à quelle activité enfantine pourrait s'appliquer l'utilisation de la cire chaude. Le premier oracle de Delphes était une hutte faite de cire d'abeille et d'ailes d'oiseaux – peut-être s'agit-il d'un souvenir sensoriel tribal.

Et là, sur une lourde table industrielle en acier, l'objet lui-même. Une urne d'un mètre vingt de hauteur, polie et repolie jusqu'à obtenir cet ocre-vert propre au bronze, avec un socle et des poignées, d'un classicisme absolu mais aux proportions postmodernes, la base plus petite et les grandes poignées courbes plus importantes qu'aucun artisan du Ve siècle avant J.-C. n'aurait pu concevoir ; c'est ce clin d'œil aux bandes dessinées, cette désinvolture, qui la préserve d'être taxée d'imitation mais aussi évite toute référence au tombeau.

Bien. Au premier abord, l'œuvre passe le test du contexte. Elle a du poids et de la grâce. Le problème, bien que les professionnels n'aiment pas en parler, même entre eux, est que, dans la sérénité d'une salle immaculée au sol de béton poli, presque n'importe quoi ressemble à une œuvre d'art. Vous ne trouverez pas un galeriste à New York, ou ailleurs, qui n'ait reçu un jour ce genre de coup de téléphone : c'était admirable dans la galerie, mais cela ne va pas du tout dans notre salon. Voici la réponse standard : une œuvre d'art est sensible à ce qui l'entoure, permettez-moi de venir jeter un coup d'œil et si nous n'arrivons pas à une solution je la reprendrai... Le plus souvent, il arrive que l'œuvre trouve place dans un salon, mais manque de force pour s'imposer dans une vraie pièce d'habitation, même si la pièce est horrible (comme souvent, car les riches privilégient volontiers les dorures, le granit et les étoffes aux couleurs criardes à trois cent cinquante euros le mètre). La plupart des confrères de Peter accusent le décor, et Peter les comprend – non seulement tapageur et outrancier, il évoque un esprit triomphant, et la toile ou la sculpture en question y est souvent placée comme la dernière conquête en date. Peter, quant à lui, a une vision différente. Pour lui, une véritable œuvre d'art peut être possédée mais pas faire l'objet d'une conquête. Il devrait en émaner une telle autorité, une telle beauté (ou non-beauté), particulière et assurée, qu'elle ne peut être mise en question, même par les canapés ou tables d'appoint les plus grotesques. Une véritable œuvre d'art devrait gouverner l'environnement, et les clients devraient appeler non pour critiquer l'œuvre, mais pour dire qu'elle leur a fait comprendre l'horrible ratage de leur décoration ; Peter pourrait-il leur recommander un décorateur qui les aide à tout reprendre à zéro ?

L'urne de Groff semble pouvoir se défendre seule. Elle possède, entre diverses qualités fondamentales, la plus essentielle et la moins descriptible : l'autorité. Il suffit de la voir pour le comprendre. Certaines œuvres occupent l'espace avec une présence due, en partie, à leurs mérites visibles et analysables. Cela participe du mystère, explique pourquoi nous les aimons tant (ceux d'entre nous qui les aimons). La chapelle Sixtine n'est pas juste magnifiquement peinte, elle ressemble à un orchestre. Il emplit la chapelle d'une façon que ne permettrait pas une surface plane, suivant les lois ordinaires de la physique.

Peter s'approche. Sur le flanc de l'urne sont inscrites des invectives et des atrocités, alignées comme des hiéroglyphes, d'une écriture cursive, contrôlée, vaguement féminine. Sur le côté qui fait face à Peter, au moins quarante termes argotiques décrivent de manière repoussante les organes féminins ; les paroles d'une chanson hip-hop dégueulasse, misogyne et homophobe (Peter ne la reconnaît pas, il est complètement fermé au hip-hop) ; un passage du *SCUM Manifesto*, le manifeste de la Society for Cutting Up Men de Valerie Solanas (celui-là ne lui est pas inconnu) ; un truc répréhensible piqué sur un site Internet concernant la recherche de femmes allaitant capables de vous faire gicler du lait dans la bouche.

C'est très bon. Du genre à foutre la merde, mais très bon. Non seulement l'urne a une présence en tant qu'objet, mais elle possède un vrai contenu, ce qui est rare de nos jours – un contenu qui est plus qu'un fragment d'un fragment d'une idée simple. Elle fait référence en même temps à tout ce passé de façade avec lequel nous avons grandi, ces hommages artistiques aux grands monuments et aux victoires difficilement remportées qui ne prennent pas en compte toutes les souffrances humaines que cela a impliqué, et en même temps se présente comme un objet qui pourrait en théorie encore survivre dans un avenir lointain, un futur (dixit Groff) qui verra s'exprimer d'autres vérités premières.

Peut-être Peter a-t-il été trop sévère envers lui-même. Et envers Groff.

D'accord, il prépare déjà ses arguments de vente pour Carole. En fait, à dire vrai, l'œuvre est plus qu'assez bonne. Il s'agit d'un concept matérialisé, un concept simple, qui ne mènera peut-être nulle part, mais apparemment ni naïf ni insignifiant. Et en outre, fait rare aujourd'hui, c'est quelque chose de beau. Des points positifs.

« C'est excellent, dit Peter.

— Merci. »

Carole sera (sans doute) favorablement impressionnée par le féminisme qu'implique toute cette misogynie féroce. Elle n'est pas fanatique du choc pour le choc (à quoi pensait-il en essayant de lui vendre le Krim ?), mais cet objet serein et vénéneux lui fournira un sujet de conversation, quelque chose à raconter aux Chen, aux Rinx et aux autres.

« J'aimerais beaucoup la montrer à Carole. Qu'en pensez-vous ?

— Oui. C'est une bonne idée.

— Et je vous ai dit qu'elle aimerait la voir chez elle, sans tarder.

— Mme Potter a l'habitude d'obtenir ce qu'elle veut, non ?

— Oui, sans doute. Mais elle est loin d'être conne. Et si nous pouvions la faire installer dans son jardin dès demain, Zhi et Hong Chen la verraient le jour suivant. Comme vous le savez sans doute, les Chen sont des acheteurs importants.

— Ça marche.

— Ça marche. »

Ils restent immobiles pendant un moment, à regarder l'urne.

« Mes gars doivent reprendre le Krim demain, dit Peter. Ils pourraient se charger de l'urne en partant.

— Qu'est-ce que Krim met dans ses trucs ? demande Groff.

— Du goudron. De la résine. Du crin.

— Et...

— Franchement, il est assez discret sur les matériaux qu'il utilise. Je respecte son désir.

— On m'a raconté que l'un d'eux s'était répandu sur le sol au MoMA.

— Voilà pourquoi les sols sont en béton. Bon. Voyez-vous un inconvénient à ce que je vienne avec mon équipe demain à midi ?

— Vous êtes un rapide, Peter Harris.

— En effet. Et je peux vous promettre que Carole ne discutera pas le prix. Pas quand nous lui faisons une fleur comme celle-ci.

— Parfait. Et midi me va, dit Groff.

— J'apporterai la paperasserie avec moi. Je ne m'attends pas à ce que vous me prêtiez simplement la sculpture.

— En effet.

— Bon, d'accord, conclut Peter. Heureux d'avoir fait votre connaissance.

— Moi de même. »

Ils se serrent la main, repartent en direction de l'ascenseur. Groff doit vivre dans un espace assez petit derrière l'atelier – le loft ne peut être vaste à ce point. C'est une sorte d'obsession, surtout chez ces jeunes gens : la partie réservée au travail est impeccable alors que le logement ressemble plutôt à une chambre d'adolescent. Un matelas miteux à même le sol, des vêtements épars, un four toasteur et un miniréfrigérateur, une salle de bains étriquée d'une saleté repoussante. Peter se demande parfois s'ils compensent ainsi la tendance efféminée qu'on prête souvent aux artistes.

Groff appelle l'ascenseur. Survient un bref moment d'embarras. Ils ont dit ce qu'ils avaient à dire, et cet ascenseur se montre *horriblement lent.*

« Si Carole décide d'acheter l'urne, je suis sûr qu'elle serait ravie que vous veniez la voir *in situ*.

— J'y tiens, en effet. Ça nous concerne tous les deux, non ?

— Absolument.

— Dans un jardin, c'est ça ?

— Oui, un jardin anglais, pas très bien entretenu, envahi par la végétation. Le contraire d'un jardin à la française.

— Pas mal.

— C'est vraiment pas mal. On ne voit pas l'eau du jardin, mais on l'entend. »

Groff hoche la tête. Qu'y a-t-il avec cette transaction, pourquoi paraît-elle… Pourquoi paraît-elle *quoi* ? Elles se déroulent toujours ainsi.

C'est le côté business, bien sûr. Vélasquez et Léonard et tous les autres ont fait des affaires. Pourtant, il y a quelque chose chez Groff, chez la plupart des artistes, une absence d'émotion concernant l'acheteur et l'œuvre. Un calme qui lui est propre. Peter aimerait-il mieux affronter des hystériques, préférerait-il des cinglés qui exigent des marques de vénération, qui s'offensent des plus innocents commentaires, qui refusent à la dernière minute de se séparer de leur œuvre ? Non. Bien sûr que non.

Et pourtant.

Tandis que l'ascenseur monte en grinçant, Peter se rend compte que d'un point de vue historique la plupart de ces gens, les Groff et tant d'autres, appartiennent à des corporations, les sculpteurs et les fondeurs ; ce sont eux qui peignent les arrière-plans et appliquent la feuille d'or. Ils sont fiers de leur travail sans y être attachés. Ils possèdent les mauvaises habitudes classiques mais n'ont rien de cinglés, ce sont des travailleurs manuels, ils font nécessairement partie de notre économie. Ils font leurs heures. Ils dorment la nuit.

Où se trouvent les visionnaires, alors ? Sont-ils tous la proie de la drogue et du découragement ?

Les portes de l'ascenseur s'ouvrent dans un grondement. Peter pénètre à l'intérieur.

« À demain midi, donc, dit-il.

— Oui. À demain. »

L'ascenseur redescend au rez-de-chaussée en gémissant.

Peter sent ses boyaux se soulever. Merde, il ne va quand même pas être malade *à nouveau* ? Il s'appuie contre la paroi grisâtre de l'ascenseur pour garder son équilibre. Et il pense soudain, subitement, à Matthew, aujourd'hui réduit à un tas d'os et de lambeaux de linceul sous le sol gelé de Milwaukee (en avril, c'est encore l'hiver là-bas). C'est injuste, vraiment, tous ces jeunes hommes et ces jeunes femmes qui s'en tirent tant bien que mal mais sont en vie, oui, en vie, alors que Matthew était (d'accord, était *peut-être*) plus beau et plus intelligent et plus doué qu'aucun d'entre eux ; Matthew, que son charme et sa grâce n'ont pas sauvé mais (terrible pensée) au contraire ont contribué à annihiler ; Matthew, mis au tombeau à un millier de kilomètres de Daniel (où que Daniel soit enterré, ce doit être quelque part sur la côte Est), qui s'est révélé le véritable et durable amour de Matthew, sa Béatrice (est-ce pour cette raison que Peter a tenu à ce prénom ?) ; deux jeunes gens effacés de la surface de la terre alors qu'ils étaient encore inachevés, à l'état naissant. Et qui sait ce que signifie, s'il existe une signification, que Peter ne supporte pas ce rien à quoi la vie de Matthew a abouti, qui sait si cela explique son besoin de participer, s'il le peut, à la création de quelque chose de merveilleux, de durable, qui montrera au monde (pauvre monde oublieux) que l'évanescence n'est pas tout ; qu'un jour quelqu'un (un archéologue d'une autre planète ?) devra savoir que nos luttes et nos attraits ont été réels, que nous avons été aimés, que nous avons compté non seulement dans ce que nous avons laissé derrière nous mais dans notre chair orgueilleuse bien que périssable.

Rez-de-chaussée. Tu as survécu à l'ascenseur. Emporte ton estomac nauséeux avec toi et sors dans South Williamsburg, retourne à ton existence.

Rebecca retrouve Peter devant la porte ce soir-là, lui donne un baiser inhabituellement passionné.

« Comment ça s'est passé ? » demande Peter. Merde, il a oublié de l'appeler au cours de la journée. Mais elle ne l'a pas appelé non plus.

« Pas mal », répond-elle. Elle va à la cuisine tout en parlant, préparer leur habituel martini du soir. Elle porte encore sa tenue de ville. Elle avait fini par se décider pour la jupe couleur mine de plomb et le cachemire brun.

« Je crois qu'il va faire une offre, dit-elle. Je pense que nous allons l'accepter. »

Peter, comme toujours, commence à se déshabiller tout en déambulant dans le salon. Ôte ses chaussures, retire sa veste, la pose sur le dossier du canapé.

Minute !

« Mizzy est ici ? »

Elle laisse tomber les glaçons dans le shaker. Le bruit est agréable, réconfortant.

« Non. Il dîne avec une amie. Une fille qu'il a connue.

— Est-ce que nous devons nous en... inquiéter ?

— Nous nous inquiétons un peu pour tout. Il me semble plutôt bizarre en ce moment. »

Il recommence à se droguer, Rebecca. Peter Harris, dis à ta femme que son petit frère repique au truc. Dis-le maintenant.

« Plus bizarre que d'habitude ? demande-t-il.

— Je ne sais pas. » Elle verse la vodka dans le shaker et une quantité moyenne de vermouth. Récemment, ils ont forcé sur le vermouth – ils se sont mis aux véritables martinis des années 1950.

Elle dit : « Il m'a laissé un message sur ma boîte vocale, il prévient qu'il dîne avec une vieille copine et ne rentrera pas tard.

— Rien de suspect a priori.

— Je sais. Pourtant, je ne peux m'empêcher de penser, est-ce que "vieille copine" ne serait pas un nom de code ? Pour ce que tu sais. Mais il faut que j'arrête avec tout ça, tu ne crois pas ?

— Si, peut-être.

— Est-ce que j'étais pareille avec Bea ?

— Bea ne se droguait pas.

— En sommes-nous sûrs ? Je veux dire, comment l'aurions-nous su ?

— Bon, Bea est en vie et se porte bien.

— Bea est en vie. Je prie chaque jour pour qu'elle aille bien.

— Micux.

— Hum. »

Rebecca agite la glace et l'alcool, et, pendant un instant, elle est une déesse primitive qui s'affaire dans un relais routier perdu, elle aurait dû changer de tenue, mais regardez-la, regardez l'assurance masculine avec laquelle elle secoue ces cocktails, imaginez qu'elle pourrait vous entraîner dans l'arrière-salle d'un de ces bars et vous baiser sur les caisses de bière, avec une froide passion, un savoir-faire stupéfiant, et après que vous auriez joui tous les deux, se remettre aussitôt au travail en vous gratifiant d'une rapide œillade derrière le bar, et vous annoncer que le prochain est offert par la maison.

Elle verse les martinis dans des verres à pied. Peter vient chercher le sien dans la cuisine, tout en déboutonnant sa chemise.

« Tu sais ce qui m'exaspère vraiment à propos de Mizzy ? dit-elle.

— Quoi ?

— Que je te parle de lui depuis cinq minutes et que je ne t'ai rien raconté de mon affaire.

— Vas-y. »

Il prend un verre sur le comptoir. Ils trinquent, boivent une petite gorgée. Bon Dieu, c'est vraiment délicieux.

« Le plus important est que ce Jack Rath nous a fait bien meilleure impression au téléphone que ce à quoi nous nous attendions. C'est ridicule, je sais, mais je crois que nous nous imaginions tous qu'il aurait la voix de John Huston dans *Chinatown*.

— Au lieu de quoi il a donné l'impression...

— Au lieu de quoi il a donné l'impression d'être un homme intelligent et cultivé qui a vécu à New York, Londres et Zurich, et tu imagines, à *Jupiter*, et maintenant il est retourné à Billings, Montana, sa ville natale.

— Parce que...

— Parce que c'est un bel endroit, que les gens sont gentils et que sa mère se met à sortir dans la rue avec trois chapeaux sur la tête.

— Convaincant.

— Il *a paru* convaincant. Je dois me rappeler en permanence que la plupart des gens mentent toujours.
— Sait-on pourquoi il veut acheter la revue ?
— Il veut que Billlings devienne un centre artistique éloigné mais plausible. Comme Marfa, au Texas. »
Oh ! Oh !

« Donc, dit Peter, laisse-moi deviner. Il veut transférer la société à Billings.
— *Non.* Cela n'a pas été évoqué. Je suis sûre qu'il sait que ce serait impossible. Non. Il nous maintient en vie et, en échange, demande à être conseillé en matière de culture et bon, tu sais. Que nous l'aidions à lancer quelque chose. »

Elle le regarde d'un air inquiet, boit une gorgée. *Peter, ne commence pas à jouer les rabat-joie.*

« Que veut-il que tu l'aides à lancer ?
— Eh bien, voilà toute la question, non ? » Elle est patiente, calme. Et, bien sûr, elle s'y prend avec précaution avec lui, car elle sait ce qu'il pense de l'idée de « lancer quelque chose de culturel » à Billings ou ailleurs, de tous ces calculs, de ce relent du monde de l'entreprise. Ce « Quelque Chose de Culturel » ne devrait-il pas démarrer de lui-même ?

Mais Rebecca ne cherche pas le conflit, pas maintenant, pas ce soir.

Elle dit : « Ce ne peut être ni un festival du film, ni une biennale, ni rien de semblable. C'est un défi intéressant. Nous avons tous décidé de considérer cela comme un défi intéressant. »

Peter rit et elle l'imite, ils boivent une gorgée de martini.

Elle ajoute : « C'est un prix à payer plutôt raisonnable. Tu ne trouves pas ?

— Si.
— Est-ce que tu es allé voir l'atelier de ce garçon ?
— Oui. C'est du bon travail.
— Bon ?
— Faisons-nous livrer quelque chose. Je meurs de faim.
— Chinois ou thaï ?
— Tu choisis.
— D'accord, chinois.
— Pourquoi pas thaï ?
— Va te faire voir. »

Elle tape un numéro sur son portable, passe la commande habituelle. Poulet au gingembre, crevettes sauce haricots noirs, haricots verts frits, riz complet.

« Alors, dit-elle après avoir raccroché. Vraiment bon ?
— Non, non, mieux que ça. Des trucs étonnants. Ils ont une présence qui n'apparaît pas réellement sur les photos. »

Peter laisse tomber son pantalon, l'enjambe, le laisse en tas sur le sol. Il ramassera ses vêtements plus tard, il n'attend pas que sa femme s'en charge, mais il aime les jeter n'importe où, en attendant. C'est un homme sans inhibition à présent, en caleçon blanc (petite tache d'urine, à peine visible).

« Crois-tu que Carole Potter en achètera un ?
— Je ne serais pas surpris. Elle devrait le faire. Groff va voir sa cote monter pendant un bon moment, à mon avis.
— Peter ?
— Hum ?
— Non, rien.
— Ne dis pas ça. »

Elle boit lentement, s'arrête, prend son souffle, boit à nouveau. Cherche-t-elle ce qu'elle va dire ? Est-ce différent de ce qu'elle voulait dire ?

« J'ai toujours ce terrible pressentiment à propos de Mizzy, reprend-elle. Et j'ai peur d'abuser de ta patience. »

Parfois, quand elle parle de Mizzy, son vieil accent traînant de Virginie réapparaît.

« Je te préviendrai.

— C'est seulement... J'ignore si c'est un effet de mon imagination ou non. Mais je t'assure que j'ai eu la même impression que le jour où... il a eu son accident. »

Vous, les Taylor. Vous ne vous débarrasserez donc jamais du mot « accident » ?

« Quel genre d'impression ? demande Peter.

— Une impression. Ne me demande pas de te faire le coup de *l'intuition féminine*.

— Raconte. Je suis curieux. C'est mon côté scientifique.

— Hum. Tu sais, Mizzy a toujours eu cet *air* quand il s'apprête à mettre à exécution ce qu'il prend pour une bonne idée alors que tout le monde sait qu'il s'agit d'une très, très mauvaise idée. C'est difficile à décrire. Presque comme ces auras que perçoivent les migraineux. J'en vois une autour de lui.

— Et tu la vois en ce moment ?

— Il me semble. Oui. »

Peter connaît la litanie par cœur.

Mizzy qui part seul pour Paris à l'âge de seize ans parce qu'il fallait qu'il rencontre Derrida. Mizzy qui se met à l'héroïne peu après avoir été rapatrié de Paris, puis abandonne la cure de désintoxication pour aller à New York faire Dieu sait quoi. Mizzy, après un an à

Manhattan, récupéré et admis en troisième année (qu'il redouble) et dernière année à Exeter, où il devient soudain un étudiant modèle, avant d'intégrer Yale, où il continue à réussir brillamment pendant les deux premières années avant, sans prévenir, de quitter l'université pour aller travailler dans une ferme dans l'Oregon. Mizzy de retour à Yale et retombé dans la drogue, du crack cette fois. Mizzy qui a un « accident » dans la Honda Civic de son ami. Mizzy mal dans sa peau à Yale, refusant de passer son diplôme. Mizzy faisant à pied le pèlerinage de Saint-Jacques-de-Compostelle. Mizzy de retour à Richmond, occupant son ancienne chambre pendant cinq mois. Mizzy qui renonce au crack (dit-il). Qui part pour le Japon, méditer devant cinq pierres.

Mizzy qui a eu dès l'âge de douze ans des histoires d'amour avec des célébrités (sans compter les autres) : une fille drôle et turbulente, sosie de Charlotte Gainsbourg, qui était en première au lycée quand Mizzy était en troisième ; l'étrange et brève période d'immense popularité à Exeter, durant laquelle il est sorti avec l'héritière la plus jolie et la plus conventionnelle qu'on puisse imaginer et fut élu président de sa classe ; la jeune fille noire de Yale qui détient à présent, dit-on, un poste important dans le gouvernement Obama ; la liaison (supposée) avec un jeune professeur de littérature suivie d'une deuxième (plus vraisemblable) avec un garçon studieux, amateur de motos, étudiant en lettres classiques ; la superbe Mexicaine de Mazatlán qui parlait à peine anglais et qui (autre rumeur) brisa le cœur de Mizzy comme personne avant ou après elle ; la période de célibat hautement proclamée quand il réintégra Yale (et qui donc devient accro au crack et reste célibataire ?) ; l'élégante poétesse sud-américaine qui dépassait sans doute la quarantaine qu'elle avouait ; la fille inexplicablement insipide et joyeuse, suivie, non sans logique, par le jeune et beau psychopathe anglais qui tenta de mettre le feu à la maison et parvint à carboniser la partie est de la galerie... C'est tout ce que savent Rebecca et Peter. Ils ne peuvent dire s'il y en a eu beaucoup d'autres.

Et maintenant Mizzy loge chez eux, et il est sorti ce soir avec une amie qu'ils ne connaissent pas.

« Que faut-il faire ? » demande Peter à Rebecca.

Elle termine son martini. « En plus de ce que nous *faisons* ? Dis-le-moi. »

Perçoit-il une pointe d'agacement ? Peut-on accuser Peter du comportement incontrôlable de Mizzy ?

« Pas la moindre idée.

— J'aimerais croire qu'il est sérieux quand il parle de travailler dans le monde de l'art. Veux-tu me faire plaisir ?

— Bien sûr.

— Pourrais-tu l'emmener demain avec toi chez Carole Potter ?

— Oui, si tu veux.

— Je le connais. Il peut traîner ici pendant des semaines, à raconter qu'il a envie de faire quelque chose dans le domaine de l'art et, sans qu'on n'ait rien vu venir, il va rencontrer un type qui rassemble un équipage afin de partir pour la Martinique. Ce serait peut-être utile que tu lui montres la réalité du milieu artistique.

— La vente d'un objet de grand prix à quelqu'un de très riche serait instructive, c'est certain.

— Je me dis que moins il a d'illusions, mieux ce sera. S'il déteste ce qu'il va voir demain, je pourrais l'amener à s'intéresser à autre chose. Je veux dire par là, à autre chose qu'un truc farfelu.

— Je n'arrive pas à croire que tu qualifies ça de "truc farfelu".

— Je me mets à ressembler à Lucy Ricardo, tu sais, l'héroïne de *I Love Lucy*, je n'y peux rien.

— Je ne vois pas pourquoi Carole Potter ne plairait pas à Mizzy.

— Ce serait une bonne chose. Bon, je vais me servir un autre martini. Et toi ?

— Bien sûr. »

Rebecca prépare leur deuxième cocktail. Peut-être en prendront-ils un troisième. Peut-être ont-ils besoin de se saouler ce soir, parce que leur existence est un peu trop compliquée et qu'ils savent tous deux que Mizzy peut être sorti à la recherche d'une petite mort ou d'autre chose.

« Rebecca ?

— Hum ?

— Ai-je vraiment tout raté avec Bea ?

— Bea n'était pas une enfant facile. Tu le sais comme moi.

— Ce n'est pas la question.

— Non. Tu t'es montré à la hauteur. Tu la bordais dans son lit le soir.

— Autant que je m'en souvienne. »

Elle lui sert un autre verre.

« Tu as fait de ton mieux. Ne te torture pas trop, veux-tu ?

— Ai-je été trop sévère avec elle ?

— Non. Bon, tu lui as peut-être demandé plus qu'elle ne pouvait donner.

— Je ne me le rappelle pas. »

Pourquoi Rebecca et Bea sont-elles à ce point déterminées à faire de lui la cause de tout ce qui a mal tourné ?

« Elle m'en veut à moi aussi, tu sais. Parce que j'étais parfois en retard lorsque j'allais la chercher à l'école. Moi qui m'étonnais déjà d'être capable de venir la chercher.

— Pouvons-nous sans lâcheté imaginer qu'elle traverse une phase de son existence ?

— C'est ce que je pense. Mais nous nous inquiétons quand même.

— Oui.

— Bon, dit-elle, je suis franchement fatiguée de m'inquiéter pour cette jeunesse rebelle. »

Non, tu ne te sens pas fatiguée. Tu n'en as pas assez de t'inquiéter pour Mizzy. Mizzy est – sans aucun doute – un cas plus grave. Tu es, nous sommes tous les deux épuisés par notre fille. Nous pouvons, toi et moi, au moins identifier les problèmes de Mizzy, nous pouvons les comprendre. La détermination de Bea à mener une vie aussi étriquée, à porter un uniforme d'employée d'hôtel et à habiter avec une fille bizarre et plus âgée qu'elle qui semble flotter dans l'existence et n'avoir aucun copain d'aucune sorte... C'est plus difficile, non ? Quand elle ne raconte jamais rien d'autre que des platitudes.

« Parlons de Mizzy.

— Hmm. »

Elle s'attend à ce qu'il lui dise quoi ? Il voudrait lui déballer toute l'histoire, encore que *toute l'histoire* serait pour partie liée à son sentiment qu'elle et ses sœurs, en toute bonne foi, sont en train de foutre en l'air Mizzy, à force de vouloir le sauver en le normalisant, et que... bordel... non, bien sûr il ne devrait pas se remettre à la drogue mais il ne devrait pas redevenir raisonnable non plus ; il ne devrait pas *s'investir* dans quelque chose de « prometteur ». Je sais bien qu'il y trouverait plus de sécurité, mais la « sécurité » est-elle ce qu'il peut attendre de mieux de ce monde ? Bea est en sécurité, à sa façon, Mizzy est – peut-être, qui sait ? – un de ces rares êtres assez audacieux, intelligents et complexes pour que les obscurs Pouvoirs Établis lui ménagent une existence qui ne le réduise pas à l'ombre de lui-même.

Et alors, Peter va-t-il suggérer à sa femme qu'on devrait laisser son petit frère bien-aimé continuer à se shooter ? Ça pourrait marcher.

« Rien, dit Peter. C'est une bonne idée d'emmener Mizzy. Carole va l'adorer, elle a un faible pour les jeunes mecs beaux et intelligents.

— Elle n'est pas la seule. »

Elle verse une poignée de glaçons dans le shaker.

Donc, tout est clair pour Peter. Il ne va pas jouer le rôle de l'adulte responsable. Il ne va pas dire à Rebecca que ses craintes sont fondées, au moins jusqu'à un certain point.

Rebecca, pardonne-moi, si tu le peux. Je suis submergé par la culpabilité. À en mourir.

Peter est couché mais il ne dort pas quand Mizzy rentre. Il est deux heures quarante-trois. Ni tôt ni tard pour les jeunes New-Yorkais. Il écoute les pas assourdis, prudents de Mizzy qui traverse le loft jusqu'à sa chambre.

Où étais-tu ?

Avec qui ?

Marches-tu sur la pointe des pieds pour ne pas nous réveiller ou parce que tu es défoncé ? Poses-tu avec émerveillement un pied l'un après l'autre sur un plancher électrifié et fluorescent ?

Mizzy pénètre dans sa chambre. Avant de se déshabiller et de se mettre au lit, il se met à parler, assez bas pour qu'on ne distingue pas ses paroles. Peter imagine un instant qu'il a ramené quelqu'un avec lui, mais non, il est seulement en train de téléphoner sur son portable. Sa voix monte et descend, pourtant, même à travers les fines cloisons, Peter n'entend pas ce qu'il dit. Il appelle quelqu'un à... deux heures cinquante-huit du matin.

Peter se sent mortifié. Qui est-ce, Mizzy, ton dealer ? Es-tu en manque ? Vas-tu le retrouver au coin de la rue dans vingt minutes ? Ou s'agit-il d'une fille que tu as baisée, que tu essayes de consoler après l'avoir laissée seule dans son lit ?

Bon, d'accord. Il préférerait que ce soit un dealer. Il ne veut pas que Mizzy sorte avec une fille, quelle qu'elle soit. Il ne le veut pas parce qu'il désire Mizzy pour lui seul, de la même manière qu'il a envie de posséder une œuvre d'art. Il veut pour lui sa putain de lucidité, son pouvoir d'autodestruction, il veut qu'il *soit* là, entièrement là, et qu'il n'aille pas se gâcher auprès de n'importe qui, certainement pas avec une fille capable de lui donner ce que Peter ne peut pas donner. Mizzy est en train de devenir – Peter n'est pas stupide, il est fou mais pas stupide – son œuvre d'art préférée, une pièce de l'Art Performance si vous préférez, et Peter veut l'avoir dans sa collection, il veut devenir son maître et son confident (souviens-toi, Mizzy, je peux tirer la sonnette d'alarme à tout moment), Peter ne souhaite pas qu'il meure (certes pas), mais il veut l'exposer, il veut être son unique... son unique. Ça suffit.

Matthew gît dans une tombe dans le Wisconsin. Bea est vraisemblablement occupée à préparer un cocktail pour quelque homme d'affaires qui la mate.

Il vaut mieux avaler deux pilules bleues cette nuit.

Poules de concours

LE TRAIN QUI RELIE LA GARE DE GRAND CENTRAL à Greenwich traverse un magma de banlieues qu'on aimerait cacher à un extraterrestre en visite. Regardez plutôt dans cette direction, voici le jardin du Luxembourg, et laissez-moi vous montrer une petite construction que nous appelons la Mosquée bleue. Ne prêtez pas attention aux alentours de la ville de New York : les palissades coiffées de rouleaux de barbelés qui protègent des usines plus ou moins en faillite, les tristes monolithes de brique des habitations bon marché, les petits espaces verts épars remplis de détritus dans le seul but, semble-t-il, de démontrer la fragilité de la nature face à la négligence des hommes. Les yeux du Dr T. J. Eckleburg[1] ne seraient pas totalement déplacés ici.

Assis en face de Peter, Mizzy regarde défiler le triste paysage urbain. *La Montagne magique* repose ouverte sur ses genoux, sans qu'il lise. Les Taylor ont le don de paraître imperturbables. Ce ne sont pas des bavards compulsifs. Les Harris, en revanche, ont toujours été des discoureurs impénitents, non par souci d'information

---

1. Les yeux désincarnés d'une publicité géante pour lunettes, symbole du désenchantement dans *Gatsby le Magnifique*.

ou de distraction, mais parce que laisser s'établir un silence prolongé risquait de provoquer chez eux un malentendu sans fin, une quiétude figée qu'ils étaient incapables de rompre car ils n'avaient jamais eu et n'auraient jamais de sujet à partager d'une importance suffisante pour les rapprocher (aucun, en tout cas, que ses parents puissent supporter d'aborder), si bien qu'ils surfaient ensemble sur un flot toujours renouvelé de remarques et d'opinions, de dénigrements en règle *(Je n'ai jamais fait confiance à ce type)* et d'enthousiasmes ordinaires *(Je sais que la cuisine chinoise est dégoûtante, mais je m'en fiche)*. En matière de conversation, la mère de Peter était championne, à sa façon. Elle s'arrangeait pour se plaindre continuellement sans jamais paraître futile ou grincheuse. Elle se montrait royale plutôt que hargneuse, elle avait été envoyée d'un monde meilleur pour vivre ici-bas et évitait de tomber dans l'amertume en faisant preuve de résignation au lieu d'aigreur – se prétendant, à chaque heure de sa vie, opposée pratiquement à tout et à tous, agissant ainsi parce qu'elle régnait sur une sorte d'utopie, et sachant par expérience que nous pourrions tous mieux faire. Elle aurait aimé par-dessus tout vivre sous l'autorité d'un dictateur bienveillant en tout point semblable à elle sans être elle – si elle avait le pouvoir, elle aurait renoncé à son droit de protester, mais sans lui que serait-elle ?

Le père de Peter était aux petits soins pour sa femme. Il vantait sa beauté et sa sensibilité, saisissait sa main et grignotait le bout de ses doigts comme un singe, épluchait le *TV Guide* à la recherche des films anciens dont il la savait friande et s'arrangeait pour l'emmener dîner une fois par semaine dans un « bon » restaurant, même lorsque l'argent manquait. Arrivés à l'âge mûr, ils étaient devenus un couple mystérieux, un de ces couples « qu'est-ce qu'il peut bien faire avec *elle* » (la beauté de son père s'était affirmée, celle de sa mère commençait à se faner), mais Peter savait qu'ils retrouvaient en vieillissant ce qui avait été jadis un flirt classique de jeunesse : elle était une jeune fille ravissante difficile à satisfaire, et lui un beau garçon efflanqué qui l'avait davantage adorée que la cohorte de ses rivaux.

Oui, lecteur, elle l'avait épousé.

Ce n'était sans doute pas un mauvais mariage, ni un bon pour autant. Elle incarnait trop visiblement le trophée, et lui le suppliant reconnaissant.

Et ainsi s'était établi entre eux un dialogue ininterrompu souvent acerbe, un roulement sous-jacent qui leur rappelait qu'ils étaient mariés, qu'ils avaient deux fils, une vie, des préparatifs à faire, des désastres à éviter et un monde à interpréter, signe après signe, symbole après symbole, l'un pour l'autre, et qu'à ce point rester ensemble représentait un destin moins cruel que d'essayer, chacun de son côté, de vivre seul.

Les Taylor de Richmond n'avaient aucun problème de conversation, mais pour une autre raison, cachée. Rien n'était remis à plus tard ni dissimulé. Cette absence fondamentale de nervosité semblait avoir laissé sa marque sur les quatre enfants, en ce sens qu'ils avaient chacun des personnalités différentes mais qu'aucun ne manquait d'assurance. Mizzy la détient par excellence, cette caractéristique des Taylor d'occuper l'espace sans la moindre gêne. Il s'agit moins d'orgueil que d'une simple confiance en soi, que sa rareté dans la population au sens large rend *extra*ordinaire. Regardez-le, avec son livre ouvert sur ses genoux, le regard fixé sur le paysage, l'air calme mais pas distant, semblable à un prince sûr de son droit d'être où il se trouve, et si quelqu'un doit vous procurer amusement et distraction, ce n'est certes pas lui.

Peter dit : « Difficile de croire que nous sommes à une demi-heure de l'endroit où habitait Cheever. »

Mizzy répond : « C'est sans doute le train qu'il prenait pour aller à New York.

— Probablement. Tu es un fan de Cheever ?

— Hum. »

Cela pourrait passer pour un oui, et à l'évidence il n'y a pas grand-chose d'autre à dire sur le sujet. Mizzy continue d'observer le désastre défiler sous leurs yeux, et Peter se demande s'il n'est pas tant absorbé par la vue qu'en train d'exposer, à l'intention de Peter, ce profil à la mâchoire volontaire et au nez romain. Il a, en gros, trois ans de plus que Bea ? Il pourrait en avoir trente de plus.

Bea – fille paumée, paquet d'hostilité ressassée, ongles rongés, enveloppée de ce grand pull péruvien miteux qui permet de survivre dans ton appartement à peine chauffé –, toi et moi savons que tu me hais en partie parce que tu es persuadée que je t'ai fait croire que tu n'étais pas assez jolie. Nous n'en avons jamais parlé, pas entre nous, non, mais nous le savons tous les deux, n'est-ce pas ? J'ai fait mon possible, mais c'est vrai, je faisais la grimace à la vue des collants jaunes que tu adorais à l'âge de quatre ans et je manquais d'enthousiasme pour la chambre à coucher blanc et or dont tu avais envie à sept ans, et, oui, je désapprouvais ce collier d'argent pseudo-Art nouveau acheté dans une foire artisanale avec tes économies, ton premier geste d'autonomie. Je me détournais de ce que tu aimais et, même si je n'ai jamais rien dit – j'ai essayé de ne pas être un monstre, j'ai sincèrement essayé –, il y avait cette fichue télépathie entre nous, et tu devinais toujours. Et plus tard, quand tes hanches se sont élargies et que ton visage s'est couvert de boutons, et que, je le jure, je le *jure*, je ne t'en aimais pas moins à cause de ta gaucherie adolescente, il était trop tard alors, j'avais cette réputation, et il n'y avait rien que je puisse donner, ni marques d'attention, ni preuves d'amour assez convaincantes. Si j'avais haï les collants jaune pisseux et le lit de princesse à baldaquin blanc, comment aurais-je pu aimer sans arrière-pensée la jeune fille que tu étais devenue, avec ses cheveux frisés et son corps qui avait soudain, à la puberté, activé une séquence d'ADN jusqu'alors assoupie (*la mienne*, ce n'est pas ta mère qui descend de filles de ferme et de bûcherons), impliquant avec une terrible irrévocabilité : une silhouette massive, sans grâce, de gros seins de femme et des hanches faites pour la maternité, bien avant ton quatorzième anniversaire. Tes parents sont minces et séduisants, et pas toi, à cause d'un caprice de la génétique.

Avec moi, tu as l'impression d'être laide. Le seul fait de me parler au téléphone représente une épreuve.

« Est-ce que tu aimes Thomas Mann ? » demande Peter à Mizzy. En véritable Harris, il ne peut supporter un trop long silence. Il a peur de disparaître.

« Je l'adore. Bon, "adorer" n'est peut-être pas le mot qui convient pour Mann. Je l'admire.

— Tu lis *La Montagne magique* pour la première fois ?

— Oui et non. Il y a tous ces livres que j'ai lus en à peine cinq heures au collège, juste pour me tenir au courant. Je les reprends et les lis maintenant pour de bon. »

Peter dit : « Je n'aurais jamais obtenu mes diplômes sans le café et les amphètes. »

Et alors, enfin, Mizzy se détourne de la fenêtre et regarde Peter. Tous deux s'interrogent en silence. Pour quelle raison Peter a-t-il fait cette déclaration ? Est-il en train de réitérer son serment de garder le secret de Mizzy ? Ou essaie-t-il juste d'avoir l'air cool ?

Rappelez-vous le vieil homme fardé et emperruqué que Peter a vu l'autre soir sur la Huitième Avenue. Rappelez-vous Aschenbach lui-même, fardé et teint, mort sur un transat tandis que Tadzio marche au bord de l'eau.

Non. C'est ma vie, pas *Mort dans cette foutue Venise* (étrange, toutefois, que Mizzy ait emporté Thomas Mann pour ce voyage). Oui, je suis un vieux type qui éprouve une certaine attirance pour un homme plus jeune, mais Mizzy n'est pas un enfant comme l'était Tadzio, et je ne vis pas dans la même obsession qu'Aschenbach (n'ai-je pas il y a quelques jours refusé que Bobby me teigne les cheveux ?).

Peter ajoute, sans conviction : « C'était à l'université, bien entendu.

— Tu vas lui dire, n'est-ce pas ? demande Mizzy.

— Qu'est-ce qui te fait penser ça ?

— C'est ta femme.

— Les gens mariés ne se racontent pas tout.

— Il ne s'agit pas d'une question ordinaire. Le sujet la rend hystérique.

— Voilà la principale raison pour laquelle je ne lui en ai pas encore parlé.

— Encore ?

— Si je n'ai rien dit jusque-là, il paraît très probable que je ne lui raconterai rien. Pourquoi es-tu tellement à cran sur ce sujet ? »

Mizzy émet un de ces faibles soupirs de baryton qui rappelle Matthew de manière indéniable.

Il dit : « Je ne supporte pas d'avoir toute ma famille sur le dos en ce moment. Je ne peux pas. Ils pensent que ce serait la bonne solution, ils ne me veulent que du bien mais en réalité j'ai peur que cela ne me tue.

— C'est théâtral. »

Un long regard noir. Un effet de l'habitude ?

« À vrai dire, je me sens un peu théâtral. »

L'habitude. Sans nul doute. Mais efficace.

« Vraiment ? »

Merci, monsieur l'Incrédule.

Mizzy éclate de rire. Il possède ce don de ne pas se prendre au sérieux — il ressemble à un personnage de bande dessinée qui tombe d'une falaise et fait une demi-douzaine de mouvements dans le vide avant de s'arrêter, de jeter un coup d'œil en bas, de regarder l'assistance avec une expression contrite et de poursuivre sa chute. Il dit quelque chose de solennel, puis rit de lui-même. Cela facilite aussi les choses que son sourire soit ce qu'il est, et que son rire ait cette tonalité profonde d'instrument à vent, *Ho-ho-ho-ho-ho*, un rire plus rauque que sa voix habituelle, plus riche, comme s'il émanait du tréfonds d'un humour qui serait, qui pourrait être sa nature la plus vraie. Comme si toute cette comédie du jeune homme torturé était un canular, et que le véritable et intime Mizzy trouvait toute l'entreprise désopilante. Comme si le véritable Mizzy arborait des sabots de bouc, portait des cornes et jouait de la flûte de Pan.

« Oui », fait-il en riant, ce qui n'est pas la réponse à laquelle Peter s'attendait. Mais il a le bon sens, pour une fois, de garder le silence.

« Je suis mal barré », dit Mizzy. Il ne rit plus, mais conserve un sourire contrit qui confère une gravité nouvelle, une véracité, à ses paroles.

« Je suis un peu fêlé, poursuit-il. Tu le sais. Tout le monde le sait. Le problème... »

Il regarde par la fenêtre comme s'il cherchait un point de repère. Il se tourne à nouveau vers Peter.

« Le problème est que ça empire. Je m'en rends compte. Tout a pris un très mauvais tour au Japon. C'est comme un virus. Pas tant dans ma tête que dans mon corps, comme si j'avais de la fièvre ou je ne sais quoi, comme si j'avais attrapé une sorte de grippe qui rend nerveux au lieu de fatiguer. Et tu sais, ce que personne ne comprend, ce qu'aucun de ceux qui m'aiment sincèrement ne comprend, c'est que en ce moment précis je sais ce dont j'ai besoin mieux que personne d'autre. Non que je me désintéresse de leur point de vue. De ma famille et des autres. Mais si je les laisse faire, j'ai peur qu'ils ne me tuent. Avec les meilleures intentions du monde.

— Puis-je être franc avec toi ? demande Peter.

— Absolument.

— Ce sont des propos délirants. Le discours d'un toxico. »

À nouveau, le même rire bas mélodieux.

« C'est ce que tout le monde pense, excepté le toxico lui-même, répond Mizzy. Puis-je *te* dire quelque chose ?

— Absolument.

— Chaque fois que j'ai réussi, je veux dire chaque fois que j'ai été un type brillant, j'étais drogué. Quand j'étudiais à Exeter et à Yale. J'ai alors l'esprit clair, concentré, compatissant et, sans me vanter, je suis sacrément intelligent. C'est quand je m'arrête que je décide de partir chercher des truffes avec une bande de camés dans l'Oregon.

— Et quelles sont ces drogues que te prescrirait un médecin ?

— Je les ai toutes essayées. Tu le sais, j'imagine ?

— Oui, plus ou moins.

— Tu ne crois pas que j'aimerais avoir une ordonnance qui me transformerait pour toujours en un Ethan parfait ? »

Comment peut-il être aussi persuasif et si peu crédible ? Que lui dire à présent ?

Peter demande : « Tu as essayé pour de bon ? »

Mauvaise question. Il le voit à la façon dont le visage de Mizzy se voile – comme une lumière soudaine qui s'estompe.

« Je me fais peut-être des illusions », dit Mizzy. Sa voix est plus neutre à présent, plus ordinaire. Il a pris un ton presque professionnel. « Mais je pense vraiment, sincèrement, je le sais au fond de moi, que je suis prêt à devenir adulte. Je veux avoir un vrai travail, un appartement, une petite amie attitrée. La seule chose, c'est que j'ai besoin d'y parvenir par le moyen que je sais efficace pour moi. Si Becka, Julie et Rose commencent à s'en mêler et m'inscrivent dans un centre de désintoxication, je suis certain de replonger à nouveau. Au passage, ces cliniques sont abominables. Peut-être en existe-t-il de plus acceptables pour les gens riches, mais celles où la famille a les moyens de m'envoyer sont... sont à fuir.

— Donc, tu crois...

— ... je crois que je suis prêt comme je ne l'ai jamais été à mener une vie normale, et il suffit de me laisser m'en occuper à ma manière. »

Est-ce qu'il ment ? Se berce-t-il d'illusions ? Est-il possible qu'il ait raison, et que nous soyons tous dans l'erreur ?

Ils descendent à Greenwich, et voici Gus le chauffeur, la trentaine, le regard fiévreux, un garçon originaire d'une petite ville (présume Peter), d'un de ces villages du Connecticut qui fournissent à l'aristocratie locale, mettons, des gens comme Gus. Le monde est plein de Gus – des garçons et des filles à l'aspect agréable qui ont hérité des meilleures caractéristiques génétiques de leurs parents, grands-parents et arrière-grands-parents, qui n'ont ni bien ni mal réussi au fil des générations, qui ont engendré ces gosses convenables et leur ont donné assez pour survivre sur cette planète mais pas plus : pas de beauté spectaculaire, ni d'intelligence hors du commun, ni d'ambition royale, irrésistible.

N'est-ce pas le rôle de l'art de distinguer ces gens, de les anoblir ? Voyez Olympia. Une fille des rues devenue déesse.

Et aujourd'hui, debout près de la BMW bleu marine des Potter, voici Gus, le teint rougeaud, les oreilles décollées, souriant, forcément sympathique. Carole n'a-t-elle pas dit qu'il était fiancé à ce qu'elle a qualifié de « charmante fille du coin » ? D'accord, la mention « du coin » est signe de condescendance. Mais en même temps il faut dire que les Potter paient leurs employés davantage que le veut la coutume, qu'ils leur donnent des congés corrects et ne leur demandent pas de travailler trop dur ni trop longtemps sans une rétribution supplémentaire. Les Potter sont du genre « nos employés font partie de la famille », ce qui est grotesque dans un certain sens, mais, à la vérité, comment peut-on avoir des employés et ne pas se comporter d'une façon quelque peu ridicule ?

« Bienvenue, monsieur Harris, dit Gus en s'avançant vers eux, sa grosse main rougeaude tendue.

— Merci, Gus. Je vous présente Ethan. »

Gus serre la main de Peter, puis celle de Mizzy, dit : « Bienvenue, bienvenue », et pivote sur ses talons pour ouvrir les portières arrière de la BMW à l'intention de Peter et de Mizzy. Gus le chauffeur, sur le point d'épouser une charmante fille du coin. Gus le chauffeur est partout mais n'apparaît nulle part, sur aucun portrait, sur aucune photo, pas même dans des histoires d'écrivains tels que Barthelme ou Carver, qui s'intéressaient essentiellement à des types comme Gus, avec le même genre de boulot et d'avenir que Gus, mais insistaient davantage sur la tristesse, sur l'angoisse, plus que n'en manifeste Gus. Si Gus pleure parfois sans raison, s'il est saisi de désespoir dans l'allée d'un supermarché, rien n'en transparaît dans son comportement quotidien. Et Peter a la conviction qu'il n'est tout simplement pas ce genre de type, ce qui ne signifie pas qu'il manque d'âme ou de profondeur, mais qu'il faudrait lui faire subir une opération chirurgicale majeure pour pénétrer dans la peau de ce garçon heureux, de ce brave type satisfait de son travail, qui aime sa voiture, son appartement et les loisirs qui occupent ses week-ends, qui prend déjà du poids, abandonnant sans visible regret la grâce de la jeunesse (à son arrivée chez les Potter, cinq ans auparavant, il ressemblait à un jeune valet de ferme) parce qu'il a pris du bon temps, que faire d'autre, et qu'à trente ans, qui n'est pas vraiment un âge désespéré, il s'apprête à épouser une charmante fille du coin.

Gus les conduit à travers les rues verdoyantes et prospères de Greenwich. Ah, Greenwich, Connecticut, typique du *raisonnablement* riche ! Rues bordées d'arbres qui exposent leurs demeures victoriennes ornementées, symboles du classicisme américain, entretenues comme les pièces de musée qu'elles sont, et plus loin, hors de la vue du public, les vastes édifices de pierre et de bois, discrètement retranchés derrière des grilles et des haies, en grande partie invisibles hormis un avant-toit par-ci, une cheminée par-là. L'argent n'y hausse pas le ton, rien de comparable aux Hampton ou aux Hills, et même s'il s'agit d'une pose, elle est plus plaisante, du moins pour Peter, et donne l'impression, en tout cas à ses yeux, que Greenwich bénéficie moins d'un énorme et détestable privilège que d'une réalité améliorée. À Greenwich, vous vous êtes simplement glissé dans une dimension parallèle dans laquelle les gens réussissent mieux, et personne ici ne s'en étonne. Faire fortune ? Qu'y a-t-il de si difficile ?

La voiture gravit la butte sur laquelle est construite la maison des Potter. Les Potter sont riches, même à l'échelle de Greenwich, mais pas richissimes, pas riches avec avion privé, pas riches avec cinq résidences, et par conséquent leur maison se trouve à l'écart mais en partie cachée – on voit plus de la moitié de la façade nord depuis la rue.

Ce n'est pas la maison de Gatsby, c'est celle de Daisy Buchanan, la source de la lumière verte que l'on aperçoit de l'autre côté de l'eau. Si Fitzgerald a décrit la maison de Daisy, Peter ne s'en souvient pas, mais il ne s'agissait visiblement *pas* de l'immense bâtisse flanquée de tourelles de Gatsby avec ses murs couverts de lierre. Que l'on se fie à Fitzgerald ou à l'imagination de Peter, celle que Tom avait achetée pour Daisy devait ressembler un tant soit peu à la maison des Potter, que Nathaniel Hawthorne aurait sans doute appréciée, grande, certes, mais ni un faux château, ni un monument en toc (comparée à tous ces monstres solennels et sépulcraux de Newport). C'est avant tout une vaste *maison* toute de pierre et d'avant-toits, sans plan précis, ceinte sur trois côtés de vérandas ; dessinée avec un esprit d'authenticité absolue, donnant l'impression d'avoir connu des ajouts divers au cours des années, quand en réalité elle a été entièrement construite, telle qu'elle est aujourd'hui, au milieu des années 1920. Dressée, paisible et nonchalante (toutes ces fenêtres à meneaux, les vastes ailes maternelles de ses avant-toits), sur sa mer miniature de pelouse impeccablement tondue, elle ne ressemble à rien autant qu'à une maison de repos, comme celle où l'on envoie Bette Davis dans... voyons, *Une femme cherche son destin* ou *Victoire sur la nuit* ? Quoi qu'il en soit, elle évoque le refuge mythique d'une millionnaire victime d'une dépression nerveuse, un sanctuaire parfait comme il n'y en a certainement plus aujourd'hui et probablement pas plus quand on tourna ce film joué par Bette Davis. A-t-il vraiment existé des endroits comme le sanatorium de *La Montagne magique* ? (C'est sans doute pourquoi Peter pense à une maison de repos à cet instant précis.)

Et ce n'est certainement pas dans ce genre d'établissement que l'on enverrait Mizzy pour une nouvelle cure de désintoxication. Il s'agirait plutôt d'un hôpital, avec un sol carrelé marron et des chaises bancales et tachées. Peter l'imagine sans mal. Qui pourrait de son plein gré décider d'y aller ?

Gus se gare et, Dieu merci, la camionnette de Tyler est déjà là. En se dirigeant vers l'entrée, suivi de Mizzy (Gus leur a ouvert les portières de la voiture et a disparu dans l'obscur univers qui est le sien), Peter jette un coup d'œil à travers la vitre arrière de la camionnette. Bon, très bien, il y a une caisse à l'intérieur, pourvu qu'elle contienne le Krim répudié, pourvu que Tyler et Branch soient en train d'installer le Groff en ce moment.

Svenka les accueille à la porte. C'est une femme d'une trentaine d'années, au visage large et à l'air étonné, avec quelque chose de distendu dans les traits (qui n'est pas dû à la chirurgie) ; comme la trace d'une malédiction jetée sur son berceau (*L'enfant deviendra trop grosse pour sa peau*). Dans le manoir anglais du XIXe siècle auquel cette maison prétend ressembler, Svenka serait la gouvernante, mais comme nous sommes dans l'Amérique du XXIe siècle, elle est... quoi ? intendante ou je ne sais quoi d'approchant, peu importe, elle fait marcher la maison, dirige le personnel (trois personnes durant la morte saison, sept en été), sait comment faire livrer au Darfour les fleurs qui conviennent, peut en vingt minutes organiser un vol en hélicoptère pour New York. Elle possède une maîtrise de gestion et a un bon salaire. Elle a confié un jour à Peter qu'elle était trop attachée à une existence tranquille pour s'accommoder de son travail de consultante en management (toujours dans les aéroports et les hôtels, aucune vie privée), prétend avec force que celui-ci n'est en aucune manière moins gratifiant que l'ancien. Pourtant, comme les Potter considèrent que leur personnel « fait partie de la famille », parce qu'ils approuvent les mariages avec de « charmantes filles du coin », Svenka accepte (ou est forcée d'accepter) d'aller ouvrir la porte s'il se trouve qu'elle en est proche à l'arrivée d'un visiteur. Dans d'autres demeures similaires, les Svenka, les Ivan et les Grisha (ce sont en général des Européens de l'Est avec une bonne éducation) ne daigneraient pas ouvrir la porte. C'est à une femme de chambre de le faire.

« Bonjouuur, Peter », dit-elle avec un sourire que Peter avait cru équivoque au début, mais qui, il a fini par le comprendre, n'était qu'une expression de complicité, car Svenka sait que Peter, même si Gus va le chercher à la gare, même s'il est invité à certains dîners, n'est en fait qu'un domestique, tout comme elle.

« Bonjour, Svenka. Je vous présente Ethan.
— Bonjouuur, Ethan. Entrez, je vous prie. »

Comme toute la maison des Porter, le hall d'entrée est un modèle en soi. Un meuble bas chinois laqué noir frappe immédiatement le regard. Peter ne s'y connaît guère en antiquités chinoises, mais pas besoin d'une longue formation pour voir qu'il s'agit d'une pièce ancienne, qui date d'une vénérable dynastie quelconque, et qui a coûté au minimum deux cent quarante mille dollars. Il supporte une paire de candélabres français en cuivre ou en bronze massif du début XXe, d'une riche patine sombre, et un vase de Roseville dépourvu de décor, de couleur crème, qui déborde en permanence de fleurs provenant du jardin de Carole – en ce moment, de gros gardénias blancs épanouis. Voilà comment la maison se présente : éclectique, mais d'un raffinement extrême, riche sans ornement exagéré, sans dorures, d'une beauté qui vous charmera si vous êtes ignorant en matière de meubles et d'art, mais vous éblouira et vous impressionnera si vous y connaissez quelque chose.

Tandis que Svenka les précède dans le salon, Peter jette un regard furtif à Mizzy, curieux de voir sa réaction, mais son visage ne trahit aucune surprise, et Peter se dit qu'au fond Mizzy a peut-être l'impression de se retrouver dans son monde – il y a probablement longtemps que ce seuil n'a pas été franchi par un être aussi exquis et bien fait que les objets qui sont à l'intérieur.

Pourtant, il s'interroge. Mizzy est-il impressionné ou rebuté par cette paisible splendeur ? Un certain dédain en révélerait bien sûr plus sur son caractère (vraiment, c'est très beau, ils passent devant le Ryman de l'entrée à présent, à gauche du meuble chinois, un des trophées des Potter, d'une perfection à vous couper le souffle, mais quand même, mais enfin, toute cette affectation, cette affectation épuisante), bien que Peter souhaite que Mizzy soit impressionné, au moins un peu – Mizzy, voilà mon univers, je traite régulièrement avec des gens qui ont beaucoup d'argent et de pouvoir, et si cela t'intéresse un tant soit peu, c'est que je t'intéresse aussi ; alors que si tu estimes tout ça plutôt ridicule... faut-il qu'il en soit de même pour moi ? Il ne s'agit que d'affaires après tout. Je peux toujours folâtrer au clair de lune, je peux toujours danser au son de la flûte.

Vient ensuite le salon des Potter.

Il s'agit d'une vaste pièce où l'on est invité à pénétrer au son des trompettes, peut-être du Bach – un air bref, mais parfait et impérissable à la manière de Bach. La *maison* tout entière respire la perfection, et pour cette raison semble un peu inquiétante, à l'exception de cette pièce, le salon, encore plus magnifique qu'il ne cherche à paraître, avec ses portes-fenêtres ouvrant sur un carré de pelouse bordé de buissons de roses (les vues sur Long Island Sound sont ailleurs), comme si la nature elle-même (disons ce que la nature offre de *mieux*) consistait en une série de pièces peu différentes de celle dans laquelle vous vous trouvez – des pièces de plein air aux tapis bleu-vert et aux plafonds de nuages peints par Michel-Ange, aux murs en fleurs d'un bruissant vert sombre. Et à l'intérieur, de l'autre côté des portes vitrées, répondent au jardin une paire de canapés de Jean-Michel Frank recouverts de velours gris sombre encadrant une table de Diego Giacometti digne d'un musée ; des lampes filiformes, d'autres plus massives et un miroir ancien au tain voilé dans un cadre de bois (pas doré, l'or est interdit ici) adossé, et non accroché, à l'austère dessus de cheminée de pierre ; et sur un des murs aveugles, le Grand Kahuna (la pièce maîtresse), l'Agnes Martin, qui domine le salon comme le dieu descendu sur terre qu'il est, satisfait, semble-t-il, par ces offrandes de canapés et de tables créés par des génies, par ces piles de livres, cette troupe de saints aux yeux de verre, ces vases japonais emplis de roses (jaunes pour le salon) et ces étagères pleines de collections variées (de la céramique Art déco, des statues dogon de bois sculpté, des tirelires anciennes de fonte) et cette énorme coupe d'ébène fraîchement remplie de kakis. Dans cette pièce, même en plein jour, vous avez l'impression que des flammes de bougies dansent au-delà de votre champ de vision. On y respire (véritablement, grâce à un brumisateur) un parfum de lavande.

« Je présume que mon équipe est arrivée, dit Peter.

— Oui, ils sont en train d'installer l'urne. »

Peter devine qu'elle désapprouve à une contraction du menton. Est-ce l'urne de Groff qui lui déplaît ou les œuvres d'art en général ? Ou – souviens-t'en – est-ce toi, Peter, qui as essayé de vendre (sans succès) pour une petite fortune à sa patronne une boule de goudron et de crin. Svenka, puis-je vraiment vous blâmer ?

« Je vais annoncer votre arrivée à Carole », dit-elle, et elle se retire.

« Belle pièce », fait Mizzy, après qu'elle est sortie. Est-il ironique ? Non. Peter a sans doute côtoyé pendant trop longtemps des virtuoses de l'ironie.

« Les Potter réussissent tout ce qu'ils entreprennent.

— Que font-ils, exactement ?

— En réalité, l'essentiel de leur travail, autant qu'on puisse le savoir, consiste à être les Potter. L'argent provient des machines à laver et des sèche-linge, mais Carole et son mari n'ont rien à voir là-dedans. Ils ne font qu'encaisser les chèques. »

Carole entre (mon Dieu, j'espère qu'elle n'a rien entendu), avec son habituelle brève mimique de confusion. Cela fait partie des rites, Peter l'a appris. Elle n'est jamais immédiatement disponible, même si le visiteur concerné est arrivé à l'heure précise du rendez-vous. Il est toujours introduit par Svenka, ou un membre quelconque de la famille, et doit patienter quelques minutes dans cette pièce spectaculaire avant que Carole apparaisse. (Combien de temps dans son existence Peter passe-t-il à attendre que quelqu'un fasse son apparition ?) Dans le cas de Carole, il en est ainsi, autant que le sache Peter, pour plusieurs raisons. Il y a le simple élément théâtral – et à présent, la dame de céans ! – et il faut montrer que Carole est très occupée, qu'elle peine à trouver le temps nécessaire même pour le plus attendu des invités.

« Bonjour, Peter, excusez-moi. J'étais dans le jardin à regarder vos hommes installer l'urne. »

Carole est une femme au teint clair piqué de taches de rousseur, affligée d'un perpétuel clignement d'yeux, qui donne l'impression d'avoir en permanence quelque chose de précieux dans la bouche, un petit galet rond de l'Himalaya, une perle, qui l'empêche de parler clairement mais qui prouve, en même temps, qu'elle a sacrifié avec joie une diction précise au profit du minuscule objet qui réside sur le dessus de sa langue. Elle est en général vêtue de blanc, comme aujourd'hui, porte des chemisiers en dentelle, vague réminiscence de Barbara Stanwyck, pas précisément ce à quoi on s'attendrait de la part de la propriétaire de ces œuvres d'art et de ces canapés.

Peter lui tend la main. « Je suis content qu'ils l'aient apportée. Qu'en pensez-vous ?

— Elle me plaît. Je crois que je pourrais l'aimer. »

Bingo !

« Carole, je vous présente mon beau-frère, Ethan. Il songe à entrer dans l'affaire familiale. Que Dieu lui vienne en aide !

— Ravie de vous rencontrer, Ethan. Merci de votre visite. »

Telle une reine, avec cette même feinte sincérité, Carole remercierait tous ceux qui viennent lui rendre visite, y compris le shah d'Iran. C'est ce qui se fait.

Mizzy dit : « J'espère que vous n'y voyez pas d'inconvénient. Je suis le mouvement, en réalité.

— Et Peter, déclare Carole, a voulu que vous fassiez la connaissance de l'une des dernières Américaines qui achète de temps en temps une œuvre d'art. Eh bien, voilà à quoi ressemble l'une d'entre elles. »

Elle pivote rapidement sur ses talons, se révélant des pieds à la tête. Elle peut se montrer charmante, aucun doute. Elle est chaussée de curieuses minibottes vertes, sans doute ses chaussures de jardinage.

« Super », dit Mizzy, et ils éclatent tous les deux d'un rire bref, auquel se joint Peter avec un instant de retard. Peter constate que Mizzy ne semble toujours pas intimidé. Carole est peut-être la reine en son royaume, mais Mizzy est un prince dans son propre pays, qui, même appauvri aujourd'hui, possède une riche et noble histoire.

« Voulez-vous boire quelque chose ? demande Carole. Café, thé, eau gazeuse ? »

Peter répond : « Peut-être un peu plus tard ? Je suis impatient de voir à quoi ressemble le Groff dans le jardin.

— Un homme chargé de mission. » A-t-elle lancé à Mizzy un clin d'œil complice ? « Allons-y. »

Rebroussant chemin, elle les entraîne vers la porte d'entrée, traverse l'allée pavée vers le jardin anglais, s'adresse en chemin à Mizzy et non à Peter. Est-elle polie ou sous le charme ? Les deux sans doute.

Elle se tourne vers Mizzy : « Je suis sûre que Peter vous a raconté que j'ai manqué de courage à l'égard de la dernière œuvre que je lui ai achetée. J'espère qu'il a prévu de vous faire rencontrer quelqu'un d'un peu plus brave que moi.

— Ce n'est pas une question de courage, dit Peter. Le Krim n'était pas fait pour vous, voilà tout.

— Le Krim, raconte-t-elle à Mizzy, a déclenché chez le schnauzer nain de nos amis une véritable crise d'épilepsie. Je ne veux pas avoir la réputation d'affoler les chiens du voisinage.

— Je vois que mes gars l'ont déjà mis en caisse, fait remarquer Peter.

— Ils font bien leur travail. Vous avez une bonne équipe. »

Carole, ces garçons assassinent l'art. À partir d'aujourd'hui, vous ne les reverrez jamais plus.

« J'ai de très bons assistants. Je ne fais presque plus rien désormais.

— Groff est nouveau chez vous, n'est-ce pas ?

— Oui. Il n'est pas encore officiellement un de mes artistes. Nous nous testons mutuellement. »

Ne jamais mentir à ces gens. Ils détestent, par-dessus tout, être trompés par leurs employés.

Ils font le tour de la maison, et le voici. Par contraste avec le jardin de topiaires à la française sur lequel donne le salon, le jardin anglais est faussement sauvage, comme le veut la tradition en Grande-Bretagne. Il s'agit de donner l'impression que l'on a simplement découvert cette modeste étendue de lavande et de lilas, et ajouté l'allée de gravier qui mène au bassin circulaire entouré d'une margelle de pierre. De l'autre côté du bassin, Tyler et Branch déplacent l'urne de manière à la centrer sur son socle en acier.

Oui. Elle est superbe ici.

Peter se félicite d'avoir prévu la livraison à l'heure du soleil couchant. Le bronze ne pourrait avoir une plus merveilleuse patine dorée. Et sa forme – un équilibre entre le classicisme et la fantaisie – convient à la perfection à ce jardin à « l'abandon » soigneusement contrôlé, avec ses hautes herbes exotiques qui vous arrivent aux genoux et ses parterres de fleurs des champs. L'urne se dresse comme Narcisse au bord du bassin, se réfléchissant à la surface de l'eau vert pâle qui souligne son étrange et puissante symétrie, la perfection romantique de ses deux énormes poignées en forme d'oreilles.

« Pas mal, dit Peter. Qu'en pensez-vous ?
— C'est aussi mon avis, répond Carole.
— Vous l'avez regardée de près ?
— Oh, oui. J'en ai rougi, et je ne crois pas avoir rougi depuis, oh, le milieu des années 1980.
— J'espère que le schnauzer ne sait pas lire », dit Peter.

Un rire lui répond. Bon, il est temps d'admettre qu'il se sent un tantinet jaloux de Mizzy. Comment pourrait-il ne pas se comparer, même un peu, à une vieille baderne, une sorte de personnage à la Willy Loman ?

Carole ajoute : « Je vais m'amuser à en traduire des morceaux choisis pour les Chen. »

Je vous aime, Carole, parce que vous êtes, comment dire, vous-même. Combien d'habitants de Greenwich ont une telle énergie ?

Tyler et Branch sont tous deux barbus et habillés bobo (merci, Tyler, de ne pas avoir mis ton tee-shirt « Je bouffe du riche »), sans doute à la grande joie de Carole, qui ne peut savoir à quel point ils sont tous les deux furieux d'installer ce qu'ils considèrent comme une pièce merdique à un million de dollars. Et naturellement, ils se comportent correctement après l'incident du coup de cutter. Peter s'avance vers eux comme s'ils étaient les meilleurs amis du monde.

« C'est parfait, les gars », lance-t-il. Ils sont occupés à déplacer l'urne d'un centimètre vers la droite, de manière à ce que sa base soit placée exactement au centre de la colonne d'acier carrée.

C'est de la décoration, ni plus ni moins. Au diable cette pensée.

Tyler grommelle sans arrêt. Il sait certainement qu'il ne va pas garder ce travail plus longtemps, et il croit sans doute qu'il sera bien plus heureux sans (avant-hier, en retrouvant sa petite amie à la maison, n'a-t-il pas dit quelque chose comme : « Il faut que je me trouve un autre boulot, la prochaine fois, c'est ce putain de Peter Harris que je vais découper et pas seulement son art de merde » ?). Branch, pour sa part, est tout sourire, bien qu'il n'y ait aucune raison de penser qu'il se sente plus satisfait que Tyler (Branch fabrique des assemblages à la Krim, à partir de vieux bois et de morceaux de miroirs brisés, il semble ni savoir ni se soucier que la beauté fait un come-back), mais il n'a pas envie de perdre son job.

Carole et Mizzy s'approchent de Peter. Elle propose à Tyler et à Branch : « Aimeriez-vous une tasse de café et quelque chose à manger quand vous aurez fini ?

— C'est pas possible, répond Tyler. On doit reprendre la route sans tarder.

— Merci quand même », dit aimablement Branch. Il est sans doute furieux contre Tyler. *Merci d'être grossier envers une riche vieille dame amateur d'art, pauvre con.*

« Parfait, reprend Peter, si vous pensez qu'elle vous plaît, gardez-la quelque temps, habituez-vous à elle et montrez-la aux Chen, montrez-la à quelques schnauzers, puis nous en reparlerons. »

Pas de pression, même légère.

« Très bien, fait Carole, mais je suis sûre qu'elle me plaît. Vous me connaissez, je ne suis pas du genre indécis. J'ai eu des doutes à propos du Krim dès le début.

— Je vous en prie, dites-moi que je ne vous ai pas forcé la main.

— Peter Harris. Personne, homme ou femme, ne me *force* à faire quoi que ce soit. »

Elle lui décoche un sourire incroyablement charmant, mi-provocant mi-ironique. L'espace d'un instant, il l'imagine jeune, une fille riche dont les riches parents (l'argent vient des grands-parents) sont parvenus à réaliser un des nombreux rêves américains : élever une fille qui avait eu tous les avantages dès la naissance, qui montait à cheval, jouait au tennis et flirtait juste assez avec les hommes, juste comme il fallait. En à peine trois générations (les grands-parents étaient des Grig, originaires de Croatie), ils avaient créé une fille jolie, équilibrée, compétente, qui rayonnait d'une énergie athlétique. Carole avait dû être ravissante, fraîche, vive et intelligente. Elle avait dû avoir, comme on dit, l'embarras du choix. Bill Potter, soixante-deux ans aujourd'hui, lui avait offert le corps d'un athlète et ce que la bonne société appelle un nom (subitement, une Grig devenait une Potter), et juste ce qu'il fallait de stupidité aristocratique pour montrer clairement que Carole serait toujours aux commandes.

« J'aimerais que tous mes clients vous ressemblent », lance Peter, sans doute pas un commentaire des plus malins (« client » n'est pas un mot à utiliser de manière désinvolte), mais bon sang, c'est ce qu'il voulait vraiment dire, il aime bien Carole Potter, il la respecte ; il passe beaucoup trop de temps avec des clients qui possèdent de l'argent, de l'ambition et rien d'autre.

Mizzy s'est éloigné dans le jardin. Carole le regarde d'un air songeur et dit : « Quel garçon adorable.

— C'est le démentiellement jeune frère de ma femme. Un de ces gosses qui ont trop de potentiel, si vous me comprenez.

— Je vous comprends parfaitement. »

Des détails supplémentaires seraient superflus. Peter connaît l'histoire des Potter : la fille, jolie, que rien n'arrête, qui poursuit brillamment ses études de doctorat à Harvard, tandis que l'aîné, le fils, a semble-t-il été détruit par sa bonne fortune ; à trente-huit ans, il s'adonne toujours au surf et à la drogue en guise de distraction, et il vit à présent en Australie.

Une ombre passe sur le visage de Carole. Qui pourrait deviner la nature et la profondeur de ses chagrins ? Elle s'ennuie sans doute avec Bill (qui a sûrement une Myrtle Wilson[1] cachée quelque part), elle est probablement satisfaite de sa fille (mère et fille, alors qui sait ?) et de plus en plus inquiète au sujet de son fils, dont le Wanderjahr s'est transformé en Wander*life*. Elle a un sort enviable, elle possède *tout ça*, elle siège au conseil d'environ une dizaine d'associations caritatives, et Peter sait que ces corsages à fanfreluches proviennent d'expéditions de shopping annuelles à Paris, mais est-ce vraiment ce qu'elle espérait quand elle était une belle jeune fille intelligente que tout le monde invitait ? Le mari falot, sans fantaisie, beau comme un dieu à l'âge de vingt-cinq ans (tout droit sorti d'une publicité pour Abercrombie and Fitch, Peter a vu les photos), mais qui paraît considérablement moins divin aujourd'hui, conseiller financier vieillissant à l'agence locale de Smith Barney ; des journées bien remplies mais solitaires, là-haut sur la colline, à jardiner et à élever des poules exotiques.

Quel bénéfice tirera-t-elle, une fois le dîner offert aux Chen passé et oublié, de la possession de cette urne de bronze gravée de phrases obscènes, qui ont pour but, en partie du moins (jusqu'à quel point s'en rend-elle compte ?) de l'insulter.

---

[1]. Myrtle Wilson : maîtresse de Tom dans *Gatsby le Magnifique*.

Bien sûr qu'elle s'en rend compte. C'est une partie de son charme, non ?

Et Bill en sera stupéfait et irrité. Ce qui fait sans doute partie du charme en question.

Peter et Carole restent silencieux pendant un moment, à regarder Mizzy s'éloigner sur l'allée de gravier. C'est ça qu'il faut peindre, bordel : deux personnages d'âge mûr le dos tourné à l'œuvre d'art, leur attention fixée sur le jeune homme qui marche au milieu des herbes folles.

« Pourquoi ne pas lui faire visiter les lieux ? J'aimerais m'attarder un peu auprès de l'urne. »

Il y a, se dit Peter, quelque chose d'un peu étrange dans la proposition de Carole. Soupçonne-t-elle qu'il aimerait rester seul avec Mizzy ? Imagine-t-elle qu'il n'est pas le beau-frère de Peter, mais un petit ami caché ?

Il échange un regard rapide avec elle. Difficile de deviner ce qu'elle pense, mais il paraît évident qu'elle est habituée à de discrets arrangements. Si Bill a une maîtresse quelque part, peut-être Carole a-t-elle une histoire de son côté. Peter l'espère.

« D'accord », dit-il, et pendant un instant il a l'impression que sa vie est entièrement habitée par des femmes d'un certain âge, des femmes brillantes, rigoureuses mais généreuses, plus sœurs que mères, et il lui semble que toutes, même cette pauvre Betty qui meurt d'un cancer, et oui, même Rebecca, veulent pour lui quelque chose qu'il ne peut pas obtenir tout seul.

Est-ce Mizzy ? Est-il possible que même Rebecca souhaite, au fond de son cœur, être impunément débarrassée de Peter, abandonnée d'une manière si choquante, tellement, comme on dit, *indécente*, que personne ne pourrait l'en blâmer ?

« Communiez avec votre œuvre d'art, ajoute-t-il. Je reviens dans un moment. »

Il dit un rapide et faussement amical au revoir et merci à Tyler et à Branch, qui ont accompli leur tâche et s'apprêtent à rapporter le Krim à la galerie. Il s'engage dans l'allée à la suite de Mizzy.

« Te revoilà donc dans un jardin, fait-il.

— Celui-là n'est pas aussi prenant, répond Mizzy.

— Ne le dis pas à Carole.

— On dirait qu'elle va acheter ce truc.

— Ce *truc* ? Cette urne te déplaît-elle à ce point ?

— Autant qu'à toi.

— Elle ne me déplaît pas du tout.

— À moi non plus. »

Il se passe quelque chose entre eux. Peter se rend compte que Mizzy comprend qu'ils tentent tous deux, en vain, d'agir de leur mieux – Mizzy a échoué à se sentir ému par les pierres sacrées, et Peter a échoué à découvrir l'artiste capable de vous anéantir et de vous racheter. Ils s'en sont tous les deux approchés, ils ont essayé – Dieu sait qu'ils ont essayé –, mais les voilà, deux hommes dans le jardin d'une femme riche, qui ne savent pas comment ils sont arrivés là et ignorent quoi faire ensuite, sinon retourner à ce qu'ils faisaient auparavant, ce qui leur paraît, à cet instant, intolérable.

Il pourrait sans doute entretenir Mizzy, aussi longuement qu'il le désire, de ses doutes. Mizzy est le genre de personne à apprécier une telle conversation.

Peter dit : « Les choses de l'art sont complexes.

— Vraiment ?

— Eh bien, disons que tu ne tombes pas sur un Raphaël tous les jours. Pense, par exemple, à ces deux salières de Cellini. Elles ont une importance qui dépasse de beaucoup leur capacité à contenir du sel.

— Mais Cellini est aussi l'auteur du *Ganymède.* »

Très bien, Mizzy, tu en sais un peu trop pour écouter le baratin de ce vieil oncle de Peter.

« Allons jusqu'à la plage », dit Peter, parce qu'il faut bien que quelqu'un propose quelque chose. Ils descendent la longue pente herbeuse jusqu'au bras de mer, qui n'est que voiles et paillettes de soleil, avec ses deux îles vertes flottant sur le frémissement bleu mordoré. La maison de Carole domine un terrain en forme de baie, qui a déposé à l'extrémité de sa pelouse le modeste croissant d'une plage de sable couleur mastic parsemé de galets et d'algues.

Tout en se dirigeant vers la plage, Peter déclare à Mizzy : « Je ne vends aucun artiste qui ne me plaît pas. C'est comme ça. Mais les génies, je veux dire les vrais génies, sont rares.

— Je sais.

— Ce n'est peut-être pas ce que tu as réellement envie de faire.

— Quoi ?

— Travailler dans le domaine de l'art.

— Si. Sans aucune hésitation. »

Ils atteignent la plage. Mizzy ôte ses chaussures (de vieilles Adidas, sans chaussettes), Peter conserve les siennes (des mocassins Prada). Ils marchent lentement vers l'eau.

« Je peux te confier quelque chose ? demande Mizzy.

— Bien sûr.

— J'ai honte.

— Pourquoi ? »

Mizzy rit. « Pourquoi à ton avis ? »

Il y a dans sa voix quelque chose de dur, soudain, un ton de petite gouape. Ce pourrait être la voix d'un jeune gigolo, prématurément cynique.

Ils arrivent au bord de l'eau, la lisière où la marée avance en légères rides silencieuses, qui se propagent, avancent, se rétractent, avancent à nouveau. Mizzy remonte le bas de son jean, pénètre dans l'eau jusqu'aux chevilles. Peter hausse un peu la voix, quelques mètres derrière lui.

« Je ne crois pas que la honte soit d'une quelconque utilité.

— Je ne veux pas rester sans *rien* faire. Mais je pense qu'il me manque une faculté que d'autres possèdent. Quelque chose qui leur dit de faire *ceci* ou *cela*. De faire des études de médecine, de s'engager dans le Peace Corps ou d'enseigner l'anglais comme deuxième langue. Ces activités me semblent parfaitement plausibles. Et je ne me vois pas du tout en train de m'y livrer. »

Devient-il sentimental, ou est-ce seulement le soleil qui brille dans ses yeux ?

Que lui dire ?

« Tu trouveras quelque chose. » C'est ce qui lui vient de moins minable à l'esprit. « Même si ce n'est pas dans le commerce de l'art. Ou dans un musée. Ou je ne sais quoi. »

À l'évidence, Mizzy ne peut même pas feindre d'être réconforté par ces paroles. Il se détourne, contemple la mer.

« Sais-tu ce que je suis ? demande-t-il.
— Quoi ?
— Quelqu'un d'ordinaire.

— Allons donc.

— Je sais. Qui donc ne l'est pas ? Quelle terrible présomption de vouloir être autre chose. Mais écoute : j'ai été traité comme une personne à part pendant si longtemps et j'ai essayé de toutes mes forces d'être quelqu'un de spécial, en vain, je ne suis pas exceptionnel, je suis assez intelligent mais pas brillant, je ne suis pas d'une grande spiritualité, je n'ai pas vraiment d'objectif. Je crois pouvoir supporter ça mais je ne suis pas sûr que les gens qui m'entourent le puissent. »

Et Peter comprend : Mizzy va mourir. Peter le sait au fond de son être. Comme il en a eu la conviction au sujet de Bette Rice. Comme s'il pouvait sentir la présence de la mort, bien que son odeur soit infiniment plus facile à détecter chez une femme âgée atteinte d'un cancer du sein que chez un jeune homme en pleine santé. Peter savait-il que Matthew allait mourir ? Oui, sans doute, bien qu'il ait alors été trop jeune pour le reconnaître, même en son for intérieur. N'en avait-il pas eu l'intuition, il y a des décennies, quand Matthew et Joanna s'étaient avancés dans le lac Michigan, image de la beauté incarnée aux yeux de Peter ? Pourquoi à ce moment-là ? Parce qu'ils étaient des amants condamnés, parce qu'ils se tenaient à la lisière de quelque chose. Joanna en chemin vers une résidence protégée et Matthew vers un lit d'hôpital à St Vincent. Comment le jeune Peter de douze ans plein de désespoir et d'excitation avait-il découvert qu'il s'agissait de sa première véritable vision de la mort, et que c'était la vision la plus émouvante et la plus fabuleuse qu'il ait jamais eue ? Ne recherche-t-il pas depuis un autre moment semblable ?

Mizzy mourra d'une overdose. C'est pratiquement ce qu'il a dit, non seulement à Peter mais à l'eau et au ciel.

Il est prêt à se rendre aux forces de la mortalité. Il ne peut pas – et ne veut pas – trouver quelque chose qui pourrait l'attacher suffisamment à la vie.

Peter a attendu sur des rivages et côtoyé des requins avec des gens proches de la mort. Cette fois, il retire ses chaussures et ses chaussettes, remonte son pantalon et s'avance pour rejoindre Mizzy. Mizzy pleure, doucement, en regardant l'horizon.

Peter se tient en silence à côté de lui. Mizzy se tourne vers lui, lui offre un sourire mouillé de larmes.

Et puis, oui, ils s'embrassent.

En rêve

LE BAISER FUT BREF. Il fut passionné, relativement passionné, mais pas tout à fait, pas totalement sensuel. Deux hommes peuvent-ils s'embrasser amicalement ? Voilà ce que Peter ressentait. Pas d'étreinte, pas de langue en bouche. Ils s'embrassèrent, sans se presser, mais quand même. L'haleine de Mizzy était pure et un peu sucrée, et Peter ne s'y abandonna pas, tant il redoutait d'oublier qu'il avait le souffle rauque d'un type d'âge mûr.

Leurs lèvres se séparèrent en même temps – ni l'un ni l'autre n'en prit la décision –, et ils se sourirent, sans plus.

Peter n'éprouve pas de remords, il n'a même pas l'impression d'avoir transgressé un interdit – il serait cependant difficile de convaincre un observateur (un rapide coup d'œil, personne à l'horizon) qu'il n'y avait là rien de lascif. Il est hébété, transporté, ne ressent aucune honte.

Après le baiser, il avait ébouriffé la tête de Mizzy, comme après une sorte de chahut amical et innocent. Puis ils avaient fait demi-tour et regagné la plage en pataugeant.

C'est Mizzy qui parle, tandis qu'ils remontent pieds

nus la pelouse en pente. Peter aurait préféré le silence, pour une fois.

« Ainsi, Peter Harris, dit Mizzy, je suis ton premier ?

— Euh, oui. Et je parie que je ne suis pas ton premier, hein ?

— J'ai embrassé trois autres types. Ce qui fait de toi le quatrième. »

Mizzy s'immobilise. Peter le dépasse de deux pas, revient en arrière. Mizzy l'observe de son regard grave et humide.

« J'ai eu le béguin pour toi depuis ma plus tendre enfance. »

Ne me dis pas ça.

« Mais non.

— La première fois que tu es venu à la maison. Je me suis assis sur tes genoux et tu m'as lu Babar. Tu croyais que c'était complètement innocent ?

— Bien sûr ! Bon sang, tu n'avais que quatre ans !

— Et j'avais au plus profond de moi cette sensation brûlante que je ne comprenais pas.

— Bien. Tu es donc homo. »

Mizzy soupire. « Mettons que je sois homo pour toi.

— Tu dis n'importe quoi.

— C'est exagéré, hein ?

— Un peu, oui. »

Mizzy ajoute : « Je veux juste mettre les choses au clair. Après, nous pourrons... je ne sais pas. Ne plus jamais en parler, si tu préfères. »

Peter attend. Parlons de tout, même si je dois feindre la réticence.

Mizzy reprend : « Avec les autres types, c'est à toi que je pensais.

— Juste une histoire d'attachement au père, dit Peter, qui a du mal à prononcer ces mots.

— C'est donc sans importance ?

— C'est... Je ne sais pas. C'est ce que c'est.

— Je ne t'embrasserai plus jamais, si tu ne le veux pas. »

Qu'est-ce que je veux ? Mon Dieu, j'aimerais le savoir.

Il dit : « On ne peut pas. Je suis probablement le seul homme au monde avec lequel tu ne puisses pas baiser. Enfin, moi et ton vrai père. »

Est-ce pour cette raison qu'il ressent une attirance si forte pour Mizzy ? Son désir avoué est-il sincèrement personnel ?

Mizzy hoche la tête. Impossible de dire s'il est d'accord ou s'il feint de l'être.

Quel genre d'homme pourrait s'intéresser au mari de sa propre sœur ?

Un homme désespéré.

Quel homme aurait laissé les choses aller si loin ? Quel homme aurait fait durer le baiser aussi longtemps que l'a fait Peter ?

Un homme désespéré.

Mizzy et lui continuent à marcher en silence vers la maison.

Carole les accueille dans le jardin avec un entrain si vif, si anxieux que Peter imagine un instant qu'elle les a vus. Non, elle ne les a pas observés. C'est sa manière d'accueillir tout le monde, avec toujours le même enthousiasme.

« Je crois qu'elle va rester là, dit-elle.

— Parfait », répond Peter. Il ajoute : « Vous savez que c'est un prêt pour le moment, n'est-ce pas ? Pour le bénéfice des Chen. Groff voudra la voir in situ. »

Carole écoute, plisse les yeux, approuve. Ce n'est pas une néophyte – elle sait qu'avec certains artistes le collectionneur est sujet à approbation.

« J'espère passer le test, dit-elle.

— Je peux vous le garantir. »

Elle se retourne pour regarder l'urne. « Elle est si belle et perverse », remarque-t-elle.

Mizzy s'est à nouveau éloigné dans le jardin, tel un enfant qui ne se sent pas concerné par la conversation des adultes. Il cueille un brin de lavande, le porte à son nez.

Carole insiste pour que Gus les reconduise en ville, et Peter accepte avec reconnaissance, après une courte et feinte protestation. Lui, Peter le Couard, est heureux d'échapper au retour en train avec Mizzy. De quoi pourraient-ils parler ?

La présence de Gus imposera un silence qui serait trop embarrassant dans le train. Merci, Carole et Gus.

Assis côte à côte sur le siège arrière de la BMW, Mizzy et lui parcourent la réconfortante banalité de l'I-95, entourés d'autres quidams dans d'autres voitures, dont la plupart n'ont, très probablement, jamais embrassé leur beau-frère.

Peter les envie-t-il, les plaint-il ?

Sans doute les deux.

Un accès de rage s'empare de lui, aussi bref qu'un accès de panique, de fureur contre sa fille aux grosses chevilles, contre sa femme amicale et distante, contre Uta et cette maudite Carole Potter et contre tout le monde, contre tout, contre ce faux va-t-en-guerre de Gus avec ses petites oreilles irlandaises rougeaudes ;

contre tout le monde et contre tout, excepté le garçon assis à côté de lui, la seule personne contre laquelle il *devrait* être en colère, le garçon qui a sollicité ce baiser impossible (l'a-t-il sollicité ?) et l'a fait suivre d'une invraisemblable flatterie (car il s'agissait bien de ça, non ?). Qui peut savoir si Mizzy est hypocrite, se fait des illusions ou (Dieu te vienne en aide, Peter Harris) se montre sincère. Car il la voudrait authentique, vraisemblable ou concevable, cette histoire selon laquelle Mizzy s'est amouraché de lui, Peter, quand il lui a lu Babar à l'âge de quatre ans. Peter n'a jamais pensé à lui, jamais, comme quelqu'un dont on pouvait s'amouracher. Oui, il est séduisant et plutôt bien de sa personne, mais il est et a toujours été le type qui lève les yeux vers le balcon du jardin en contrebas. Il est le serviteur de la beauté, non la beauté elle-même ; voilà le rôle qui revient à Mizzy, tout comme il revint jadis à Rebecca.

Comme ce fut jadis le rôle de Rebecca.

La colère s'évanouit aussi vite qu'elle a surgi, et à sa place monte le chagrin, une vague de chagrin profond, tandis qu'il regarde (furtivement, espère-t-il) le profil solennel de Mizzy, son nez busqué aristocratique, la tignasse sombre qui tremble sur son front pâle.

C'est ce que Peter attend de l'art. Cette maladie de l'âme, cette impression d'être soi-même en présence de quelque chose de magnifique et d'évanescent, de quelque chose (de quelqu'un) qui brille à travers la fragilité de la chair, oui, comme la déesse-putain de Manet, une beauté débarrassée de sentimentalité parce que Mizzy est (n'est-ce pas ?) un dieu-putain à sa manière – il serait moins fascinant s'il était le personnage bienveillant, brillant, spirituel qu'il dit vouloir être.

La beauté – la beauté que Peter désire par-dessus tout – est donc celle-ci : un alliage humain de grâce accidentelle, de destin funeste et d'espoir. Mizzy doit espérer, il le doit, il ne resplendirait pas comme il le fait s'il se sentait véritablement désespéré, et en plus il est jeune, qui donc dans ce monde se désespère avec plus d'exquise cruauté que la jeunesse, une vérité que les aînés ont tendance à oublier. Le voici, Ethan dit The Mistake, impudique et dévergondé, accro à la drogue, incapable de vouloir ce qu'il est censé vouloir. Ce serait le moment de le transformer en bronze, de tenter de représenter ses nerfs douloureusement à vif, les derniers éclats de sa jeunesse, alors qu'il commence à comprendre que son état, comme celui de chacun, est sérieux, mais avant qu'il ne prenne les mesures nécessaires pour vivre plus ou moins en paix dans le monde réel.

Entre-temps, il ne faut pas qu'il meure.

Gus les dépose devant l'immeuble. Au revoir et merci. Gus démarre. Peter et Mizzy restent l'un à côté de l'autre sur le trottoir.

« Bon », dit Peter.

Mizzy sourit avec malice, tel un satyre à présent. Qu'est devenue la version garçon passionné au regard humide ?

Il dit : « Fais comme s'il ne s'était rien passé.
— Que s'est-il passé en réalité ?
— Va savoir. »

Va te faire voir, homme-enfant.

« Nous ne pouvons pas être amants.
— Je sais. Tu es le mari de ma sœur. »

Et par quel miracle es-tu devenu soudain la voix de la morale, Mizzy ?

« Je t'aime bien », dit Peter.

Nul, complètement nul.

« Je t'aime bien moi aussi. Évidemment.

— Crois-tu pouvoir me dire ce que tu désires ? Du moins, dans la mesure de tes moyens.

— Je désire t'avoir embrassé sur la plage. Ne sois pas aussi théâtral. »

Théâtral ? Quel est celui qui se montre théâtral en ce moment ?

Peter dit : « Je ne peux pas prétendre que ce n'était rien.

— Bon, tu n'as pas besoin non plus de m'épouser. »

La jeunesse. Sans cœur, cynique, désespérante jeunesse. Elle gagne toujours, non ? Nous révérons Manet, mais nous ne le voyons pas nu dans un tableau. C'est le barbu derrière le chevalet, qui lui rend hommage.

« Rentrons, dans ce cas.

— Après toi. »

Comment est-ce arrivé ? Comment Peter peut-il se trouver là, devant la façade de son immeuble, à souhaiter de toutes ses forces que Mizzy lui déclare son amour à nouveau, afin de pouvoir lui en faire le reproche ? S'est-il montré trop abrupt là-bas, sur la pelouse des Potter ? A-t-il laissé passer une chance décisive ?

Une chance de quoi, exactement ?

Stupides humains. Qui tapent sur un chaudron fêlé pour faire danser les ours quand on voudrait atteindre les étoiles.

Ils entrent. Ils ne disent plus rien.

Rebecca se trouve déjà là, dans la cuisine, occupée à préparer le dîner. Peter est parcouru d'un frisson, convaincu qu'elle sait, qu'elle est rentrée tôt pour avoir une confrontation. Ce qui est, naturellement, ridicule. Elle vient jusqu'à la porte, essuyant ses mains sur son jean, embrasse Mizzy sur la joue et Peter sur les lèvres.

« Il y a des pâtes pour le dîner », dit-elle. Elle ajoute à l'intention de Mizzy : « Souviens-toi, je ne suis *pas* maman. J'ai certains talents culinaires.

— Même maman n'était pas exactement maman, répond Mizzy.

— Les garçons, servez-vous un verre de vin, lance Rebecca, avant de regagner la cuisine. J'en ai pour une vingtaine de minutes. »

C'est une femme dynamique, talentueuse, dont le mari et le frère se sont embrassés sur la plage. Non que Peter ait oublié. Pourtant, il est troublé en la voyant...

« Je vais chercher le vin », dit Mizzy. Normal normal normal.

« Tout s'est bien passé à Greenwich ? »

Tu n'as pas idée de la façon dont cela s'est passé à Greenwich.

« Super », dit Peter. *Super ?* Pour qui se prend-il soudain, pour Dean Martin ? Il ajoute : « Je suis certain qu'elle va l'acheter. Il faut juste que j'amène Groff pour qu'il lui donne sa bénédiction.

— Formidable. »

Mizzy offre un verre de vin à Peter. Leurs mains s'effleurent quand il le lui tend, Mizzy lui lance-t-il un regard furtif ? Non. Le plus horrible, c'est qu'il n'en fait rien.

Rebecca prend son verre à moitié vide sur le comptoir. « À la vente des œuvres d'art », dit-elle. Et pendant un moment Peter croit qu'elle se moque.

Il lève son verre : « Au paiement du prochain semestre à l'université.

— Si elle reprend un jour ses études, répond Rebecca.
— Bien sûr qu'elle les reprendra. Fais-moi confiance. Rien de tel que balancer des verres à des ivrognes pour redonner de l'attrait à l'université. »

Normal normal normal.

Rebecca a prévu de passer la soirée à la maison. Non seulement elle a préparé le dîner, mais elle a loué un DVD, *8 et demi*. C'est une simple attention, tout à fait naturelle, mais Peter comprend qu'elle s'est lancée dans une campagne de séduction destinée à vanter à Mizzy les plaisirs quotidiens. Il comprend aussi qu'elle se sent coupable de l'indifférence en grande partie imaginaire dont elle a fait preuve durant les deux jours précédents où elle a eu l'esprit occupé par la vente du magazine.

Ils se livrent, tous les trois, à ce que Peter qualifie de parodie de l'ordinaire. Pendant le dîner, ils parlent achats et ventes (œuvres d'art, magazines). Mizzy fait une imitation improvisée (talent jusqu'alors méconnu) de Carole Potter – il mime ses petits hochements de tête saccadés, l'avidité limpide de son regard, y compris les petits *mmm* permanents qu'elle laisse échapper lorsqu'elle écoute, ou feint d'écouter. Il ne s'agit pas d'une vraie surprise pour Peter – Mizzy est moins absorbé en permanence par lui-même qu'on pourrait le croire. Il semble (illusion romantique ?), s'agissant de sa capacité à se montrer franc, quand il dit, par exemple, qu'il a aimé Peter toute sa vie, qu'il le pense peut-être vraiment. Vaniteux Peter, tu as toujours été celui qui poursuit, quel merveilleux changement si pour une fois on te poursuivait. Ensuite, Rebecca parle de monter une Grande Manifestation d'Art à Billings, dans le Montana, une idée à laquelle Mizzy et Peter, comme deux gamins, ne répondent que par des suggestions moqueuses : jeter des poètes aux ours dans le stade de football, commander des sculptures de glace ; il n'y a rien de particulièrement fin dans leurs plaisanteries, mais peu importe, c'est garçons contre fille, ce que Rebecca accepte sans se démonter, sachant qu'elle pourra plus tard régler ses comptes avec Peter, ce qu'elle fera, au lit.

Ils regardent *8 et demi*, excellent, comme il l'a toujours été, en éclusant une troisième bouteille de vin. Ils sont, pendant la durée du film, une famille sortie d'une publicité à la télévision, trois personnes dans un canapé captivées par le prodige vivant de l'écran qui les tire de leur existence et les propulse dans une nouvelle vie. Marcello Mastroianni part à moto avec Claudia Cardinale agrippée à lui, Marcello Mastroianni entraîne dans une conga finale tous ceux qu'il a connus au pied de la carcasse d'une fusée interplanétaire.

Quand le film est fini, Rebecca va dans la cuisine chercher le dessert. Peter et Mizzy restent assis dans le canapé. Mizzy passe un bras amical autour des épaules de Peter.

« Hé, dit-il.

— J'adore ce film, déclare Peter.

— Tu m'aimes ?

— Chut.

— Fais juste un signe de tête. »

Peter hésite, hoche la tête.

Mizzy chuchote : « Tu es un beau mec. »

Un beau mec ? Que signifie un mot comme mec pour un garçon comme Mizzy ?

Réponse : c'est un mot de jeune, un mot *d'homme* jeune, et pendant un instant Peter imagine comment ils pourraient se comporter ensemble – taquins, complices, râleurs sur un mode (la plupart du temps) plaisant, un couple à la page et chamailleur, venu de quelque Grèce ancienne, romantique et improbable. Mizzy, insouciant, n'a pas honte de déclarer son amour au mari de sa sœur. Pourraient-ils être heureux ensemble ? Pourquoi pas.

Peter dit doucement : « Je ne suis pas un mec.

— D'accord, tu es seulement beau. »

Bien qu'embarrassé, Peter se sent heureux qu'on le trouve beau.

Puis Rebecca revient avec le dessert. Glace au café et au chocolat.

Ils terminent la glace, parlant de tout et de rien, puis vont se coucher. Du moins Peter et Rebecca. Mizzy déclare qu'il n'a pas l'intention de se coucher tout de suite, qu'il va lire *La Montagne magique* dans sa chambre ; après un bonsoir sans conviction, il part d'un pas traînant, avec son gros bouquin, le bon vieux Thomas Mann, patron des amours impossibles.

Au lit, Peter et Rebecca reposent chastement côte à côte, sur le dos. Ils parlent à voix basse.

Rebecca demande : « Tu crois qu'il a passé une bonne journée ? »

Si tu savais.

« Difficile à dire, répond Peter.

— C'est gentil de ta part.

— De quoi ?

— De t'occuper ainsi de lui. »

Oh, Seigneur, ne me remercie pas.

« C'est un gentil garçon.

— Je n'en suis pas si sûre. Il a bon cœur. Et, comme tu le sais, je l'ai sur les bras. »

Ne m'en parle pas.

Voilà peut-être le moment – très probablement le dernier moment – de lui dire qu'il a repiqué à la drogue. Ce qui réglerait le problème, non ? Il suffirait de l'évoquer pour faire expédier Mizzy en cure de désintoxication. Il sait ce qu'il adviendrait. Mizzy abuse de la patience de son entourage, et Rebecca est capable d'agir de manière radicale. Peter pourrait, en disant la vérité, en cet instant précis, commettre un genre d'assassinat : il pourrait se placer du côté des adultes, et se débarrasser de Mizzy, qui n'aurait alors que deux solutions, soit se soumettre aux décisions de ses sœurs (Julie arriverait par le premier train de Washington, on ne peut savoir si Rose viendrait ou non en avion de Californie), soit s'enfuir et vivre ou mourir seul. En bref, il n'y a plus de place pour un compromis. Les filles ont eu le dernier mot.

Peter dit : « Nous l'avons tous les deux sur les bras. »

Il sait maintenant. Il a envie, besoin, d'accomplir ce geste immoral, irresponsable. Il veut laisser ce garçon marcher vers sa propre destruction. Il veut commettre cet acte de cruauté. Ou (version plus douce, plus aimable) il ne veut pas réaffirmer son allégeance à l'univers du raisonnable, de tous ces braves gens qui endossent des responsabilités, fréquentent les réceptions utiles et nécessaires, vendent de l'art fait de planches et de chutes de moquette. Il veut, du moins pendant un certain temps, vivre dans cet autre monde, plus sombre – le Londres de Blake, le Paris de Courbet ; dans des endroits bruyants, insalubres, où la bonne conduite était le domaine de gens honnêtes, ordinaires, qui ne produisaient aucune œuvre de génie. Dieu sait que Peter n'a rien d'un génie, pas plus que

Mizzy, mais peut-être pourraient-ils tous les deux divaguer un peu, peut-être a-t-il attendu cela, et la vie réservant, comme on dit, son lot de surprises, tout est arrivé non sous la forme d'un merveilleux jeune artiste, mais sous celle d'une jeune version masculine de la femme de Peter, de sa femme qui était de l'avis général la fille la plus recherchée de Richmond ; une fille capable de tomber le bellâtre qui avait humilié sa sœur et d'en faire ce qu'elle voulait. Elle reste merveilleuse, mais elle n'est plus cette fille-là. Dans le creux des mains tendues de Peter, il y a la jeunesse, dissolue, prête à s'immoler, terrifiée ; il y a Matthew qui baise la moitié des hommes de New York, il y a la Rebecca qui n'existe plus désormais. Il y a le terrible feu purificateur. Peter a trop longtemps pleuré les disparus, regretté l'inspiration dangereuse que sa vie refuse de lui fournir. Donc, oui, il va le faire. Mizzy et lui ne vont pas, ne peuvent pas, s'embrasser à nouveau, mais il verra où l'entraîne cette terrible fascination, cette chance (si chance est le mot adéquat) de transformer sa vie.

Rebecca dit : « Je veux seulement t'assurer de ma reconnaissance. Ce n'était pas dans le contrat quand tu m'as épousée.

— Si. Je m'y suis engagé en t'épousant. Il s'agit de ta famille. »

Et Peter a véritablement épousé la famille de Rebecca. C'était une partie de ce qui l'attirait, non seulement Rebecca mais son histoire, son délicieux passé fitzgeraldien, ses parents originaux, pour ne pas dire excentriques.

« Bonne nuit », dit-elle.

Elle se prépare à dormir. Sa beauté ou sa force d'âme sont indéniables. Peter éprouve une pointe de jalousie.

Certes, elle a ses soucis, mais elle est si pleinement elle-même, elle s'inquiète des vrais problèmes, ignore ceux qui sont théoriques ; elle traverse le monde comme une lame. Regardez son front pâle et aristocratique, sa fermeté. Regardez les petites parenthèses des rides qui encadrent sa bouche – elle se moque du collagène. Elle vieillira bravement et accomplira bien sa tâche dans ce monde difficile, elle aimera ceux qu'elle aime avec une férocité déterminée, sans détour.

Il semble donc qu'il n'y aura pas de prix à payer pour la modeste trahison dont il s'est rendu coupable au dîner, la gentille rafale de plaisanteries juvéniles sur l'art dans le Montana. Flaire-t-elle une trahison de bien plus grande envergure ?

« Bonne nuit », répond Peter.

Il rêve qu'il a pissé dans la galerie (oh, l'inconscient effronté) et qu'il essaye de nettoyer l'urine avant que quelqu'un ne s'en aperçoive, mais il n'en distingue aucune trace, naturellement, il sait seulement qu'elle est là. Quelque part. Il se réveille, s'enfonce dans un vague rêve dans lequel une femme étrange – il reconnaît Bette Rice – lui dit : *Ils sont tous partis il y a des années*, ce qui, quand il se réveillera à nouveau, lui paraîtra une pensée incontrôlée plutôt qu'un rêve. Il n'est que deux heures et quart, pas même l'heure de l'insomnie. Malgré tout, il se lève pour prendre son verre et son somnifère. Dans le salon... Comment a-t-il pu imaginer, ne serait-ce qu'un instant, que Mizzy pourrait l'attendre, nu, et dans quelle mesure est-ce *gay*, ou non, de la part de Peter de vouloir le revoir ainsi, comme Rodin l'aurait sculpté, d'admirer l'élasticité des muscles de ce jeune corps, le réseau bleuâtre des veines sous la peau pâle et rosée, les yeux de travers, les pieds épais. Non, Mizzy se trouve dans son lit. De l'autre côté de la porte... Quoi ? Pas un bruit, Mizzy dormirait-il ? Qu'il aille se faire foutre s'il en est capable. Peter devrait-il entrer ? Bien sûr que non. Il se verse un verre de vodka, prend le somnifère dans l'armoire à pharmacie, s'approche de la fenêtre et là, comment est-ce possible, il aperçoit le type du cinquième étage de l'autre côté de la rue, celui qu'il n'a jamais vu, à sa putain de fenêtre, ce doit être son heure. Il est parfaitement visible, avec la lumière allumée dans son salon. Il s'agit d'un homme âgé, environ soixante-quinze ans, une couronne de cheveux blancs autour de son crâne rose. Il porte un tee-shirt et peut-être (il est coupé juste au-dessous de la ceinture) un pantalon de pyjama. Il n'a rien d'héroïque avec son ventre proéminent appuyé contre la vitre, en train de boire dans un mug. Y a-t-il, peut-il y avoir, un dessein caché, une fichue *intention*, je veux dire pourquoi cette nuit entre toutes Peter se trouve-t-il face à face, pour ainsi dire, avec son compagnon d'insomnie ? Non, Peter est simplement debout à la fenêtre plus tôt qu'à l'accoutumée, il s'est introduit dans les habitudes d'insomnie de l'autre type. Il ne sait si l'homme le voit, comment en serait-il autrement, mais rien ne le laisse supposer. Peter ne s'attend pas à un salut de la main (pas à New York, pas entre deux hommes en partie déshabillés), mais peut-être à un signe de tête ou à un imperceptible changement d'attitude qui signifierait que l'autre l'a aperçu. Comme si Peter ne se trouvait pas là, il ne se passe rien et il lui vient à l'esprit (le somnifère fait-il déjà son effet ?) qu'il est peut-être réellement invisible, qu'il est son propre fantôme, mort dans son sommeil, apparaissant pour s'observer lui-même à plus de soixante-dix ans, debout à une fenêtre au plus profond de la nuit. Peut-être les morts ne comprennent-ils pas qu'ils sont morts. Tout cela n'est que fantasme, bien sûr ; les somnifères peuvent-ils provoquer des rêves éveillés ou autre chose que l'endormissement attendu... Mais pourtant, il est là, enfin, après combien d'années, l'autre, son double, tiré du sommeil. Peut-être a-t-il lui aussi une femme qui est une dormeuse invétérée, et Peter ne peut s'empêcher de se demander – une fois la vieillesse atteinte, vous continuez donc à regarder par la fenêtre le désert orangé de Mercer Street ? Ne devriez-vous pas être... Où ? À Paris ? Dans une yourte sur la côte nord du Pacifique ? Et qu'est-ce qui, ici ou ailleurs, vous empêcherait de regarder au-dehors avec envie (a-t-il des envies, et si oui, de quoi ?) dans la nuit ?

Peter se détourne de la fenêtre. S'il s'agissait d'une sorte d'épiphanie, c'est raté.

Et puis, peut-être parce qu'il n'y a pas eu d'épiphanie, même s'il a fini par apercevoir l'homme à l'air triste de l'autre côté de la rue (non, il ne s'agit pas du double plus âgé de Peter, il n'est pas assez soigné pour ça), il va jusqu'à la porte de Mizzy, et doucement, très doucement, il l'entrouvre.

Est-ce folie de sa part ?

Pas vraiment. Si Rebecca se réveille, il y aura mille raisons pour expliquer sa présence dans la chambre de Mizzy. *Je l'ai entendu gémir. J'ai cru qu'il était malade, mais ce n'était qu'un cauchemar, tout le monde s'est rendormi.*

La porte s'ouvre sans bruit, trop légère pour grincer. À l'intérieur : le souffle ensommeillé de Mizzy, et son odeur, un mélange désormais familier de shampooing aux plantes, d'un imperceptible parfum de cèdre et d'un fond de sueur juvénile, mi-acide, mi-chlorée. Oui, il dort profondément, rêvant de Dieu sait quoi. Sa forme sombre se dessine sous les couvertures.

Peter s'est déjà tenu là, lorsque c'était la chambre de Bea. Il était venu la voir lorsqu'elle pleurait au milieu de la nuit (elle avait onze ans quand ils sont venus s'installer ici, il n'a pas de souvenirs d'elle petite dans cette chambre) et il se dit soudain, est-ce une question d'enfant perdu ? Se pourrait-il que Mizzy ne soit pas une réincarnation de Rebecca, mais de Bea ? Mizzy l'enfant dont Peter aurait pu s'occuper davantage, Mizzy gracieux et sensible – Peter aurait-il pu le sauver de cette errance droguée due (peut-être, qui sait ?) au fait d'être apparu trop tard dans la famille Taylor, d'avoir grandi au moment où ses parents oubliaient les excentricités de leur jeunesse et vieillissaient dans une douce démence ? Parce que Bea, sans aucun doute, était une enfant difficile, entêtée, mais étrangement dénuée de curiosité, pas spécialement intéressée par l'école, ni, en réalité, par quoi que ce soit d'autre. Peter est-il destiné à devenir non pas l'amant platonique de Mizzy mais son père perdu ?

D'où vient son échec avec Bea ? Pourquoi veut-il avec tant d'ardeur plaider sa cause devant un tribunal céleste ? Est-ce répréhensible de souhaiter que sa fille endosse une partie du blâme ?

Ce n'est pas le rôle des enfants. Ils ne partagent pas le blâme. Les parents sont les mystérieux criminels, qui clignent des yeux sur le banc des accusés, aggravant leur cas à chaque mot prononcé.

Peter referme la porte et va se recoucher.

Au lit reviennent les rêves. Il n'en subsiste que des fragments quand il se réveille une deuxième fois : il erre dans Chelsea, incapable de se souvenir de l'endroit où se trouve la galerie ; il est recherché, non par la police, mais par quelqu'un de plus effrayant que la police. Cette fois, c'est l'heure prévue, quatre heures une. Rebecca remue et marmonne à côté de lui. Va-t-elle se réveiller elle aussi ? Perçoit-elle qu'il se trame quelque chose ? Comment en serait-il autrement ?

Dilemme : la seule chose plus grave que le soupçon de Rebecca, c'est que Rebecca ne soupçonne rien. Qu'elle ressente de l'indifférence face à son agitation et à sa tristesse. S'est-elle à ce point habituée à l'agitation et à la tristesse de Peter qu'elle ne les remarque plus ? Considère-t-elle que c'est devenu un trait de son caractère ?

Un fantasme imprévu : Mizzy et lui dans une maison quelque part, peut-être en Grèce (oh, humble petite rêverie), lisant ensemble, rien de plus, rien de sexuel, ils s'occuperont du sexe avec qui de droit, ils seront des amants platoniques, joueront au père et au fils, sans la rancœur des amants et la fureur des familles.

Bon, conservons ce fantasme un instant. Où mène-t-il ? Mizzy ne va-t-il pas tôt ou tard tomber amoureux d'une fille (ou d'un garçon) et partir ? Bien sûr. Il n'y a pas d'autre issue plausible.

Question : serait-il si pénible d'être abandonné dans cette maison sur la colline avec vue sur la pinède et la mer, âgé mais pas trop, la vie réduite à peu de chose, sans rien d'autre à faire qu'un nouveau pas dans l'inconnu ?

Réponse : non. Il serait quelqu'un à qui quelque chose de formidable, d'étrange et de scandaleux est arrivé. Il serait capable – obligé – de se surprendre lui-même.

Un élément en passant : les insectes ne sont pas attirés par la flamme des bougies, mais par la lumière par-delà la flamme, ils pénètrent dans la flamme et sont réduits à néant, carbonisés, tant ils sont avides d'atteindre la lumière derrière la flamme.

Il se lève et va prendre un autre cachet dans la salle de bains. Le loft continue d'être habité par le sommeil de ses deux êtres chers et par le fantôme agité, toujours vivant, de Peter, qui pendant un instant aurait pu mourir sans le savoir, être une ombre errante à l'aube de sa vie.

Retour au lit, dans ce cas.

Dix minutes, plus ou moins, de veille obstinée, avant d'être aspiré par la lourde vague du cachet numéro deux.

Le lendemain matin, Mizzy n'est plus là. Juste un lit fait avec soin et plus de vêtements ni de sac à dos.

« Le petit salaud », dit Rebecca.

Elle s'est levée avant Peter, qui n'a pas résisté à la double dose. Quand il se lève, il la trouve assise, désespérée, sur le lit de Mizzy, comme si elle attendait un bus pour un endroit où elle n'a pas particulièrement envie d'aller.

« Parti ? demande Peter dans l'embrasure de la porte.

— On dirait. »

Mizzy a probablement filé en douce pendant la nuit, après qu'ils s'étaient tous les deux endormis.

Pas de doute, les cachets ont fait leur effet. Si Peter ne les avait pas pris, il l'aurait entendu partir.

Et alors, s'il l'avait entendu, l'aurait-il arrêté ?

Rebecca et lui cherchent vainement trace d'un mot, sachant qu'il n'en a laissé aucun.

Rebecca se tient impuissante au milieu du séjour, les bras ballants.

« Le petit salaud, répète-t-elle.

— C'est un grand garçon, ne peut que répliquer Peter.

— Ce qu'il est, c'est un sale *petit* garçon dont le corps a fini par grandir.

— Tu ne peux donc pas le laisser partir ?

— Crois-tu que j'aie le choix ?

— Non. Je ne crois pas. Est-ce que tu l'as appelé ?

— Oui. Tu crois qu'il aurait répondu ? »

Voilà enfin la solution : Mizzy a mis les voiles. Tout va pour le mieux. Merci Miz.

Et bien sûr, Peter a le cœur en lambeaux.

Bien sûr, Peter n'a d'autre envie que de voir Mizzy revenir.

Tristesse et inquiétude crépitent en lui comme une décharge électrique.

Rebecca dit : « Il s'est passé quelque chose hier ? »

Crac. Une poussée de sang vertigineuse lui monte à la tête.

Il répond : « Rien de particulier. »

Rebecca s'assoit très droite sur le canapé. On dirait une patiente dans une salle d'attente. Inutile de le nier, c'est comme perdre Bea une deuxième fois. Comme leur retour à la maison après l'avoir conduite à Tufts, ce vide anesthésiant mêlé (ni l'un ni l'autre n'oserait le dire) d'un certain soulagement. Finies, les bouderies et les accusations. Une nouvelle forme d'inquiétude, plus aiguë parce que Bea se trouve loin d'eux mais en même temps assourdie, lointaine. Elle est livrée à elle-même à présent.

« C'est peut-être purement et simplement le moment de renoncer à lui », dit-elle.

Peter peut à peine l'entendre tant le sang bourdonne fort dans ses oreilles. Comment se peut-il qu'elle ne sache rien ? Il éprouve un élan de fureur meurtrière envers elle. Parce qu'elle en sait si peu. Parce qu'elle est incapable de comprendre qu'il a été, pendant tout ce temps, l'objet d'une fixation ; qu'un beau garçon a fantasmé à son sujet pendant vingt ans. (Peter a décidé, pour le moment, que l'amour que Mizzy lui porte est réel, que chacun des mots qu'il a prononcés sur la pelouse de Carole Potter était sincère.) Peter le Sceptique s'est volatilisé en même temps que Mizzy.

Il va s'asseoir à côté de Rebecca, passe son bras autour de ses épaules, s'étonne qu'elle ne devine pas sa perfidie, qu'elle n'entende pas son murmure.

« Tu ne peux pas sauver sa vie à sa place. Tu le sais, non ?

— Je sais. Je le sais très bien. Quand même. Il n'a jamais disparu tout d'un coup comme ça. Il m'a toujours dit où il allait. »

Oh, très bien. Elle est en partie convaincue d'être son amie la plus proche. Qu'il la préfère à Julie et à Rose.

Stupides humains.

Ils restent assis à côté l'un de l'autre pendant un moment. Et puis, parce qu'il n'y a rien d'autre à faire, ils s'habillent et partent travailler.

Les Victoria Hwang sont presque en place, merci, Uta. Peter est planté avec son café matinal au milieu de ce qui a déjà été installé. (Uta, dans son bureau, s'occupe de ses Dix Mille Choses personnelles). C'est la même routine, trop tard maintenant pour que Vic change ses instructions. Une des installations (il y en aura cinq) est entièrement montée : un écran de télévision (éteint pour le moment) qui, lorsqu'il sera allumé, montrera une vidéo de dix secondes d'un homme noir d'âge mûr, corpulent, qui se hâte, en quête de réussite, les cheveux coupés court, vêtu d'un costume gris anthracite correct bien que bon marché sous la sempiternelle tenue masculine, un trench beige, à l'évidence un luxe pour lui, muni d'une serviette en piteux état – ne sait-il pas que c'est un signe révélateur, qu'on ne peut pas se présenter à une réunion avec un porte-documents aussi râpé et éraflé, y voit-il une preuve d'insouciance et de désinvolture (il se trompe) ou est-ce tout simplement trop coûteux de le remplacer maintenant ? L'homme traverse une rue de Philadelphie au milieu d'autres hommes d'affaires, évite d'un pas sportif un sac de plastique emporté par le vent, et c'est tout. Voilà la vidéo.

Vic a disposé sur des rayonnages brillamment éclairés les objets dérivés, émanant d'un univers parallèle dans lequel ce type est une superstar. La figurine (elle connaît quelqu'un qui les fabrique en Chine), les tee-shirts, les porte-clés, les *lunch boxes*. Et, une nouveauté cette saison, un déguisement de Halloween pour les enfants.

C'est excellent. Ironique mais humain, cette notion d'un vedettariat qui pourrait, au sens warholien, être conféré à littéralement n'importe qui. C'est intelligent. Bien sûr, avec un brin de sarcasme et de condescendance, mais il s'agit au fond (une évidence pour qui connaît Vic Hwang) d'un hommage. Tout le monde est une star sur sa planète. Les véritables vedettes, les gens qui servent de modèles aux figurines et aux *lunch boxes*, sont accessoires – nous savons une quantité de choses sur Brad Pitt et Angelina Jolie, mais notre perception d'eux pâlit à côté d'un saut pour éviter un sac de plastique pendant que nous nous rendons à une réunion à Philadelphie.

Pourtant, Peter n'en retire rien. Pas maintenant. Pas aujourd'hui. Pas au moment où il a besoin de... davantage. Davantage que cette idée bien exécutée. Plus que le requin dans l'aquarium censé faire peur, plus que le type dans la rue destiné à exprimer quelque chose d'essentiel à propos de la célébrité. Il a besoin de davantage.

Il ferait mieux de se réfugier dans son bureau et d'envoyer quelques e-mails. De passer quelques coups de fil.

Où es-tu, Mizzy ?

Dix-huit nouveaux e-mails, provenant tous de gens persuadés que leur affaire est urgente. Une seule priorité : téléphoner à Groff à propos d'hier.

« Salut, ici Groff, vous connaissez la marche à suivre. »

Encore un de ceux qui ne décrochent jamais leur téléphone.

« Bonjour, Rupert, ici Peter Harris. Carole Potter aime beaucoup l'urne et, autant que je puisse en juger, elle est décidée à l'acheter. Appelez-moi et trouvons une heure pour nous rendre sur place. »

Et laisser un message à Victoria.

« Hello, Vic, ici Peter Harris. Votre travail est stupéfiant. Vous devez venir vers midi installer le reste, non ? Je suis impatient de vous voir. Bravo ! C'est une superbe expo. »

Il ne peut pas répondre aux e-mails. Est incapable d'appeler qui que ce soit d'autre.

Appuyé contre un mur de son bureau, le Vincent endommagé. La fente bâille un peu, dévoilant un trait de toile salie. Peter s'approche du tableau et, avec précaution, comme s'il craignait de lui faire mal, saisit le bord déchiré du papier brun huilé et l'arrache davantage (il est foutu, irréparable, c'est le problème de la compagnie d'assurances à présent). Le papier lourdement enduit tarde à céder. Il fait un bruit mouillé, un bruit de chair déchirée.

Ce qu'il révèle est une peinture banale. Des couleurs à la Philip Guston, une technique de brouillage d'image directement empruntée à Gerhard Richter. Un plagiat, inepte.

Peter entre dans le bureau d'Uta. Elle est concentrée sur son ordinateur, une tasse de café dans la main droite.

Elle dit : « Vous appréciez les Hwang jusqu'ici ?

— Ils sont très bien. Puis-je vous dire ce que je viens de faire ?

— Je suis tout ouïe.

— J'ai débarrassé le Vincent détérioré de son emballage papier. »

Elle lui jette un regard noir. « Vous n'auriez pas dû.

— Il est bousillé de toute façon. Ce n'est pas comme s'il allait le réparer.

— Ce sera encore plus difficile d'expliquer la situation aux gens de l'assurance, vous les connaissez. Pouvez-vous m'expliquer pourquoi vous avez fait ça ?

— La curiosité.

— Et qu'avez-vous découvert, monsieur le Curieux ?

— Rien qu'une toile merdique d'étudiant.

— Vous plaisantez...

— Pas du tout.

— Eh bien alors. Le petit salaud. »

Uta et Rebecca sont-elles la même femme au fond ?

« Cela change tout, vous ne croyez pas ?

— Sans doute, oui.

— Sans doute ?

— C'est une œuvre conceptuelle. Si on imagine qu'il y a quelque chose de merveilleux en dessous, mais qu'on ne le voit jamais...

— Comme le chat de Schrödinger...

—Je n'aurais pas pu mieux dire.

—Je ne pense pas que nous puissions le représenter désormais.

— Nous ne pouvons pas le représenter, précise Uta, parce que son œuvre ne se vend pas. »

Le portable de Peter fait entendre sa mélodie de Brahms. Correspondant inconnu. « Je vais répondre », dit-il, et il sort dans l'étroit couloir.

Se pourrait-il ? Serait-il possible ?

« Allô.

— Oui. »

C'est possible.

« Où es-tu ?

— Chez un ami.

— Qu'est-ce que ça signifie ?

— Que j'habite chez un ami. Il s'appelle Billy, il vit à Williamsburg. Je ne suis pas dans un bouge en train de me droguer. »

Franchement, Mizzy, pourquoi sommes-nous censés nous soucier de ce que tu fais ou pas ?

Peter ajoute pourtant : « Donc, tu vas bien ?

—Je ne sais pas si c'est le mot qui convient. Je me sens parfaitement en forme, si tu vois ce que je veux dire. Et toi, comment vas-tu ? »

Merci de le demander.

« Je me suis déjà senti mieux dans ma vie.
— J'ai envie de te voir.
— Et ?
— Il faut que nous parlions.
— Ouais. Il le faudrait. Sais-tu dans quel état est Rebecca ? »

Un silence haletant à l'autre bout du fil.

« Bien sûr que je le sais, répond Mizzy. Crois-tu que j'avais l'intention de lui faire de la peine ?
— Une note, un mot d'explication lui aurait évité d'autant se tourmenter.
— Qu'aurais-je pu écrire dans ce mot ? »

Va te faire foutre, sale enfant gâté.

« Tu as raison, répond Peter. Il faut que nous parlions. Veux-tu venir à la galerie ?
— On ne pourrait pas se rencontrer ailleurs ?
— Tu as un endroit à proposer ?
— Il y a un Starbucks dans la Neuvième Avenue. »

Va pour Starbucks. Pas de champ de brume où se rencontrer, n'est-ce pas ? Pas de donjon. Alors, Starbucks, pourquoi pas ?

« D'accord. Quand ?
— Disons, dans quarante-cinq minutes ?
— À tout à l'heure.
— Bien. »

Il raccroche.

« C'était Victoria ? » Uta l'appelle depuis son bureau.
« Non. C'était personne. »

Peter regagne son bureau où trône encore le Vincent, auréolé de son vieil emballage déchiré.

Ce serait romantique de contempler longuement cette ineptie totale, mais Peter ne parvient pas à se concentrer. S'il s'agit d'une métaphore, elle est de piètre qualité. Il s'agit plutôt d'une farce jouée par un artiste de seconde catégorie.

Peter a l'esprit occupé par d'autres pensées.

Que mijote Mizzy ? Quelle comédie va-t-il lui jouer dans quarante-deux minutes, dans ce maudit Starbucks de cette foutue Neuvième Avenue ? A-t-il préparé un couplet sur le refus du subterfuge ? Va-t-il demander à Peter de partir avec lui, de laisser sans regret la désolation derrière lui, pour s'installer... dans cette maison en Grèce ou un appartement à Berlin ? Que dira Peter si c'est le souhait de Mizzy ?

Oui. Que Dieu lui vienne en aide, il dira probablement oui. Sans le moindre début d'illusion sur la manière dont toute l'histoire se terminera. Il se sent prêt, à la plus petite incitation, à détruire sa vie, et personne, pas une seule personne de sa connaissance, ne le comprendra.

Peter répond à ses e-mails. Tout est normal. Il essaie de rester indifférent au passage du temps, mais l'heure est affichée dans l'angle supérieur droit de l'écran de son ordinateur, la palpitation de chaque minute. Et alors qu'il reste vingt-six minutes à attendre, Victoria arrive. Il entend Uta qui la fait entrer, il va l'accueillir dans la galerie.

Sourire. Tout sourire.

Victoria est une excentrique passionnée, une grande Chinoise aux cheveux coupés presque ras, portant des boucles d'oreilles grandes comme des soucoupes et de longues écharpes à franges.

« Salut, surdouée, dit Peter. C'est fabuleux. »

Ils échangent une de ces petites étreintes rapides et nerveuses que Victoria s'autorise. Les lèvres n'effleurent jamais la peau.

« Vous ne trouvez pas que je deviens prévisible ? »

Uta, en vraie professionnelle, répond : « Vous cherchez encore une voie. Ce sont des variations. Vous saurez quand le moment sera venu d'un changement plus radical.

— Vous me le diriez, n'est-ce pas ? » demande Victoria à Peter. Elle déteste les femmes.

« Bien sûr, affirme Peter. Vous faites juste ce qu'il faut en ce moment et, c'est clair, vous allez avoir un énorme succès. Croyez-moi. »

Victoria arbore un sourire vaguement optimiste, un peu sceptique. Elle est une des artistes de Peter qui se fait le moins d'illusions. Il y a quelque chose d'enfantin chez elle, elle paraît sérieuse mais inquiète, pleine d'espoir, comme une petite fille qui habille ses poupées et en fait des tableaux, les montrant aux adultes avec un mélange de fierté et d'embarras, craignant chaque fois de ne pas recueillir les compliments (légèrement condescendants) qu'elle a pris l'habitude d'attendre. Si seulement Peter aimait un peu plus son travail ou se sentait un peu moins séduit par elle.

« Prête à vous y mettre ?
— Oui.
— Voulez-vous une tasse de thé ? » Elle boit du thé. « Avec plaisir. »

Peter va s'en occuper, reçoit de la part d'Uta un rapide regard de remerciement. Pourquoi Uta devrait-elle servir du thé à une femme qui l'ignore ?

Il se rend dans la réserve où l'on range le thé et le café, branche la bouilloire électrique. C'est ici que se trouvent les casiers où sont stockées les diverses œuvres des artistes maison, prêtes à être montrées à un client intéressé, toutes soigneusement emballées dans du film plastique, étiquetées. Peter et Uta gèrent une maison bien tenue.

Il ne s'agit pas d'une métaphore. Les artistes produisent de l'art, et une partie patiente dans une pièce jusqu'à ce que quelqu'un se montre intéressé. Il n'y a rien à redire, rien de triste à cela.

N'empêche que Peter a envie de sortir de là.

Mais il peut attendre, il n'est pas perturbé à ce point, que l'eau bouille pour préparer à Victoria une tasse de thé vert.

Dans la galerie, Vic et Uta discutent de la deuxième installation, qui sera placée dans l'angle situé au nord. Peter apporte son thé à Victoria. Elle prend la tasse à deux mains, comme une offrande.

« Merci.

— De rien. »

Peter annonce : « Je dois sortir un moment. Je ne serai pas long. »

Il évite le regard interrogateur d'Uta — Peter ne sort jamais un petit moment, il ne sort jamais faire une course qui soit un mystère pour Uta. Ils n'ont pas de secrets.

« À tout à l'heure », dit Uta.

Pauvre con, arrête-toi dans les toilettes et vérifie ta coiffure avant de sortir. Vérifie que tu n'as rien de coincé entre les dents.

Et file. Et s'il ne revenait pas ? Imagine-t-il Uta en train de raconter : *Il ne m'a même pas dit où il allait ?* Oui.

Il s'oblige à avoir exactement sept minutes de retard, parce qu'il ne supporte pas qu'on le voie en train d'attendre, bien que Mizzy puisse avoir plus de sept minutes de retard et que Peter se demande en son for intérieur si, en arrivant sept minutes en retard, il ne risque pas d'avoir raté Mizzy, que Mizzy soit déjà arrivé puis reparti, et mêlé à cet accès de panique, à l'approche des portes familières du Starbucks, il y a l'émerveillement de se sentir aussi profondément épris. Pendant combien d'années a-t-il espéré, dans un recoin secret de son cerveau, chaque fois qu'une rencontre quelconque n'avait pas lieu, qu'il allait être libre de s'approprier l'heure allouée à une question d'affaires ou à un ami (à dire vrai, il n'a pas de véritable ami, sauf Uta – et pour quelle raison ? Plus jeune, il avait une foule d'amis).

Il pousse l'une des doubles portes vitrées, s'aperçoit qu'elle est fermée (pourquoi à New York une des deux portes est-elle toujours verrouillée ?), survit à ce léger embarras, entre par celle qui n'est pas bloquée. Au milieu de la matinée, le Starbucks n'est qu'à moitié plein, des femmes par paires, deux garçons plus jeunes, seuls, avec des ordinateurs portables devant eux ; il s'agit de l'endroit le moins cher de la ville, quatre dollars quarante pour un café et vous pouvez y rester la journée.

Et là, à une table près de la fenêtre, dans le fond, se tient Mizzy.

« Salut », fait Mizzy. Car que pourrait-il dire d'autre ?

Peter dit : « Content de te voir. » Le sarcasme est-il perceptible ?

Mizzy a déjà commandé un café (un Grande Cappuccino, impossible de ne pas garder pour soi une telle information). Il demande : « Tu veux un café ?

— Oui », répond Peter. Il n'en a pas envie en réalité, mais ce serait bizarre de s'asseoir en face de Mizzy sans rien boire. Il va se placer dans la file (deux personnes le précèdent, une Noire bien en chair et un type avec une mèche rabattue sur son crâne chauve, en pull pelucheux, deux parmi les multitudes qui par hasard ne figurent pas sur les tee-shirts et les *lunch boxes* de Victoria, mais qui le pourraient facilement). Peter s'efforce de supporter le mieux possible l'intermède de l'attente avant de commander son café.

De retour à la table de Mizzy, il lutte contre l'idée absurde qu'un Venti Latte écrémé a été un mauvais choix.

Mizzy est inchangé. Peut-être sa pâle beauté aristocratique est-elle encore accentuée par ce décor ordinaire. Le même nez romain complexe, les grands yeux marron sortis tout droit de Disney. La mèche de cheveux bruns qui divise son front.

Posé sur le sol au pied de la table, il y a le sac à dos avec lequel il a débarqué à New York.

Peter prend les devants. Il aura au moins cette dignité.

Il dit : « Tu as mis Rebecca hors d'elle.

— Je sais. Je suis désolé. Je vais l'appeler aujourd'hui.

— Commençons-nous par les raisons de ton départ ?

— Qu'est-ce que tu en penses ?

— Je t'ai posé la question, répond Peter.

— Je ne peux pas rester là et faire comme si rien ne s'était passé.

— Dis donc, n'est-ce pas toi qui as insisté pour dire que rien ne s'était vraiment passé ?

— J'étais sur la défensive. Bon sang, Peter, on s'apprêtait à rentrer et à dîner avec ma sœur. Je ne pouvais quand même pas tomber dans tes bras sur le pas de la porte, si ? »

Une sensation terrible, un poison enivrant envahit la gorge de Peter. Un goût de bile vénéneuse. C'est donc arrivé. Ce garçon, cette version de la jeune Rebecca, ce double gracieux et avide de Bea, cette vivante œuvre d'art, déclare son amour.

« Non, dit Peter. Tu ne le pouvais pas. » Y a-t-il un tremblement dans sa voix ? Sans doute.

Passe un bref silence. Pendant un moment, un instant, Peter revient sur sa décision. Il ne peut faire une chose pareille. Rebecca et Bea n'ont rien fait pour le mériter ; comment Rebecca s'en remettrait-elle ? (Bea, à coup sûr, consacrera une vie entière à haïr son père, ce qui lui apportera une certaine consolation, et en outre elle possède déjà un certain entraînement.) Un frisson vertigineux l'envahit. Il est sur le point de commettre une action inqualifiable. Il ne pourra plus jamais se considérer comme un honnête homme.

« Lui as-tu dit ? » demande Mizzy.

Quoi ?

« Bien sûr que non.

— Et tu ne le lui diras pas. Hein ?

— Écoute. C'est une chose dont nous devrions parler, tu ne crois pas ?

— S'il te plaît, ne lui dis rien. »

Et, presque malgré lui, Peter s'entend répondre :

« Mizzy, je suis attiré par toi. Je pense à toi. Je rêve de toi. » *Faux, tu rêves que tu pisses et que tu es poursuivi, mais bon.* « J'ignore si je suis amoureux, mais il s'est passé quelque chose avec toi, et franchement je ne pense pas que je puisse revenir comme ça à mon existence. »

Mizzy accueille ces mots avec une impassibilité singulière. Seuls ses yeux le trahissent. Ils ont soudain un éclat mouillé. À présent, pour la première fois, son léger strabisme lui donne l'air un peu égaré.

Il dit : « Je parlais de la drogue. »

Oh !

Peter prend plus ou moins conscience de l'affreuse réalité. Des picotements parcourent sa peau. La chaleur lui monte à la tête, il a un haut-le-cœur à nouveau.

Il dit : « Ce qui t'inquiète, c'est que je puisse lui raconter que tu as recommencé à te droguer. »

Mizzy a le bon goût de ne pas répondre.

C'est du chantage. Il s'est fait piéger. Rien d'autre. Toi, Peter, tu la boucles en ce qui concerne la drogue, et moi, Mizzy, je ne parlerai pas du baiser.

Peter dit vaguement : « Tu avais déjà tout combiné ? Toute cette histoire... »

Ne pleure pas, putain de merde. Ne pleure pas dans un Starbucks devant ce garçon sans cœur.

« Oh, non, dit Mizzy. J'ai toujours eu le béguin pour toi, je ne mentirais pas sur ça. Mais bon, tu es le mari de ma sœur. »

Je suis, c'est vrai, le mari de ta sœur. Je m'attendais à quoi ?

Il pensait qu'une force dépassant sa volonté allait l'arracher à cette existence et le transporter dans une autre. Il le croyait.

« Je suis vraiment désolé », dit Peter. Qu'entend-il par là ? Pour qui est-il désolé ?

« Ne sois pas désolé.

— D'accord. Je ne le suis pas. Que vas-tu faire maintenant ?

— J'ai l'intention d'aller en Californie. J'ai des amis dans la Bay Area. » Tu as l'intention d'aller en Californie. Tu as des amis dans la Bay Area. La *Bay Area*, même pas San Francisco.

« Que vas-tu y faire ? » Peter entend sa propre voix lui parvenir de loin. Derrière lui.

« Un de mes amis est infographiste, il cherche un associé. Je me débrouille bien en informatique. »

Tu te débrouilles bien en informatique. Tu vas t'associer avec un ami qui est infographiste dans la Bay Area. Tu n'as pas envie d'aimer pendant quelque temps puis d'abandonner un type plus âgé dans une maison sur une colline en Grèce. Cette éventualité ne t'a même pas effleuré.

Tu veux seulement que je t'épargne d'avoir tes sœurs sur le dos à propos de ton addiction. Tu avais besoin d'avoir barre sur moi d'une certaine façon, en guise d'assurance.

« C'est une bonne idée, fait la voix qui vient de quelque part au-dessus de l'épaule gauche de Peter.

— Tu promets de ne rien raconter à Rebecca ?

— Si tu promets d'aller lui dire au revoir avant de partir.

— J'irai, bien sûr. Je lui dirai que je suis parti ce matin parce que j'avais honte de refuser d'être marchand d'art. Elle comprendra. »

Sûrement. Elle comprendra.

Peter dit : « Ce qui pourra la convaincre fera l'affaire.

— Tu as été très gentil avec moi. »

Gentil. Ou peut-être me suis-je entiché de toi au point de te trahir comme le font souvent les amants. Quand recevrons-nous l'appel téléphonique annonçant ton overdose dans la Bay Area ?

« C'était normal, dit Peter. Tu fais partie de la famille, après tout. »

Et sur ce, il ne lui reste plus qu'à partir.

Ils se quittent dans la banalité du coin venteux de la Neuvième Avenue et de la 17ᵉ Rue. Emporté par le vent, un sac plastique s'envole au-dessus de leurs têtes.

Peter reprend : « Bien. À ce soir à la maison, alors ? »

Mizzy ajuste une bretelle de son sac à dos : « Si tu n'y vois pas d'inconvénient, je crois que j'irai directement dire au revoir à Rebecca à son bureau.

— Pas de dernière soirée ?

— Je ne pourrais pas supporter une soirée de plus comme celle d'hier. Tu le pourrais, toi ? »

Merci, Mizzy, merci de reconnaître qu'il s'est passé *quelque chose*. Quelque chose qui t'a ému, dont tu t'es senti en quelque sorte coupable.

« Je ne pense pas. Crois-tu... »

Mizzy attend.

« Tu ne crois pas que Rebecca trouvera bizarre de te voir partir aussi précipitamment ?

— Elle a l'habitude. Elle me connaît. »

Tu crois vraiment ? Sait-elle qu'avec toutes tes qualités incontestables tu es médiocre et au bout du compte un peu vain ?

Probablement pas. Mizzy n'est-il pas une œuvre d'art pour Rebecca, comme il l'est (l'était) pour Peter ? Ne vaut-il pas mieux qu'il le reste ?

« Bon, dans ce cas..., dit Peter.

— Je t'appellerai de Californie, d'accord ?

— Comment comptes-tu y aller ?

— En bus. Je n'ai pas beaucoup d'argent. »

Tu ne vas pas prendre le bus, Mizzy, Rebecca s'y opposera. Elle essaiera de te retenir, mais quand elle comprendra qu'elle est impuissante, qu'elle ne peut pas t'empêcher de faire ce que tu veux (sauf, naturellement, ce qu'elle ignore), elle se précipitera sur le téléphone pour t'acheter un billet d'avion. Tu le sais tout comme moi.

« Fais un bon voyage. »
Ce sont tes mots d'adieu ?
« Merci. »
Ils se serrent la main. Mizzy s'éloigne.
Et voilà. Peter avait imaginé qu'il pourrait être emporté par la passion, qu'il pourrait détruire la vie des autres (y compris la sienne) et paraître malgré tout sans reproche, parce que la passion est la plus forte, aussi illusoire, aussi condamnée d'avance qu'elle puisse être. L'histoire aime les amants tragiques, les Gatsby, les Anna K., elle leur pardonne, même si elle les anéantit. Mais Peter, personnage ordinaire d'un quartier banal de Manhattan, devra se pardonner à lui-même, se réduire à ce qu'il est car il semble que personne ne veuille le faire pour lui. Il n'y a pas d'étoiles peintes à la feuille d'or sur du lapis-lazuli au-dessus de sa tête, seulement le gris d'un après-midi d'avril anormalement froid. Personne ne va exécuter son effigie en bronze. Comme tant de foules dont on a perdu le souvenir, il attend un train qui très vraisemblablement ne viendra jamais.

Retourner au travail, c'est tout ce qu'il lui reste à faire.
Il a ça, au moins – qu'au bout du compte il ne se passe rien. Il en éprouve un amer soulagement. Il retrouve sa vie (non qu'elle lui ait été ôtée) ; il a l'espoir réel de devenir de plus en plus prospère (Groff va sans doute s'ajouter à sa liste d'artistes, et tout peut arriver une fois que vous avez embarqué un artiste tel que

Groff). Il a l'espoir plus incertain que Rebecca et lui seront à nouveau heureux. Assez heureux.

Le problème...

Le problème est qu'il peut très bien imaginer la meilleure fin possible. Sa galerie occupe un des premiers rangs, Rebecca et lui reprennent le cours tranquille de leur vie. Et voilà.

Il fait soudain plus froid, comme la météo l'a prévu ce matin, une baisse de température rare en cette saison. Peter n'en est pourtant pas au point – si seulement il avait un peu plus d'estime pour lui-même – de tourner de l'œil à cause d'un coup de froid en avril. Il n'en est pas au point d'ignorer l'exubérance qui règne dans les rues ; les gens pressés, courbés en deux ; le rang oscillant de cinq filles qui barrent le chemin (*Jamais lui, je l'ai prévenue, espèce de pot de colle, Rita, Dymphna et Inez*) ; la femme étonnamment bien habillée qui fouille dans les poubelles à la recherche de canettes ; les rires, les passants devant les vitrines et ceux qui parlent dans leur téléphone portable. C'est le monde dans lequel tu vis, même si un garçon s'est foutu de ta gueule.

À son retour à la galerie, la seconde installation de Vic vient d'être mise en place. Uta et les garçons (peut-être ne se décidera-t-il jamais à les virer, il y a toujours quelque chose d'urgent qui se présente) sont en train d'arranger les rayonnages pour y disposer les produits dérivés, tandis que Vic regarde avec son habituelle expression de surprise enfantine.

Uta dit : « Vous voilà revenu. » Ce qui signifie : où étiez-vous passé ?

« Je suis revenu, répond-il. Ça paraît bien.

— Nous étions sur le point d'aller déjeuner. Je pense que nous aurons fini ce soir vers neuf ou dix heures.

— Épatant. C'est épatant. »

Il va dans son bureau. Le Vincent détérioré est toujours là, sans signification particulière. Il s'assied à sa table de travail, pensant qu'il devrait faire quelque chose. Il a quantité de choses à faire.

Un moment plus tard arrive Uta.

« Peter, que se passe-t-il ?

— Rien.

— Allons donc ! »

Dis-le-lui. Dis-le à quelqu'un.

Il répond : « J'ai l'impression que je suis tombé amoureux du petit frère de ma femme. »

Uta a passé toute sa vie à ne pas avoir l'air étonné. « Ce gosse ? fait-elle.

— C'est pathétique, non ? dit-il. Stupide, triste et pathétique. »

Elle incline la tête sur le côté, le regarde comme s'il était subitement dissimulé par un écran de fumée. « Vous m'annoncez que vous êtes homo ? »

Un bref, fulgurant retour à la pelouse de Carole Potter, au moment où Peter a dit à Mizzy : « Tu es donc homo. » Oui et non. Si cela pouvait être aussi simple.

Il dit à Uta : « Je ne sais pas. Je veux dire, comment pourrais-je aimer un garçon et ne pas être homo ?

— Calmez-vous », lance Uta.

Elle appuie tout son poids sur une hanche, ajuste ses lunettes. Le moment de commencer la classe.

Elle demande : « Voulez-vous m'en parler ?

— Vous avez envie d'entendre mon histoire ?

— Bien sûr que j'en ai envie. »

D'accord, dans ce cas. Allons-y.

« Il ne s'est rien passé. Juste un baiser.

— Un baiser n'est pas rien. »

Amen, ma sœur.

« Pour être tout à fait franc, je pense que je suis tombé amoureux de... Je ne sais pas si je peux le raconter sérieusement. De la beauté elle-même. Je veux dire, de la manière dont elle se manifeste chez ce garçon.

— Vous avez toujours été amoureux de la beauté. C'est particulier chez vous.

— Je suis comme ça. Particulier. De cette manière.

— Et vous savez, Peter... »

Son accent, cet accent qu'il aime tant, sourd et immuable, semble s'être encore assourdi, si possible, avec la gravité du moment. *Vous zavez, Peter...*

« ... vous savez, il aurait été plus simple pour vous de tomber amoureux d'une jeune fille. Pauvre maladroit, vous ne choisissez jamais la solution la plus simple. »

Vous ne choisissez zamais la zolution la plus simple. Bon sang, je vous adore, Uta.

« Croyez-vous que je cherche à quitter quelque chose ?

— Ce n'est pas le cas ?

— J'aime Rebecca.

— Ce n'est pas la question.

— Et d'après vous, quelle serait la question ? »

Elle se tait, ajuste ses lunettes.

« Qui a dit, le pire que l'on puisse imaginer est probablement ce qui est déjà en train d'arriver ? Une phrase de psy. Pas fausse, cependant.

— Prête à entendre le mot de la fin ? dit Peter.

— Je suis toujours prête pour le mot de la fin.

— Il se foutait de moi.

— Bien sûr. C'est un gosse, pas vrai ?

— Mieux encore.

— J'écoute.

— Il m'a fait chanter.
— C'est très XIXe siècle, dit-elle.
— J'ai découvert qu'il avait recommencé à se droguer, et il m'a séduit pour que je ne dise rien à Rebecca.
— Holà ! C'est gonflé. »

Y a-t-il une nuance d'admiration dans sa voix ?

Que ce soit vrai ou non, Peter comprend : lui, Peter, est un personnage comique. Comment se fait-il qu'il ait imaginé, même un instant, le contraire ? Il est le bouffon auquel les autres jouent des tours. Une cible facile, faite de vanité et d'apparence.

Un chaudron fêlé où nous tapons des mélodies à faire danser les ours, quand on voudrait atteindre les étoiles.

« Je suis stupide, dit-il.
— En effet », répond-elle.

Uta contourne le bureau pour venir à côté de lui, lui passe un bras autour des épaules. Un bras seulement, posé avec douceur, mais quand même, c'est significatif de la part d'Uta. Elle n'aime pas les démonstrations.

« Et vous n'êtes pas le premier que l'amour ait rendu stupide. »

Merci, Uta. Merci, mon amie. Mais je crois que cela ne suffira pas. J'ai dépassé le stade de la consolation, et je ne tire pas grand réconfort de cette image de moi-même, pourtant fidèle, d'un citoyen triste qui mène sa petite vie.

Ce serait sans doute mieux si je pouvais hurler et pleurer avec vous. Or je ne peux pas, même si je le voulais, même si je vous croyais capable d'en supporter le spectacle. Je suis desséché à l'intérieur. J'ai une boule de goudron et de crin logée au fond de mon ventre.

« Non, je ne suis pas le premier. » Que dire d'autre ?

La journée finit par s'écouler. À neuf heures et quart, l'accrochage est terminé. Tyler, Branch et Carl sont rentrés chez eux. Peter se tient debout au milieu de la galerie avec Victoria et Uta.

« C'est parfait, dit Uta. Une bonne exposition. » Autour d'eux sont déployés cinq des super-héros de Victoria sur les murs et le sol de la galerie : le Noir dans son trench ; une femme d'âge mûr qui cherche de la monnaie dans son sac pour mettre une pièce dans un parcmètre ; une jeune femme boulotte au visage anguleux qui sort d'une boulangerie un sachet blanc à la main (le bagel de son déjeuner, certainement) ; un petit Asiatique mal fagoté, un gosse d'une douzaine d'années, qui file sur un skateboard ; et une jeune Hispanique poussant une voiture d'enfant avec ses deux jumeaux en train de hurler férocement. Les vidéos sont projetées simultanément au son des premières mesures de la *Neuvième Symphonie* de Beethoven diffusées en boucle depuis trois discrets haut-parleurs noirs. Les produits dérivés trônent sur les rayonnages : tee-shirts, figurines, *lunch boxes*, et déguisements de Halloween.

« C'est bien, non ? demande Victoria.

— Mieux que bien », la rassure Peter, ce qu'il dirait à n'importe quel artiste.

Il est temps de fermer, d'éteindre les lumières et de rentrer chez soi. Les conservateurs viendront demain, ainsi que quelques-uns des clients les plus importants de la galerie. L'article dans *Artforum* sort au début de la semaine prochaine. Mille bénédictions vous accompagnent, Victoria, au cours de votre ascension dans le monde de l'art. Si j'arrive à accrocher Rupert Groff, peut-être ne me laisserez-vous pas tomber, après tout.

Tâche de t'y intéresser. Fais ton possible pour donner l'impression que c'est important.

Que faire quand on n'est plus le héros de sa propre histoire ?

On ferme pour la nuit et on rentre retrouver sa femme, d'accord ? On prend un martini, on commande à dîner. On lit ou on regarde la télévision.

Tu es le minuscule Icare de Bruegel, qui se noie inaperçu dans un angle d'une vaste toile où des paysans sont occupés à labourer des champs et à garder des moutons.

Uta dit : « Si nous allions dîner quelque part ? »

Hum. Je ne peux pas, vraiment. Pas ce soir. Je ne peux pas aller m'asseoir dans un restaurant et faire la conversation, pas même avec la charmante et discrète Victoria Hwang.

Il répond : « Pourquoi n'y allez-vous pas toutes les deux ? » À l'intention de Victoria, il ajoute : « J'ai été un peu patraque récemment, et il faut que je sois brillant demain avec tous vos fans. »

Comment pourrait-elle le lui reprocher ?

Uta lui lance son regard d'institutrice. Va-t-il être dispensé ?

Elle insiste : « On pourrait juste avaler quelque chose de rapide et d'inconsistant, vous savez.

— Je suis quelqu'un de rapide et d'inconsistant », répond Peter. Ha, ha, ha ! « Sans blague, nous aurons une grande fête bien arrosée le soir du vernissage. J'ai besoin d'aller me coucher maintenant.

— Si vous le dites, répond Uta.

— Allez-y toutes les deux. Je vais m'attarder un peu ici. J'aimerais profiter seul de l'exposition. »

Comment pourrait-on lui en vouloir ?

Uta et Victoria attrapent leurs manteaux et s'attardent une minute avec Peter à la porte.

Victoria dit : « Merci pour tout, Peter. Vous êtes épatant. »

Merci, Victoria, d'être une personne gentille et sympathique. Étrange que les vertus ordinaires aient autant d'importance.

Uta dit : « Téléphonez si vous avez besoin de moi, d'accord ?

— Bien sûr. »

Elle lui presse la main. Comme il l'a fait pour Bette, quand ils étaient devant le requin.

Merci, Uta. Et bonne nuit.

Le voilà seul avec cinq personnages ordinaires qui traversent un bref intermède de leur existence quotidienne, tandis que le London Symphony Orchestra reprend, interminablement, les premières mesures de la *Neuvième Symphonie*. Beethoven en boucle.

Comment ces gens ont-ils été secourus et déçus ? Que va-t-il leur arriver, que leur arrive-t-il en ce moment ? Pas grand-chose, sans doute. Les courses, les heures de travail éreintantes, l'école pour le garçon, la télévision le soir pour tout le monde. Ou autre chose. Qui sait ? Chacun d'eux porte au fond de lui-même un moi précieux, pas uniquement des blessures et des espoirs, mais une intériorité, ce que Beethoven aurait pu appeler l'âme, cette flamme intime qui nous habite, le simple fait d'être vivant, pris dans un enchevêtrement de rêve et de souvenir autre que le rêve et le souvenir, autre que l'instant présent (traverser la rue, sortir de la boulangerie) ; cette infinitude mineure, l'univers personnel dans lequel vous avez toujours vécu et vivrez toujours, à filer sur un skateboard, à chercher des pièces de monnaie au fond d'une poche ou à ramener à la maison vos enfants dissipés. Que disait Shakespeare ? *Et notre vie infime est cernée de sommeil*[1].

Peter donnerait beaucoup pour pouvoir dormir maintenant. Dormir, dormir et dormir.

Ou pleurer. Pleurer serait bien, lui ferait du bien, le laverait, mais il est desséché à l'intérieur, ce qu'il ressent paraît plus proche d'une indigestion que du désespoir.

Il n'est qu'un pauvre, qu'un drôle de petit bonhomme, n'est-ce pas ?

Il s'attarde un peu dans l'exposition, qui sera un succès ou non. Qui sera décrochée et remplacée par une autre. Groff, si Peter a de la chance, Lahkti, s'il est... moins chanceux. Non que Lahkti représente un lot de consolation, ces petites scènes complexes de Calcutta soigneusement peintes, Peter les apprécie (jusqu'à un certain point) et franchement, bien que Lahkti ne fasse pas sensation (les petites toiles se vendent moins bien que les grandes), il préférerait ne pas avoir à le déloger pour faire place à Groff. Il pourrait ainsi continuer à s'estimer respectable, à vivre comme quelqu'un de sérieux, un marchand de second rang, respecté mais pas redouté. Qu'il ait Groff et il accédera (peut-être) au premier rang ; qu'il échoue (et qui pourrait blâmer Groff de choisir une galerie plus renommée ?) et il s'installera, peut-être pour de bon (il n'a pas fait d'étincelles depuis une dizaine d'années à présent), dans une carrière à moitié réussie, champion de ceux qui sont passés inaperçus et de ceux qui ont frôlé le succès.

---

1. *La Tempête*, traduction Pierre Leyris.

Les cinq personnages de Victoria tournent et tournent en boucle. Beethoven retentit triomphalement. Mizzy est sans doute dans l'avion en ce moment, traversant le continent, survolant les guirlandes de lumière de l'Amérique nocturne.

Ce serait bon de dormir là, sur place, à même le sol de la galerie, tandis que cinq inconnus vivent et revivent en continu, à travers de brefs moments du passé, désormais oubliés.

Il est temps de les faire taire, d'arrêter la musique, d'éteindre la lumière et de rentrer.

Il s'attarde pourtant. Il ne s'agit peut-être pas de grand art, mais d'un art de bonne qualité, un art qui le réconforte, l'accompagne, et qui ne paraîtra jamais aussi limpide qu'à présent, avant que les acheteurs ne viennent le regarder.

Il s'empare d'une des figurines, l'homme noir à la serviette usagée. Elle est volontairement médiocre – les yeux peints louchent, la peau est d'une morne couleur cacao, le costume sans recherche fait d'un tissu synthétique gris acier. L'idolâtrie implique une régression, paraît-il. Même ces Vierges polychromes aux yeux de verre, même ces Bouddhas dorés. La chair, la véritable matière vivante, déjoue tous les efforts de la représentation.

Quel artiste serait le plus approprié pour représenter Peter en ce moment ? Francis Bacon, peut-être ? Un de ces mâles d'un certain âge à la nudité rose et charnue, dans un repos torturé. Lui qui s'était imaginé en bronze. Il s'était montré vain à ce point.

En tapant sur un chaudron fêlé une mélodie à faire danser les ours quand on voudrait atteindre les étoiles.

C'est quelque chose cependant – ce n'est pas rien – d'avoir un chaudron pour vous faire danser. Pas si vous êtes un ours.

En rentrant chez lui, il trouve Rebecca au lit. Il est un peu plus de neuf heures et demie.
Elle est recroquevillée face au mur, enveloppée d'une courtepointe. Il la voit brièvement en épouse indienne, emmaillotée pour le bûcher.
Elle sait. Mizzy lui a tout raconté. Peter chancelle, comme si le sol avait basculé sous lui. Va-t-il nier ? Ce serait facile, Mizzy étant un menteur patenté, Peter pourrait sans peine proclamer son innocence. Mais s'il ment, il aura toujours menti, Mizzy, en dépit de toutes ses transgressions, aura toujours été accusé à tort. Peter lutte contre l'envie de tourner les talons et de partir, de quitter l'appartement, d'aller se réfugier... où exactement ? Y a-t-il un ailleurs pour lui ?
Il s'avance dans la pièce. Il y a les lampes achetées voilà des années au marché aux Puces à Paris. Accrochés au-dessus du lit, les trois dessins de Terry Winters.
« Bonsoir, parvient-il à dire. Tu ne te sens pas bien ?
— Simplement fatiguée. Mizzy est parti aujourd'hui.
— Non ? »
C'est trop flagrant de jouer ainsi l'imbécile. Rebecca ne décèle-t-elle pas son hypocrisie ?
Elle reste le dos tourné.
« Pour San Francisco, dit-elle. Quelqu'un lui offre un travail là-bas, semble-t-il. »
Peter s'évertue à s'exprimer et à se comporter avec naturel, bien qu'il ait du mal à se rappeler la façon dont il parle, dont il se comporte.
« Quel genre de travail ?

— Infographiste. Ne me demande pas en quoi ça consiste précisément. Ni en quoi cela pourrait devenir un vrai boulot.

— Comment lui est venue cette lubie, à ton avis ? » demande Peter, et il sent un frisson lui parcourir l'épine dorsale. *Tue-moi, Rebecca. Réduis-moi en pièces ! Nous savons tous les deux pourquoi il est parti brusquement pour San Francisco. Je me tiens devant toi, je suis une ordure. Hurle. Jette-moi dehors. Ce serait un soulagement, pour l'un comme pour l'autre.*

Rebecca dit : « J'ai cru qu'il allait changer cette fois. Je l'ai vraiment cru.

— Peut-être le moment est-il venu d'admettre qu'il ne changera jamais, répond Peter avec hésitation.

— Peut-être. »

Il y a un tel chagrin dans sa voix. Peter s'avance et s'assied au bord du lit. Doucement, très doucement, il pose une main sur son épaule recouverte.

Serait-il plus courageux de sa part d'avouer ? Bien sûr que oui. Il pourrait au moins avoir cette dignité.

Il dit : « Mizzy provoque les gens. Et les gens réagissent. »

Une entrée en matière un peu faiblarde. Mais c'est un début. Continue.

Elle rétorque : « Trop pour son propre bien. »

Prêt ? Vas-y.

« Qu'est-ce qu'il t'a dit cet après-midi ? »

Peter ne sait pas s'il va mentir ou non. Il est incapable d'envisager l'avenir aussi loin. Il ne peut qu'attendre, impuissant, de voir ce qu'il va faire.

« Il m'a dit quelque chose », répond-elle.

Oh ! Ça y est. Adieu ma vie. Adieu lampes et dessins. Peter s'efforce de contenir le tremblement de sa voix.

« Je crois savoir. Est-ce que je sais ? »

La vérité. Il va dire la vérité. Il lui restera ça, au moins.

Elle continue : « Il m'a dit qu'il m'aimait, mais qu'il devait s'éloigner de moi pendant un certain temps. Il paraît que je l'empêche de devenir adulte en le couvant comme je le fais. »

Vraiment ? Sans blague ? C'est *tout* ?

« Bon, peut-être a-t-il raison », fait Peter. Se peut-il qu'elle n'entende pas sa voix vaciller ?

« La vérité est... »

Peter hésite. Il devine plus qu'il n'entend un chuchotement à la fenêtre, d'imperceptibles petits coups. La neige. Un fin voile apporté par le vent, comme la météo l'avait prédit.

Rebecca dit : « Il m'adore, et bla-bla-bla, mais il a besoin de se retrouver seul. »

Oh.

Peut-être Mizzy n'avait-il pas besoin de faire chanter Peter, dans ce cas. Peut-être savait-il qu'on ne le croirait pas. Ou peut-être – ce qui est pire – a-t-il trouvé une certaine satisfaction à les tenir à sa merci avant de passer à la suite. Peut-être s'est-il joué d'eux, cherchant à voir jusqu'où il pouvait aller.

Rebecca se tourne vers Peter. Son visage est pâle, avec un reflet luisant de transpiration.

Elle ajoute : « J'ai compris quelque chose.

— Oui ?

— J'ai vécu dans une sorte de lamentable fantasme. »

Voilà, enfin. Elle a vécu avec l'illusion d'un mari honorable, un homme qui a ses faiblesses mais ne ferait pas, ne ferait jamais ce que Peter a fait.

« Hum ? dit-il.

— J'ai cru que si je pouvais rendre Mizzy heureux, il se passerait quelque chose de magique.

— Quelque chose de magique ?

— Que je serais heureuse moi aussi. »

Son estomac se soulève.

Peter avait cru qu'elle *était* heureuse.

« Je pense que tu es bouleversée en ce moment », dit-il.

Elle respire de façon saccadée. Elle ne pleure pas.

« Oui, fait-elle, je suis bouleversée. Et tu sais quoi ? »

Il reste silencieux.

Elle continue : « Quand Mizzy m'a annoncé qu'il partait pour San Francisco pour un travail sans doute inexistant et m'a tapée pour son billet d'avion, je n'ai pas été furieuse. Bon, j'étais furieuse, bien sûr, mais je ressentais autre chose, en même temps.

— Quoi ? » Peter ne s'est jamais senti aussi stupide.

« J'étais envieuse. Je ne voulais pas être moi-même. Je ne voulais pas être une femme mûre, raisonnable, capable de lui faire un chèque. Je voulais être jeune et perturbée et, je ne sais pas. Libre. »

Non, Rebecca, ce n'est pas ce que tu veux. Tu veux la permanence. C'est moi qui veux être libre. C'est moi qui suis capable de commettre des actes indignes.

« Libre », répète-t-il. Sa voix est blanche, elle sonne étrangement à ses propres oreilles.

Rebecca, tu ne peux pas poursuivre ce fantasme. Ce fantasme m'appartient.

Un ange passe. Peter entend la neige frapper contre la vitre. Il a l'impression qu'il va perdre connaissance, tourner de l'œil.

Il dit malgré lui : « Tu désires te libérer de notre vie ensemble ?

— Oui, répond-elle. Je crois que oui. »

Quoi ? *Quoi ?* Non. C'est toi, Rebecca, qui es heureuse – plutôt heureuse. Tu es celle qui est satisfaite de nos existences dynamiques (même si elles sont parfois rudes), tu es celle que moi, Peter, je voulais quitter ; tu es celle à qui je voulais ne pas faire de mal.

« Chérie », dit-il. Rien de plus.

« Tu es malheureux, toi aussi, n'est-ce pas ? » demande-t-elle.

Il ne répond pas. Oui, oui, *bien sûr qu'il est malheureux*, mais l'absence de bonheur est *son* domaine, elle n'y a pas droit, elle est solide et formidable, capable de se sentir blessée mais pas malheureuse en soi. Elle est celle qui, avec les meilleures intentions, le retient.

Il dit : « Tu m'annonces que tu veux que nous nous séparions ?

— Je suis désolée. J'y pense depuis longtemps. »

Depuis combien de temps ? Depuis combien de temps as-tu feint d'être satisfaite ?

« Je ne sais pas quoi dire. »

Elle se redresse, le regarde bien en face. Ses yeux sont ternes. Elle reprend : « On dirait que j'ai conclu une sorte d'accord tacite avec moi-même, suivant lequel si j'arrivais à rendre Mizzy heureux je serais capable d'être heureuse de mon côté.

— Tu ne crois pas que c'est un peu... »

Elle rit, d'un rire rauque. « Dingue ? Si.

— Et tu veux vraiment me quitter parce que Mizzy est parti pour San Francisco ?

— Je ne te quitterais pas. Nous dirions restons-en là, toi et moi. Nous nous dirions adieu. »

Ce monolithe qu'a toujours été son mariage pour Peter, est-il possible qu'il soit, qu'il ait toujours été aussi fragile ? Que tous ses secrets, ses intuitions, ses marques de tendresse et de séduction se soient montrés inutiles ? Suffit-il que l'un d'eux dise simplement... c'est fini, et *pouf* ?

Peter a le visage moite. Il s'efforce de reprendre sa respiration.

« Rebecca, explique-moi. Tu as décidé, semble-t-il, que nous devions nous séparer parce que ton irresponsable de frère est parti pour San Francisco afin de travailler dans une boîte d'infographie.

— Il ne va pas travailler dans une boîte d'infographie, dit-elle. Il est simplement parti se droguer ailleurs.

— On n'y peut rien. »

Elle examine le bout de ses doigts. Et soudain, d'un geste brusque, elle glisse son index dans sa bouche et le mordille.

« Je suis une véritable idiote, fait-elle.

— Tais-toi. Ne dis pas ça. »

Une expression de panique, presque animale, se peint sur le visage de Rebecca.

« J'ai toujours cru pouvoir créer un refuge pour Mizzy. Depuis l'époque où il était un pauvre petit garçon perdu. Je savais notre famille incapable de s'occuper de lui ; ils ont l'air romantique vus de loin, mais ils ne sont pas armés pour gérer grand-chose. Et maintenant je me rends compte que ce n'est pas du tout ce que je voulais. Je voulais être Mizzy. Je voulais être celle qui a des problèmes. Je voulais être celle dont quelqu'un doit s'occuper. »

Peter a envie de la gifler. De la gifler pour de vrai.

Il lance : « Je ne m'occupe donc pas de toi ?

— Je ne veux pas être cruelle. Pardonne-moi.

— Non, dis-m'en davantage. » C'est tout ce qu'il trouve à lui répliquer.

« Je me sens comme une étrangère ici, Peter. Il m'arrive de rentrer à la maison et de me demander, qui vit ici ? Je t'aime. Je t'ai aimé.

— Tu *m'as* aimé. »

Et tous ces dîners ensemble, et tous nos dimanches ?

« Non, je t'aime, je t'aime, mais je... Je suis en plein désarroi. J'ai l'impression de partir à la dérive. »

Elle se mord le doigt encore une fois.

« Arrête, dit Peter.

— Je suis une mère lamentable. Pour tout le monde. Je n'ai pas su aider Bea. Je n'ai pas su aider Mizzy. Je ne suis qu'une enfant qui a appris à jouer à l'adulte. »

Peter essaye de rester conscient. Que devrait-il lui dire, qu'a-t-il envie de lui dire ? Que tous ses efforts pour édifier un sanctuaire destiné à son petit frère perdu ont été ruinés par son mari énamouré, qui a fait fuir Mizzy non à cause de son amour mais en gardant un secret ? Devrait-il lui annoncer qu'elle s'était sans doute trompée pendant toutes ces années, que le jeune prince n'est, c'est triste à dire, qu'un escroc minable, qui ne voyait pas d'inconvénient à pratiquer ses arnaques sur les marches du temple qu'elle avait construit pour lui ?

C'est ce qui arrive, non ? Nous construisons des palais pour que les plus jeunes puissent les démolir, piller les celliers et pisser du haut des balcons drapés de tapisseries.

Regardez Bea. Ils ont cru qu'elle aimerait vivre à SoHo ; qu'elle aimerait grandir en portant des petites jupes Chanel étroites et jouer dans un orchestre...

Ont-ils imaginé que leur désir de la rendre heureuse se révélerait semblable au monstre qui gratte à sa fenêtre ?

Donnons-nous jamais à l'autre le cadeau qu'il désire en réalité ?

Comment a-t-il pu oublier que Rebecca possède sa propre vie, et que cet effort permanent d'être Rebecca ne dépend pas toujours de lui ?

« Tu n'es pas lamentable, dit-il. Juste humaine. »

Elle dit : « Tu ne préférerais pas être libre ?

— Non. Je ne sais pas. Je t'aime.

— À ta façon. »

À ta façon... Une vague d'émotion monte en lui, une tristesse atroce. Il a déçu tout le monde. Il n'a rien vu ni entendu.

« Nous ne devrions pas nous séparer, dit-il. Pas maintenant.

— Tu penses que nous devrions continuer comme avant ? »

Il se retient de dire : *Oui, c'est exactement ce que nous devrions faire. Continuer.*

Ne l'aurait-il pas quittée, si Mizzy lui avait donné le moindre encouragement ?

Que veut-il ? Expulser ce qu'il y a d'enfoui au fond de lui-même et aller se coucher. Retrouver à son réveil son ancienne vie impossible. Voilà ce qu'il veut.

Elle finit par dire : « Je crois que nous pourrions essayer. »

Il hoche la tête.

C'est donc ça ? La compassion pour l'autre, voilà tout ce qui compte vraiment ? Aimer, pardonner, durer ?

Ce n'est pas aussi simple. Pouvoir chérir quelqu'un d'autre, s'imaginer à la place d'un autre, fait partie de la confusion de la vie. C'est essentiel pour un saint ou deux (à supposer que des créatures telles que les saints existent) mais ce n'est qu'un aspect d'une vie, d'une putain de vie tordue à vous fendre le cœur.

Quand même. Ce n'est pas rien.

Rebecca n'est plus Galatée, elle n'est plus Olympia. Le temps nous dépouille, sans relâche, et lorsque nous demandons grâce, il nous dépouille encore davantage. Voici le visage de Rebecca, son visage las, son visage futur, pâle et creusé, qui apparaît tous les jours, un visage qui sera (comme celui de Peter) de moins en moins capable d'éveiller l'ardeur même d'un infortuné Mike Forth, ou d'un Mizzy retors et narcissique. Une mèche de ses cheveux sombres reste collée sur son front pâle.

À cet instant, ils ne ressemblent à rien d'autre qu'à un couple dans une gare, serrés l'un contre l'autre, heureux de la chaleur de la salle à défaut d'autre chose.

De petits flocons grisâtres tombent en tourbillonnant, tournoient derrière la fenêtre.

Peter regarde la neige au-dehors. Ô, homme inconséquent. Tu as détruit ton foyer non par passion mais par négligence. Toi qui osais te considérer comme dangereux. Tu es coupable non de transgressions héroïques mais de crimes minuscules. Tu as échoué de la manière la plus indigne et la plus humaine – tu n'as pas su imaginer la vie des autres.

Dehors, au-delà de la vitre, Bette Rice rit en buvant un verre de vin en compagnie de son mari. Mizzy est dans les airs, il regarde une comédie romantique sur un écran miniature, *La Montagne magique* posée ouverte sur ses genoux. Bea sort des glaçons du réfrigérateur derrière le bar, songe qu'elle est fatiguée de son travail, qu'elle devrait voyager, peut-être... partir quelque part. Quelque part ailleurs. Debout devant la fenêtre de sa chambre, Uta fume une cigarette et imagine une toile vierge et blanche.

La neige tombe dans l'urne du jardin de Carole Potter, sur les massifs, dans les pétales des fleurs d'origan. Un voile blanc poussé par le vent recouvre le jardin désert tandis que des écheveaux de flocons chutent en spirale dans la nuit argentée.

Il n'y a personne pour le voir. Le monde fait ce qu'il fait toujours, il se révèle à lui-même. Le monde ne s'intéresse pas aux petites silhouettes qui vont et viennent, fantômes qui tremblent et se prosternent, ratissent les sentiers gravillonnés et construisent parfois un jardin de pierres, l'éphèbe de bronze, l'urne martelée destinée à recevoir la neige.

C'est la dernière neige de l'année. Ensuite, les jours et les nuits se réchaufferont peu à peu, les petits bourgeons durs sur les buis des Potter vont éclore et fleurir.

Et ici, par cette nuit glacée, Peter et Rebecca sont dans leur chambre familière.

Quelque chose s'élève en Peter, davantage une plante déracinée par une main invisible qu'une lévitation de l'âme. Il sent les racines minces comme des cheveux s'extraire de sa chair. Il est soulevé hors de lui-même, dépouillé de son enveloppe, cet homme triste et affamé, la figurine aux yeux mal peints et au costume synthétique fait à la hâte. Mais s'il a été un personnage clownesque, il a aussi été (Dieu merci) un acolyte, un amoureux de l'amour, et ses petites cabrioles terrestres avaient pour but d'apaiser la divinité, si ridicules et insuffisantes qu'aient été ses offrandes. Il peut regarder la neige tomber et il peut voir la chambre de l'extérieur de la fenêtre, une modeste pièce assaillie par le mauvais temps mais solide pour l'instant, sa maison pour l'instant, pour lui et sa femme, jusqu'à ce que d'autres prennent leur place. S'il mourait ou s'enfonçait simplement dans l'obscurité, Rebecca sentirait-elle encore sa présence ? Sûrement. Ils ont fait trop de chemin ensemble. Ils ont essayé et échoué, essayé et échoué, et il ne leur reste sans doute rien d'autre à faire, en fin de compte, que d'essayer à nouveau.

Il la regarde.

Elle est lumineuse dans son chagrin, farouchement superbe, tout entière présente, avec son large front pâle, l'arc athénien de ses sourcils, le gris éclatant de ses yeux, le contour ferme de sa bouche décidée, l'avancée de son menton presque masculin. Elle est ici, bien ici ; elle ressemble exactement à ce qu'elle est. Pas à une copie ratée d'elle en plus jeune. Elle est elle-même, exactement, plongée dans ses pensées, l'air dévasté, incomparable, singulière.

« Qu'en penses-tu ? » demande-t-elle.

C'est sa voix, profonde pour une femme, légèrement rauque, avec un soupçon de grasseyement, comme un bâton raclant du sable. Il lui reste encore, si vous écoutez bien, une trace de l'ancien accent de Richmond, devenu avec les années une légère inflexion étonnée, qui bute sur certains mots.

Voici l'art de Peter. Voici sa vie (bien que sa femme puisse le quitter, bien qu'il ait trébuché dans bien des domaines). Voici une femme qui change tout le temps, qu'on ne peut couler dans du métal parce qu'elle n'est déjà plus ce qu'elle était quand il a poussé la porte, différente de qui elle sera dans dix minutes.

Peut-être n'est-il pas trop tard. Peut-être toutes les chances de Peter ne sont-elles pas gâchées.

Il embrasse Rebecca, doucement, sur ses lèvres gercées.

« Oui, dit-il, je crois que nous pouvons essayer. Je le crois. Oui. »

Il lui raconte alors tout ce qui est arrivé.

Remerciements

Je serais à peine plus qu'un produit de mon imagination sans mon agent Gail Hochman ; mon éditeur, Jonathan Galassi ; et l'amour de ma vie Ken Corbett.

Si les descriptions du monde de l'art contenues dans ce livre sont exactes, c'est grâce à Jack Shainman et Joe Sheftel.

Je ne saurais pas grand-chose sur Greenwich, Connecticut, sans l'aide généreuse de Constance Gibb.

Je ne saurais pas grand-chose sur presque tout sans le soutien de Meg Giles.

Mon infinie reconnaissance à Amy Bloom, Frances Coady, Hugh Dancy, Claire Danes, Stacey D'Erasmo, Elliott Holt, David Hopson, Marie Howe, Daniel Kaizer, James Lecesne, Adam Moss, Christopher Potter, Seth Pybas, Sal Randolph, et Tom Grattan.

Collection « Littérature étrangère »

ADAMS Poppy
Le Temps des métamorphoses

ADDERSON Caroline
La Femme assise

AGUÉEV M.
Roman avec cocaïne

ALI Monica
Sept mers et treize rivières
Café Paraíso
En cuisine

ALLISON Dorothy
Retour à Cayro

ANDERSON Scott
Triage
Moonlight Hotel

ARLT Roberto
Les Sept Fous
Les Lance-Flammes

ARPINO Giovanni
Une âme perdue
Le Pas de l'adieu
Mon frère italien

AUSLANDER Shalom
La Lamentation
du prépuce
Attention Dieu méchant

BAXTER Charles
Festin d'amour

BENIOFF David
24 heures avant la nuit

BLOOM Amy
Ailleurs, plus loin

BROOKNER Anita
Hôtel du Lac
États seconds
La Vie, quelque part
Une chute très lente
Une trop longue attente
Fêlures
Le Dernier Voyage

BROOKS Geraldine
Le Livre d'Hanna
La Solitude du Dr March

BROWN Clare
Un enfant à soi

CABALLERO Antonio
Un mal sans remède

CAÑÓN James
Dans la ville
des veuves intrépides

CONNELL D. J.
Julian Corkle est un fieffé
menteur

CONROY Pat
Le Prince des marées
Le Grand Santini

COURTENAY Bryce
La Puissance de l'Ange

CUNNINGHAM Michael
La Maison du bout
du monde

Les Heures
De chair et de sang
Le Livre des jours

DORRESTEIN Renate
Vices cachés
Un cœur de pierre
Sans merci
Le Champ de fraises
Tant qu'il y a de la vie

DUNANT Sarah
La Courtisane
 de Venise
Un cœur insoumis

DUNMORE Helen
Un été vénéneux
Ils iraient jusqu'à la mer
Malgré la douleur
La Faim
Les Petits Avions
 de Mandelstam
La Maison des orphelins

EDELMAN Gwen
Dernier refuge avant
 la nuit

ELTON Ben
Nuit grave
Ze Star

FERRARIS Zoë
La Disparue du désert
Les Mystères
 de Djeddah

FEUCHTWANGER Lion
Le Juif Süss

FLANAGAN Richard
La Fureur et l'Ennui
Désirer

FREY James
Mille morceaux
Mon ami Leonard

FROMBERG SCHAEFFER Susan
Folie d'une femme séduite

FRY Stephen
L'Hippopotame
Mensonges, mensonges
L'Île du Dr Malo

GALE Patrick
Chronique d'un été
Une douce obscurité
Tableaux d'une exposition
Jusqu'au dernier jour

GARLAND Alex
Le Coma

GEE Maggie
Ma bonne

GEMMELL Nikki
Les Noces sauvages
Love Song

GILBERT David
Les Normaux
Les Marchands de vanité

GUSTAFSSON Lars
La Mort d'un apiculteur

HAGEN George
La Famille Lament
Les Grandes Espérances
 du jeune Bedlam

HOMES A. M.
Mauvaise mère

HOSSEINI Khaled
Les Cerfs-Volants de Kaboul
Mille soleils splendides

JOHNSTON Jennifer
Petite musique des adieux
Ceci n'est pas un roman
De grâce et de vérité
Un Noël en famille

JONES Kaylie
*La fille d'un soldat
ne pleure jamais*
Dépendances

JORDAN Hillary
Mississippi

KAMINER Wladimir
Musique militaire
Voyage à Trulala

KANON Joseph
L'Ultime Trahison
L'Ami allemand
Alibi

KENNEDY Douglas
La Poursuite du bonheur
Rien ne va plus
Une relation dangereuse
*L'homme qui voulait vivre
sa vie*
Les Désarrois de Ned Allen
*Les Charmes discrets
de la vie conjugale*
Piège nuptial
La Femme du Ve
Quitter le monde
Cet instant-là

KLIMKO Hubert
La Maison de Róża
Berceuse pour un pendu
Les Toutes Premières Choses

KNEALE Matthew
Les Passagers anglais
Douce Tamise
Cauchemar nippon
*Petits crimes
dans un âge d'abondance*
*Maman, ma sœur,
Hermann et moi*

KOCH Herman
Le Dîner

LAMB Wally
Le Chant de Dolorès
La Puissance des vaincus
Le Chagrin et la Grâce

LAWSON Mary
Le Choix des Morrison
L'Autre Côté du pont

LEONI Giulio
*La Conjuration
du Troisième Ciel*
La Conspiration des miroirs
La Croisade des ténèbres

LI YIYUN
*Un millier d'années
de bonnes prières*
Un beau jour de printemps

LISCANO Carlos
La Route d'Ithaque
Le Fourgon des fous
Souvenirs de la guerre récente
L'Écrivain et l'Autre
Le Lecteur inconstant
suivi de *Vie du corbeau blanc*

LOTT Tim
Frankie Blue
Lames de fond
*Les Secrets amoureux
d'un don Juan*
L'Affaire Seymour

MADDEN Deirdre
  Authenticité

MARCIANO Francesca
  L'Africaine
  Casa Rossa
  La Fin des bonnes manières

MCCANN Colum
  Danseur
  Les Saisons de la nuit
  La Rivière de l'exil
  Ailleurs, en ce pays
  Le Chant du coyote
  Zoli
  *Et que le vaste monde
    poursuive sa course folle*

MCCOURT Frank
  Les Cendres d'Angela
  C'est comment l'Amérique ?
  *Teacher Man, un jeune prof
    à New York*

MCGARRY MORRIS Mary
  Mélodie du temps ordinaire
  Fiona Range
  Un abri en ce monde
  Une douloureuse absence
  Le Dernier Secret

MERCURIO Jed
  *La Vie sexuelle d'un Américain
    sans reproche*

MILLS Jenni
  Le Murmure des pierres

MORTON Brian
  Une fenêtre sur l'Hudson
  Des liens trop fragiles

MURAKAMI Haruki
  *Au sud de la frontière,
    à l'ouest du soleil*
  Les Amants du Spoutnik
  Kafka sur le rivage
  Le Passage de la nuit
  *La Ballade
    de l'impossible*
  L'éléphant s'évapore
  *Saules aveugles,
    femme endormie*
  *Autoportrait de l'auteur
    en coureur de fond*
  Sommeil
  1Q84 (tome 1)
  1Q84 (tome 2)

NICHOLLS David
  Un jour

O'DELL Tawni
  Le Temps de la colère
  Retour à Coal Run
  Le ciel n'attend pas
  Animaux fragiles

O'FARRELL Maggie
  Quand tu es parti
  La Maîtresse de mon amant
  La Distance entre nous
  *L'Étrange Disparition d'Esme
    Lennox*
  *Cette main qui a pris
    la mienne*

OWENS Damien
  Les Trottoirs de Dublin

PARLAND Henry
  Déconstructions

PAYNE David
  *Le Dragon et le Tigre :
    confessions d'un taoïste
    à Wall Street*
  *Le Monde perdu
    de Joey Madden*

Le Phare d'un monde flottant
Wando Passo

PEARS Iain
Le Cercle de la Croix
Le Songe de Scipion
Le Portrait
La Chute de John Stone

PENNEY Stef
La Tendresse des loups

PIZZOLATTO Nic
Galveston

POLLEN Bella
L'Été de l'ours

RADULESCU Domnica
Un train pour Trieste

RAVEL Edeet
Dix mille amants
Un mur de lumière

RAYMO Chet
Le Nain astronome
Valentin, une histoire d'amour

ROBERTIS Carolina De
La Montagne invisible

ROSEN Jonathan
La Pomme d'Ève

SANSOM C. J.
Dissolution
Les Larmes du diable
Sang royal
Un hiver à Madrid
Prophétie
Corruption

SAVAGE Thomas
Le Pouvoir du chien
La Reine de l'Idaho
Rue du Pacifique

SCHWARTZ Leslie
Perdu dans les bois

SEWELL Kitty
Fleur de glace

SHARPE Tom
Fumiers et Cie
Panique à Porterhouse
Wilt 4
Le Gang des mégères inapprivoisées ou Comment kidnapper un mari quand on n'a rien pour plaire

SHREVE Anita
Le Poids de l'eau
Un seul amour
La Femme du pilote
Nostalgie d'amour
Ultime rencontre
La Maison du bord de mer
L'Objet de son désir
Une lumière sur la neige
Un amour volé
Un mariage en décembre
Le Tumulte des vagues
Une scandaleuse affaire

SHRIVER Lionel
Il faut qu'on parle de Kevin
La Double Vie d'Irina
Double faute
Tout ça pour quoi

SMITH Tom Rob
Enfant 44

SOLER Jordi
Les Exilés de la mémoire
La Dernière Heure du dernier jour
La Fête de l'Ours

SWARUP Vikas
: *Les Fabuleuses Aventures d'un Indien malchanceux qui devint milliardaire*
: *Meurtre dans un jardin indien*

TOLTZ Steve
: *Une partie du tout*

TSIOLKAS Christos
: *La Gifle*

ULINICH Anya
: *La Folle Équipée de Sashenka Goldberg*

UNSWORTH Barry
: *Le Nègre du paradis*
: *La Folie Nelson*

VALLEJO Fernando
: *La Vierge des tueurs*
: *Le Feu secret*
: *La Rambla paralela*
: *Carlitos qui êtes aux cieux*

VREELAND Susan
: *Jeune fille en bleu jacinthe*

WATSON Larry
: *Sonja à la fenêtre*

WEBB Katherine
: *L'Héritage*

WEISGARBER Ann
: *L'Histoire très ordinaire de Rachel Dupree*

WELLS Rebecca
: *Fleurs de Ya-Ya*

WEST Dorothy
: *Le Mariage*

WINGFIELD Jenny
: *Les Ailes de l'ange*

ZHANG Xianliang
: *La mort est une habitude*
: *La moitié de l'homme, c'est la femme*

ZWEIG Stefan
: *Le Monde d'hier. Souvenirs d'un Européen*

Composé par Nord Compo Multimédia
7, rue de Fives, 59650 Villeneuve-d'Ascq

Impression réalisée par

La Flèche
en novembre 2011

N° d'impression : 66355
Dépôt légal : février 2012
Imprimé en France